AN
ENLIGHTENING
JOURNEY
OF STUDY

白米洋面

——母子游学记

王红英 ⊙ 著

中国出版集团
研究出版社

图书在版编目 (CIP) 数据

白米洋面 : 母子游学记 / 王红英著 . -- 北京 : 研究出版社 , 2018.9

ISBN 978-7-5199-0187-5

Ⅰ . ①白… Ⅱ . ①王… Ⅲ . ①散文集 – 中国 – 当代 Ⅳ . ① I267

中国版本图书馆 CIP 数据核字 (2018) 第 218777 号

出 品 人：赵卜慧

责任编辑：张 琨

白米洋面——母子游学记

BAIMIYANGMIAN——MUZI YOUXUEJI

作　　者 王红英 著

出版发行 研究出版社

地　　址 北京市朝阳区安定门外安华里 504 号 A 座（100011）

电　　话 010-64217619　64217612（发行中心）

网　　址 www.yanjiuchubanshe.com

经　　销 新华书店

印　　刷 北京建宏印刷有限公司

版　　次 2018 年 10 月第 1 版　2019 年 7 月第 2 次印刷

开　　本 889 毫米 ×1194 毫米　1/16

印　　张 24.25

字　　数 200 千字

书　　号 ISBN 978-7-5199-0187-5

定　　价 54.00 元

① 卡特总统曾在这个教室学习过，今天我也坐在这里，找一找当年卡特总统读书的感觉。

② 碧天蓝水中的金门大桥。

③ 儿子中中在加州布莱特·哈特中学的毕业照。

① 旧金山渔人码头。

② 旧金山金门大桥的那片海，蓝色的水、白色的帆、青色的岛，互相映衬，美得淡雅而旷远。

③ 在沙滩上，快乐起飞！

④ 影城门前的造型吸引了钢铁侠的铁粉少年。

⑤ 毛茸茸的模样超可爱，中中一看见动物，就什么都顾不得了。

①

②

③

Checkers
⑦

④

⑤

⑥

① 满墙的星星，每颗星代表的都是 100 个鲜活的生命。

② 难忘的平安夜：寄宿家庭爸爸格伦和妈妈万达与 Lake 一起堆雪人。

③ 自己砍的松树，再累也要抬回去啊！

④ 中中和他的班主任。

⑤ Lake 和他的朋友古奇。

⑥ Lake 身上穿的就是 Bret Harte 学校的校服。
加州学校这边的校服宽松舒适，和佐治亚州完全不一样。

⑦ 我们住在负一楼，这里有大大的床，还有满屋的书。

① 桂庄门前的庙宇。

② 浅草寺。

③ 日本雪景。

编者絮语

乍一听，您可能以为《白米洋面》是本食谱大全，或是厨艺展示，实则不然。这是一位母亲带着儿子在异国他乡游学期间的随笔文集，母子二人在陌生的环境里共同生活，探索未知，母亲将所见所闻、所思所感做了翔实记录，集成这本《白米洋面》。

书中包括67篇札记，其中有远赴美国游学的困惑，有东渡日本求学的艰辛，也有西游英伦时的感悟，每一篇文章都是作者亲眼所见、亲耳所闻、亲身经历。美国常被戏称为“米国”，日本也被国人称为“东洋”，游学札记以《白米洋面》冠名，也算名正言顺。作者有着多重身份，她的社会身份是大学教师和访问学者，家庭身份则是妻子和母亲。作者才华横溢，博闻强识。她信奉“身体和灵魂必须有一样在路上”。身为母亲，作者更愿意让自己的孩子从小就以开放的心态，去拥抱生活，去了解不同国家的风土人情。就这样，她带着儿子踏上了海外游学的旅程。

书中说的都是母子二人在游学期间的亲身经历，日常生活的衣、食、住、行，虽是小事，却蕴含着中西方文化的特质与冲突，孩子求学的经历，更揭示出美国教育的特色。大事小情，韵味悠长，耐人寻味。

走天下，学天下，知天下。米面虽是最普通的食物，却也是寻常百姓家富含营养的主食。这本《白米洋面》将带您走世界、看世界，相信它也一定能带给您精神的滋养。

编者

2018 年秋于北京

目录
CONTENTS

風雲児

自　序

2012年，我有幸得到国家青年骨干教师的项目资助，受邀赴美国佐治亚西南州立大学进行为期一年的访学交流。

儿子胡钟彬（小名中中），当时只有十一岁，读小学五年级。这个年纪，懵懂无知，顽劣任性，青春期的躁动与叛逆仿佛就在前方不远处隐隐诱惑着他。生为人母，在孩子的问题上不敢有丝毫懈怠和疏忽。人生是一条单行线，只能往前不能退后。人生路上的重大选择，必须非常慎重。将儿子带在身边出国一年，是我几个晚上辗转反侧难以成眠后做出的决定。虽然未来的艰辛难以预料，但我始终憧憬着，我们母子能在这个阶段朝夕相处，漂洋万里，共同触及陌生。这种共同成长的经历，一定是我们生命中无比珍贵的体验和财富，定会胜过“心灵鸡汤”无数。

佐治亚西南州立大学，位于美国南部的佐治亚州的阿梅里克斯小镇，距佐治亚州的首府亚特兰大有三个小时车程。小镇共有居民17041人（2010年人口统计结果），有着几近荒野般的幽静和荒芜。放眼望去是一片树木，地上杂草丛生，美洲小核桃散落满地，数不清的小松鼠和叫不上名的小动物把这里当成天堂，嬉戏玩耍，与大自然和谐共生。小镇上黑人居多，民风朴实。人们大多保留着美国南方传统的生活方式，悠闲自在，与世无争。2012年，正值美国经济萧条时期，由于工作难求，阿梅里克斯小镇的居民纷纷离开家乡外出，居住人口下降到11000左右，本就荒凉的地方更少了些许人气。走在布满青苔的小路上，时不时看见出售院落的招牌，价格便宜到我们中国人不敢想象。来到这样的地方，远离大城市的混凝土森林，远离喧嚣和浮躁，心很快静了下来。

在这样的环境下，我有时间也有心境，将自己的见闻和感悟，用笔做个记录。有的记录如同流水账一般，具体到在什么时间和谁一起做了什么事情，花了多少钱。絮絮叨叨，细微琐碎但真实，一是希望给那些访学同行提供参考，以免访学途中误打误撞落入陷阱；二是想给那些与我一样为人父母者做个正面的或反面的“范例”，我曾经是这样的妈妈，曾遇到过这样的事情，并这样处理过；三是给那些还未出过国门的同胞们，打开一扇小小的窗，来看一看外面的真实世界，共同经历我的异国他乡。

游学札记总共有67篇文章，分了四个部分，美国游学篇、寄宿家庭（Homestay）见闻录、中中（Lake）求学记，以及再游日本。寄宿家庭见闻录和中中求学记两部分实属第一部分，但由于主题比较集中，就分别提炼了出来。Lake是我儿子胡钟彬的英文名字，他姓胡，“胡”“湖”同音，因此定英文名为Lake，日志中提及的中中和Lake同为一人。

《白米洋面》这个书名的来历，也非常有趣。我和一位高中同学同住一城，感情深厚。这么多年来，我们共同经历，共同成长，相互帮助，已是亲人。他善良、单纯、正直，爱读书，才华横溢。他阅读了我的日志初稿后，觉得我此前曾游学日本和英国，这回又带儿子到美国访学，将《白米洋面》定为书名甚是妥帖。至于《白米洋面》背后的故事，他会在另外一个序言中细细道来。

此书能够结集出版，要感谢的人很多，纸短情长，这里不再一一提及。感谢你们，在我困苦之时给予我温暖，在我前行之时给予我力量，在我退缩之时给予我鼓励。正因为有了你们，生活不仅有“白米洋面”，还有诗和远方。

轻轻的我走了，
正如我轻轻的来，
我轻轻的招手，
作别西天的云彩。

闲来话姐（代序）

这一闪念，是自然而然从心底最深处迸发出来的。姐是谁？姐就是一生永远心甘情愿关心你、照顾你、呵护你的那个人，是“代行母之职，践行母之责”的人。一瓯一饭一瓢饮，一嗔一怪一世间，几回回总在梦里，一桩桩就在眼前，血脉相融，情真意切。

无姐无妹，实属我人生的一大憾事。打小，我就特别渴望有个姐，就像邻家小子一样，能够显摆姐之荣耀、姐之馈赠，时常有好吃的、好穿的、好玩的；抑或有一小妹，自己能像一个小男子汉一样，勇敢地保护她，为她遮风挡雨，帮她抹去委屈的泪花。

25 年前，我和红英老师有缘相识，前后桌一起求学。她大我一岁，虽是同学，但情谊厚，心贴心，更似姐弟。同在人生转折的关键时期，彼此相互鼓励，共同取暖，走出了人生低谷，走向了各自精彩人生的起点。后又同处焦作这一小城，来往颇多，走动频繁，共同品味生活的多滋多味，一起迎接岁月的雕刻和洗礼，俨然已成亲人。有姐如斯，足矣。

白米洋面——母子游学记

听闻姐游学札记即将付梓，百感交集，彻夜难眠。陪着一路走来，深感姐之不屈、不悔、不易。姐是一个有信仰的人，心有莲花，恬淡宁静、圣洁高雅。吾辈之中，姐是智者，生活的智者，教书育人的智者。在这本倾注心血的文集中，她以清新的文笔、细腻的语言，向你娓娓道来一个女人生活的不易、育儿的艰辛；也向你讲述了一个传道授业解惑的老师的执着追求、传播真善美的心路历程。虽数次拜读，亦常看常新，拳拳之心，跃然纸上。

作为至亲之人，姐多次相邀我为此书作序。闻此，我诚惶诚恐，迟迟不敢应承。姐任职高校，此中藏龙卧虎，人才济济。而自己一介小民，且才疏学浅，颇有班门弄斧之嫌；倘若写得不知所云，更有碍读者慧眼；我一方面深感责之重大，怕难以领会书中意境，但又敬姐之才情，谢姐之美意，于是不顾贻笑大方，惶惶然提笔。不敢言它，只是闲来话姐，一叙情谊，权当作序。

一、吾姐其人

吾姐王红英，借用现在流行的一句话，她是完全可以靠颜值生活的人，但她始终依靠的却是善良和才气。在 20 世纪 90 年代初的温县一中，这个太极圣地的最高学府，王红英的名字响当当，需仰视得见。她是学霸中颜值最高的，更是校花群里学习最好的，且清纯善良、乐于助人，在当时物质不算丰富的年代，经常帮助接济同学，这于懵懂小子，不啻于女神。她，坚守自我，悄然绽放，也留住了我们那一代人的芳华。

高等学府的求学，让她积累了丰富的知识和良好的人脉，她的人生原本可以更加精彩。但迫于生活的压力，她毅然决然回到了焦作这个小城，没有了优越感，没有了之前的平台，只有平凡的岗位，一切都要从零开始。秉承内心不息不灭的初衷，凭着性格不屈不悔的倔强，她努力走出了一条不平凡的成功之路。她，成了河南理工大学最受学生喜爱的优秀教师；一系列译著相继出版，而今，游学札记也将结集。可以说，成绩斐然，著作颇丰。这些成绩，对于一个独自养育一双儿女的女教师，何其不易。

对于我们平常人，有儿有女，且皆很优秀，实属人生之幸事。但对于红英，这是造化。由于工作原因，丈夫长期在外，不能照顾家庭，养儿育女的重担全都压在她一个人身上。她，是山，坚韧不拔；又是海，包容一切。一双儿女，健康成长，全面发展，这已经成了我们同辈人的骄傲，这也是我姐的最大成就和财富。

二、书之由来

在整理游学札记书稿时，姐曾多次征求意见，分章定名，布局谋篇，并邀我修改润色。关于《白米洋面》这个书名的由来，还有一段故事。当时为了书名，我们几经探讨，总是不尽如人意，不能呈其美。突然有一天看新闻，其中有一则是关于“一带一路”文化交流的。国家鼓励大力弘扬传播中华传统文化，积极借鉴吸收国外先进文化，交流互通，共同繁荣。姐之游学，不就是文化的传播交流吗？札记中，有东渡日本求学的经历，也有西游英伦、美国访学的体验，借鉴吸收，兼容并包。日本，我们称之为东洋；美国，也被戏称为米国，又是白人，而且米面都是我们最基本的食物原料，是生之根本。也曾记得鲁迅先生在《狂人日记》里提到过，美国、日本、英国等国的洋货也都为我们“狂人”服务过，自有优越感。如今，我们要实现中华民族的伟大复兴，必须要博采众长，为我所用，这是全方位的。姐之游学，也是其中的沧海一粟，如何用好白米洋面，需要深入思考。

在这本游记里，红英老师努力在用内心的细腻和善良去发现生活的真善美，也努力在用最淡雅的色彩精心勾勒出一幅恬淡人生的水墨画。在文章中，我们可以了解到佐治亚西南州立大学所处的阿梅里克斯小镇，有着几近荒野的幽静、荒芜和原生态，数不清的松鼠和叫不上名的小动物把这里当成天堂，自由自在，和谐共生，这就是生态文明的缩影和最好诠释。

儿子中中成长的点点滴滴，也被她真实地记录下来。一个小男子汉，是要经过生活的磨难和历练的，无情地雕刻，细心地呵护，妈妈全部给予了他。在日本时，他还是一个怯怯小儿；从美国回来，已然长成了七尺男儿，高大英俊，健康阳光，成了妈妈的守护者。在日本，漆黑的夜里，母子俩走在墓地边，中中信誓旦旦说要保护妈妈，让妈妈不要怕。而一声狗叫吓得他“吱溜”一下蹿到妈妈身上，紧紧抱住妈妈的脖子不敢撒手。而几年前在美国，早晨妈妈送他去坐校车，一样是漆黑，一样是突然间的一声狗叫，他冲到妈妈前面，把妈妈护在身后，面对恶狗，他举起了他的书包，这就是成长的欣喜。书中感人的、有趣的、亲切的、田园牧歌式的故事还有很多，有惊有喜、有滋有味，等待着你来慢慢品味。

三、学之展望

“功夫不负有心人”，游学札记即将付梓，为姐甚感欣慰。尽管在同龄人中，姐的人生小有所成，但以姐之才气、姐之积累，理应更上一层楼。学术上，要更深入钻研，多出成果；资历上，要更进取一步，评得正高，方得圆满。而后，我们三五知己，读书品茗，坐而论道，乐享快意人生。

“乘风破浪会有时，直挂云帆济沧海”，一个伟大的时代已经到来，我们每一个人都必须做好充分的准备，厚积薄发，从容应对，以更加积极的姿态，更加努力地修为，创造出成绩、无愧于时代。我们始终坚信，明天会更好。

是为序。

周新强

2018 年春

美国游学篇

Life is just a field of improvisation, until every journey, becomes my stage.

人生本来就是一场即兴演出，直到每段旅程，变成我的舞台。

1. 临行之前：读《不会游泳的鱼》有感

小时候，看过电视剧《北京人在纽约》，剧中的一句台词“如果你爱他，就把他送到纽约，因为那里是天堂；如果你恨他，就把他送到纽约，因为那里是地狱”，令我至今印象深刻。“天堂”“地狱”两个反差极大的词汇，为美国涂上了神秘的色彩。美国，远在西半球的这个国度，似乎和我家早就有缘。婆家小弟在美国硅谷高就多年，公婆两位老人为给小弟照看孩子，经常前往美国。美国究竟是什么样子？小弟和公婆讲过，影视作品也看过，然而美国还是如一处子，犹

抱琵琶半遮面，羞答答、娇滴滴，有线条却又不是那么清晰，犹如雾中花，水中月，缥缈而虚远。对小弟来说，美国是拼杀奋斗的战场，机会与挑战并存，成就与挫折同在。公婆眼中的美国，是绿色的，是干净的。而在我的想象中，美国是高科技的，是高楼林立的，是车水马龙的。那美国到底什么样？若能实地去看看，该多好呀。

2012 年 4 月，接到校方通知，几个月前我申报的国家留学基金委的青年骨干教师基金获得通过，可以前往美国访学一年，期盼已久的美国之梦就要成真了，内心欣喜万分。作为大学英语教师，能够前往美国访学一年，是多么难得的一次机会呀！有一年大环境的熏染，英语水平肯定能够再上一个大台阶；跟着美国知名学者做研究，肯定在能力、见识等方面能够有一个大飞跃；一年的实地考察，一定能真实地感受到文化冲突，真正地做到文化交流。若能说服儿子中中，带着他去美国体验一年，他在英语学习、阅历见识方面都应该有很大的收获。

我和儿子订的是 7 月份赴美的机票。三个月的准备时间，在准备材料、申请签证、打包行李等各种琐碎而繁杂却又不得不做的事情中飞速地流逝着，离开中国的日子越来越近了。这个时候，我内心更多充满的却是忐忑、纠结、担忧、矛盾和不舍之情，久久无法平静。我不敢想象远离故乡，远离亲人，该是怎样的孤单和寂寞？儿子中中刚满 11 周岁，是成长过程中非常重要的年龄段，带不带儿子去美国？我纠结万分。

若母子分离，儿子的教育就会脱离妈妈的视线与参与，对孩子成长会有怎样的影响？若带着儿子去美国，脱离中国的基础教育一年，对儿子而言又是怎样的损失？

中中一直想考郑州外国语学校，并且一直在为此努力。孩子学奥数，学新概念英语，学得轰轰烈烈。可是，我们在美国的时间是2012年7月到2013年7月，小学升初中的考试时间恰在其间，不仅郑州外国语学校的入校考试孩子不能参加，其他所有学校的入校考试他都将全部错过。带着孩子赴美，放弃择校考试的机会，他会不会怪我？这令我内心纠结万分。虽然最终做通了中中的工作，儿子答应去美国，但美国之行，对孩子的影响到底会怎样？我无法给一个准确答案。在美国这样一个陌生的国家，又有什么样的未知在等着我们呢？

纠结矛盾之时，我正好读到《不会游泳的鱼》。这本书的作者是郁秀，曾著有《花季雨季》一书。她1995年赴美留学，毕业于美国加州州立大学。该书讲述了一个中国家庭，曾经幸福无比，夫妻恩爱，乃越剧《梁祝》大腕，儿子聪明好学，成绩优异，女儿美丽出众，这样一个人人称羡的家庭，举家离开中国，移民到了美国，挤到千千万万追梦者的大军中。很快，这个看似美满和谐的婚姻，在生存的残酷现实面前，就如坚不可摧的冰山遇到了赤道高温，迅速冰崩瓦解。妻子嫁给了70岁的多金老头，丈夫沉溺于赌城，梦想一日暴富，赚个天翻地覆，结果身负巨债，带着不治之症回到中国。

儿子难以应对中美差异，身陷情欲，难以自拔，成绩一落千丈。女儿虽融入美国社会，却成为一个百分之百的小太妹，比美国人还美国人。鱼本来会游泳，当河水换成了海水，鱼便失去了水性，变得不会游泳了。一个幸福美满的家庭，因为移民美国，遇见全新的环境，就这样毁了，毁的不仅仅是一个家庭，还有代表着未来和希望的孩子。

不怕变，就怕没有做好应变的准备。移民，就如移树一样，需要连根拔起，离开原有的土壤，在完全陌生的温度、湿度和土壤环境，再种植一次。在旧环境下业已定型的家庭结构势必发生改变，成熟的关系也将面临挑战，世界观、人生观、价值观需要重新构建。一切的一切，都需要重新调整去面对。一成不变的生活，按照固有模式和习惯去生活即可；但当生活环境发生改变，人们就会面对新的选择，有选择就会有取舍，有取舍就会有对错。而一旦选择错了，就需要有人为错误买单，有时甚至会付出惨痛无比的代价。

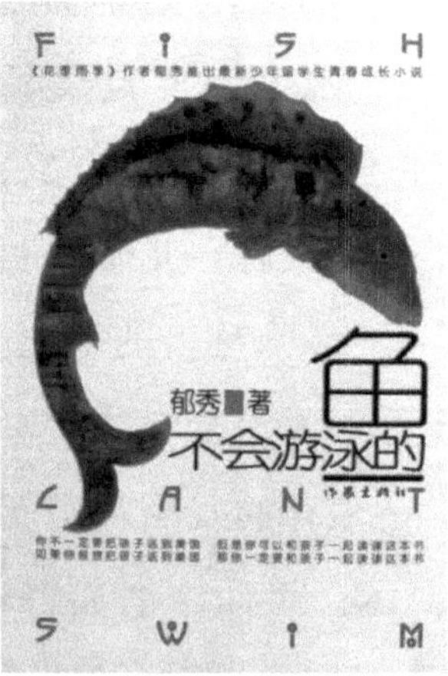

1.1 曾令我陷入纠结情绪的一本书：《不会游泳的鱼》。

我和孩子前往美国游学一年，虽不像《不会游泳的鱼》中说的那样，会遇见移民家庭所遇见的问题，但从书中还是可以感受到美国存在的一些社会问题，学校也有暴力行为，有校园欺凌和隐形伤害。

此外我还担心，儿子是否能挺过语言不通的煎熬期，是否能在新环境里找到自己的位置。我也担心教育体制的不同，孩子是否能适应中美学校的差异。我更忧虑的是，一年之后，孩子是否能够顺利回归中国的教育环境，成绩是否能赶得上。

各种担心和顾虑，也阻挡不了赴美那一天的到来。出国计划已经无法改变，我和儿子必须勇敢去面对一个陌生的国度，一个全新的环境，一个未知的世界。不管怎样，一年时间能够让孩子的英语水平有个大的飞跃，这一点我很有信心。同时，我也装好了一大箱子国学书籍，《诗经》《论语》《老子》《大学》《中庸》，准备用这些中华传统经典来弥补孩子一年里中华文化熏陶的缺失。我就是一个再普通不过的母亲，也正如天下千千万万的母亲那样，自己的事情可以杀伐决断，干净利索，无丝毫犹疑；但只要是牵涉孩子的事情，那就是百般忖度，患得患失，唯恐耽误了孩子。

记得鲁迅说过，什么是路？就是从没有路的地方践踏出来的，从荆棘丛生的地方开辟出来的。既然做出了选择，就要坚定地走下去，不管前面等待我们的是什么。

1.2 儿子中中在加州布莱特·哈特中学的毕业照。

2. 二十八个小时的奔波

2012 年 7 月 24 日，凌晨 4:30，我们一家早早起床，婆家大哥开车，载着老公、中中和我，直奔首都机场 2 号航站楼。赶到机场是 5:40 左右，先到国际出发大厅，吃了婆婆事先准备好的鸡蛋和牛奶，肚子饱了，心里也填满了家人的关爱和温暖。登机时间越来越近，离别愁绪也随之慢慢地滋生蔓延，真是“离愁渐远渐无穷”啊！准备进入登机手续办理大厅，老公和大哥不能进去，送别的脚步到此为止。老公恋恋不舍，我带着宝贝儿子离开一年，就好像带走了他的所有，他的心空了。

办完手续，中中一直处于兴奋状态，十一岁的孩子，说少年不少年，说孩童不孩童，好奇心极重。在候机厅这里看看那里转转，一会儿玩玩自动售货机，一会儿去接点水喝喝，一会儿到自动上网处看看，没个消停。我跟在后面，目光不敢离其左右，一直追随着这个顽劣少年的身影，感到此去，任重道远。

早上 8:20 左右登上达美航空公司的航班 DL128 号，从北京飞往亚特兰大，在西雅图经停两个小时，历时共 19 个小时，真可谓“路漫漫其修远兮”，我再次体味到此行任重道远。我们乘坐的是一架大飞机，空中服务人员主要是美国人，只有一男一女两位中国空乘，帅哥美女非常养眼，也让人感觉很亲切。此时尚未离开国门，我已感受到故乡人的亲近和温暖，心中多有不舍。同行的一对老年夫妇，来自抚顺，在沈阳办的签证，前往亚特兰大看望女儿。老两口一句英语也不会说，一个英语单词也不认识，飞机上发放海关报关单和入境出境表格，需要用英语填写，他们很是为难，四处求助，两人觉得我英语不错，又和他们同路，就跟定了我。

当地时间凌晨4:30，飞机到达西雅图。在西雅图需要出入海关，要等移民官上班，所有乘客坐在飞机上等了整整一个小时，才被允许离开飞机。安检过关时，要求脱掉鞋子和外套，光脚进入美国国门，这让我感到有些不快。当然，这并不是歧视，美国海关就是这么规定的，对谁都一样。只是脱了鞋，光着脚，对我这个来自礼仪之邦的女性来说，心理上多少有点难以接受。

我们在排队过移民官的时候，出了一点小状况。移民官怀疑我的DS2019表是扫描件，不是原件。我反复解释，他还是不信，明明是原件，他偏说是扫描件，这是技术和眼力的问题，令我很无语。移民官给我发了张红牌，让我们到另外一处等候验证，我的内心更觉受挫。和我一样遭受质疑的还有一名女学生和一名男学生，女学生的问题是尚未成年，需要监管人。男学生是因为换了学校，此次是返回美国新学校，看来都是一些不是问题的问题，却要反复做出说明。美国人办事效率极低，我们在检验处又耗了半个小时，才被放行。

> **小贴士**：DS2019表签字处一定要求美方用蓝色笔签字，如果用黑色笔，原件和扫描件确实难以区分。

当我后来把这个经历讲给美国校方的玛丽蓓尔听时，她的评价可谓简单粗暴："有些美国人，愚蠢得很。"

亲不亲，故乡人，出了国门才知道这话的分量有多重。在飞机上邂逅的那对中国夫妇见我好久未去取行李，又回头四处找我。就像认识了多年的朋友，当我看到他们，心中涌出了一股暖流。

在西雅图机场，我们有了美国之旅的第一次消费：一瓶矿泉水，1.9 美金，含税，我们也开始成为美国的纳税人了。

在西雅图换乘同一个航空公司的飞机，航班依然是DL128，但飞机小了很多。中中同两位中国同胞坐在一起，打得火热，很快成了哥们儿。睡觉的时候，他竟然把头紧紧靠在同胞的肩上，口水流湿了同胞的衣服，而同胞一路上对他照顾有加，令我不胜感激，心中倍觉温暖。

飞机到达亚特兰大机场，已是当地时间下午的3:15，北京时间为凌晨3:15。此时此刻，我在中国的家人们正处于酣睡之中。下了飞机，那对中国夫妇看着我，就如溺水之时抓住的一根救命稻草，紧紧不离地跟随我前后，我也深感肩上责任重大，先是带着他们找行李。我们来自异国他乡，我理所当然地认为应该在国际行李提领处认领行李。凭着娴熟的英语，我一路打听，带领一行人坐上了机场地铁，但到了目的地，却并未找到行李，心中大惊。我又赶紧询问工作人员，他们告诉我，由于我们是在西雅图进入美国海关，行李也由国际变为国内，他们还告诉我到达国内行李提领处需要乘坐机场的摆渡车（Shuttle Bus）。于是，我又带着这对中国老夫妇，坐上了美国的Shuttle Bus。这种摆渡车不大，只能坐10人左右，车上有个架子，专门放行李箱。这种车供大家免费乘坐，真有些像国内的观光游览车。我们在途中也放下了忽惊忽吓的心情，静心欣赏亚特兰大机场周边的景色，满眼皆像是用小树林隔开的一片片高尔夫球场，片片绿地。返回国内行李提领处，取了行李，送走老年夫妇朋友，我终于松了一口气。

小贴士：若已过海关，航班换不换，行李都要到国内行李认领处领取。

小贴士：Shuttle，梭子，顾名思义，就是快、短、小的一种车。通常指用于较短距离往返的豪华轿车或摆渡车。用于长途、城际之间的大巴车称为Coach，体型较大。

走出W2大门没两步，就到了机场大巴区，我要乘车先去哥伦布。一名热情的黑人女司机，将重重的行李一件件搬到车上。司机这样热情地为客人服务，虽然没有硬性规定要给小费，但如果给点小费，司机一定会

小贴士：哥伦布Columbus，美国的地名中重名的很多。美国的俄亥俄州有一个哥伦布，佐治亚州也有一个哥伦布，订飞机票的时候，一定要小心，千万看清是哪个州的哥伦布。

很开心。这种大巴车有些类似国内的两厢车，行李放在后备箱里，客人坐在后排，回头就能看护自己的行李。这里的大巴车，客人先乘车，到了目的地后再买票。我和中中在下午4:15 坐上车，路程一个半小时，于 5 点 40 分到达目的地。印象中自己一路上迷迷糊糊，如做梦一般，恍惚感觉是在中国，又似乎不是，满目都是草和树，满眼都是绿色。到站后，司机告诉我需要去车站的办公室里买票。办公室里摆放着一圈黑色的沙发软椅，有免费的咖啡和水，车票分为单程票和往返票，我购买的是单程票，两张全价 72 美金，刷的卡。

小贴士：美国刷卡，不需要密码，有的需要签个名，有的连签名也不需要，所以要管理好自己的卡片，以防丢失。

我坐在办公室里，等俊英和玛丽蓓尔来接我。俊英是先我而来的一位访问学者，我们来自同一个地方，在异国他乡的日子里，俊英、我和中中三人将会相依为命。玛丽蓓尔是佐治亚西南州立大学国际交流处的一位办事人员，来美国之前我们之间在网上就有了多次交流。在美国游学期间，她会给我们的生活和学习提供很多的帮助。等待是煎熬的，尤其是刚到一个陌生的国度，一个陌生的城市，就像被抛弃在陌生人家里一个不足三岁的小娃娃，内心恐慌而无助，期待一个熟悉的声音和面孔出现。我等了近一个小时，越发着急。临出国的时候我给自己的手机办了国际漫游，但真到用手机的时候，却出了故障。飞机一落地，手机即为零信号。我只好借用办公室的电话和玛丽蓓尔联系，一个黑人热情地帮我打电话，但我实在听不懂他那夹杂着浓重的美国南方口音和黑人口音的英语。他叽里呱啦说了半天，最后却告诉我电话没打通，这让我心里一下没了着落，恐慌得很。

小贴士：一定到移动或联通公司核实，保证手机国际漫游开通服务。

漫长的等待过程，无聊而令人疲惫。由于时差关系和一路的奔波，再加上身边到处是令人应接不暇的新奇，我的大脑一直处于紧张运转之中，稍有懈怠，竟然感觉昏昏沉沉的，说不出的难受。俊英和玛丽蓓尔终于来了，我顿时感到精神为之一振，长途旅行的疲惫也少了很多。

坐上玛丽蓓尔的车，我坐前排，方便和玛丽蓓尔交流，俊英和中中坐在后排。车在路上高速行驶着，窗外依然满目绿色，无边的旷野，无尽的草和树。路上车不多，几乎看不见行人，不时有类似中国别墅一般的房子点缀在田野之间，见不到公交车，也没有出租车。一路行来，只见草越来越多，树越来越多，车越来越少，就好像一叶独木舟漂泊在无边无际的深海中，靠岸的希望是那么渺茫。

这样没有人烟的路，行驶了大约有一个半小时，玛丽蓓尔指着远处有一些建筑物的住宅区，说那里就是阿梅里克斯小镇（Americus）。车子渐行渐近，那里依然是房屋稀少，只有大树、草坪，还有小松鼠。我要去的这个小镇地处美国东南部，原来是美国黑人的居住区，也是美国小说《飘》的取景地，那里有大片的种植园，红色的肥沃土壤，淳朴的乡村民风。从首都北京那样繁华无比的大都市，来到这么个几乎没有人烟的地方，我的心里落差极大，感觉被流放，流放到了异国他乡。

此时此刻，我想起电影《甲方乙方》里的一个故事情节，一位生活极其奢侈的大老板，吃厌了大鱼大肉、熊掌燕窝，享尽一切荣华富贵，却感觉生活了无生趣，强烈要求到一个没有交通、没有享乐、没有美食的地方去体验生活。“梦想成真”公司按其要求，将其送到了一个穷当当的山沟里，而这个山沟，人是无论如何也走不出来的。三个月之后，梦想公司来接他，发现他衣衫褴褛，形同乞丐，像猴子一样，蹲在山坡上，望眼欲穿，眼巴巴地望着出去的路，盼着有人能接他出去。此时，他已吃光了山沟里所有的鸡，再无其他食物。来美国之前我做了功课，查了资料，知道阿梅里克斯小镇是个不大的地方。但我怎么也想象不到，这个小镇竟然人烟稀少到如此地步，荒凉到如此地步，一切都出乎我的意料。但事已至此，无论遇见什么，我也只能随遇而安了！

阿梅里克斯小镇，佐治亚州的一座历史古城，人称“山顶上闪耀之城”。位于佐治亚州的西南部，居民 17041 人（2010 年统计数字），民风古朴，有着南方传统的生活方式。

下车后，我仍然不敢相信这里就是美国，反倒感觉是来到

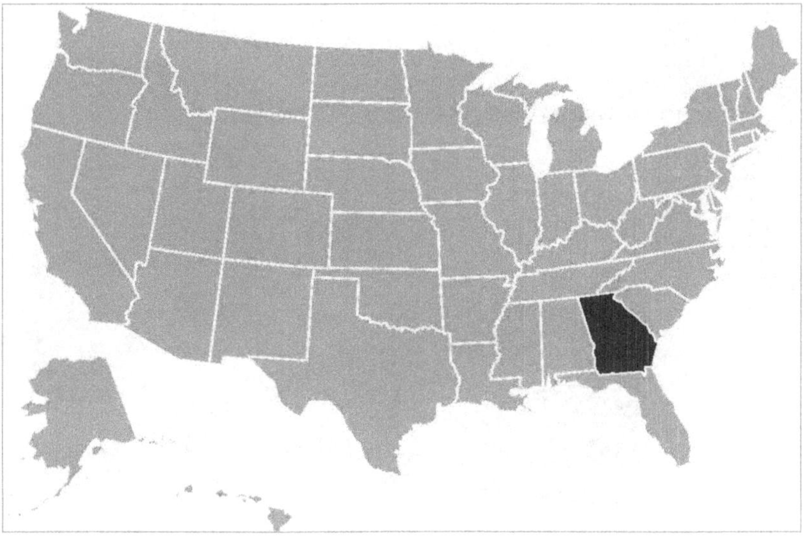

2.1 地图上的佐治亚州。

了中国某个山沟里的生态村。空气中弥散着大自然甜甜的味道，那是一种树叶杂草在泥土中腐烂而又发酵之后，带着湿润散发出来的清甜的气味。久违了，这种味道，我很小很小的时候，在中国的乡村闻到过。我贪婪地、大口大口呼吸着这清新的空气，希望自己那久被雾霾污染的肺脏也能被它洗涤。

玛丽蓓尔已经为我们租好了住处，住宿条件很好，是楼上楼下两层小别墅一般的大房子。楼下一进门右手边是厨房，各种厨房用品，一应俱全。厨房顶部安置一个红色装置，有点像我们的摄像头，这就是烟火报警器。厨房角落还放置着一台烘洗一体的洗衣机，美国人没有晾晒衣物的，具有烘干功能的洗衣机也是必备家电之一。左手边是卫生间，再往里走是一个带壁炉的客厅，壁炉前是两个碎花沙发，一个三人座，一个两人

2.2 有床，有厨房，就有了家。这是我们美国家的厨房。

座，极具欧式乡村风情。客厅里还有一张床，很舒适。楼上是两个房间，每个房间里都有嵌在墙壁里的壁橱和独立的卫生间，有一张一米二宽的床，床上用品也非常齐全。住的地方虽然不如自己的家，但对于我们这些初来乍到的异乡客，已经是非常温馨舒适了。几番折腾之后，终于算是有了一个安身之地，这便是我们在美国的“家”了。这样的房间，这样的配置，在阿梅里克斯小镇这样的地方，房租每月 700 美金，两人均摊就算很便宜了。

小贴士：美国人烤、煮的东西比较多，几乎不炒，稍微有点油烟，烟火报警器就会“叽里呱啦”乱叫。如果招来了火警，就很麻烦，据说会被罚款，而且金额不小。

经历了十九个小时的航程，二十八个小时的奔波，终于到了异国他乡的家，恍惚之间，像是在做梦一般。在这里，就要开启为期一年的访学生活，等待我们母子的将会是什么呢?

3. 沃尔玛之约

美国是当今世界上最发达的国家。人们想象中的美国，应该是遍地高楼大厦、豪华饭店，充斥着琳琅商品的商场，无处不在的高科技。可是现在我眼前的美国，除了青草和绿树，别无其他，简直是一个绿色流放地。我不禁想起了鲁迅散文《秋夜》里的一句话:“在我的后园，可以看见墙外有两株树，一株是枣树，还有一株也是枣树。”

在这里，即使你兜里有钱，也千万别觉得有什么了不起，没有车，你这钱是花不出去的。来美国前准备行李的时候，本来打算放点方便面、粉条、挂面进去，我老公斜眼看了一眼“哼”了一声说:“你装那些东西干什么，不嫌沉吗?你去的可是美国，世界上最发达的国家，人家什么没有，只要带上钱，其余什么都不用带。”我很听话，以为见过世面的人说的话不会有错，于是行李箱里除了书和几件衣服之外，什么都没装。结果到了这个小镇才发现，在这地方，没钱不行，有钱也没地方用。方圆几里之内没有饭店、没有商场，只有成片的树林，难得见个人影，蹦蹦跳跳的松鼠倒是随处可见。

如果肚子饿了，想马上买点吃的，几乎是不可能的事情。这使我开始怀念国内家门口就是超市的生活，想吃什么随时可以买到，快捷便利，多惬意啊！

我不时地在心里嘀咕，哪里有超市呀？什么时候才能买点吃的啊？家里有粮，心中才不慌啊。玛丽蓓尔简直是我们的救世主，她答应第二天上午 10 点，开车带我们前往当地唯一的大型超市沃尔玛进行采购。听到这个消息，我和儿子开心极了。

从阿梅里克斯小镇开车到沃尔玛只需要 15 分钟左右，但如果是步行，却需要一个小时。那里的公路两侧没有人行道，人只能走在马路牙子上或路边的草地上，步行确实比较困难。

3.1 到美国后第一次前往购物的超市：沃尔玛。

进入沃尔玛超市后，我直奔食品区，缺啥，就会觉得啥倍珍贵，“食物”确实是我们娘俩目前最缺的东西。我先是到水果区，又大又红的草莓，一盒 1.78 美金，马上在脑子里换算成人民币，嗯，11 块钱左右，不贵，比中国便宜，拿两盒。油桃，看着也很新鲜哦，买！樱桃，5 美金，买上一大袋！橙子也不错，买！蔬菜的品种极为丰富，而且没有超过 6 美金的。中国的水果蔬菜是按斤卖，这里是按袋儿卖，一袋一袋装好了，上面标有克数和价格，每袋在 1 千克左右。各种肉类不仅品种丰富，而且价格实惠。特别值得一提的是牛奶，不到 4 升的一大桶，仅卖 2.38 美金，我买了两桶，中中正在长个子，喝吧。看来美国的食品比中国还要稍微便宜一些，品种也要丰富一些。我和儿子就像阿里巴巴好不容易开启了宝库的大门，贪婪地采购着，各种食物不一会儿就塞满了我们的购物车。

如果不折算成人民币的话，美国的食品和衣物价格都不高，大多数都是个位数。我问了一下当地人的工资，低收入的人每月工资 1000 美金到 3000 美金不等，这样的收入，在美国生活是不成问题的。而在中国，我们那个三线城市，普通老百姓的月收入基本上也是 1000 元到 3000 元不等，但超市里的东西动辄几十上百，稍稍放开了去购物，一次就要花费几百元。

第一次在美国超市购物，消费共计 175.71 美金，大约 10 天的食品量。看到冰箱里塞满了食物，我的心随之踏实了下来，家，有了家的感觉。

3.2 冰箱里塞满了食物，餐桌上摆满了美食。这才有了家的感觉。

后来又有一次，我们请佐治亚西南州立大学的学生比尔载我们去沃尔玛超市购物，这里基督教的信徒很多，我们总能很容易找到愿意帮助我们的人，这可能就是耶稣的感召力吧，让人们互为兄弟姐妹，亲如一家，互助互爱。进入沃尔玛之后，比尔什么也不买，跟着我们闲逛。我想买韭菜，查了电子词典，韭菜似乎叫作 Leek，我问比尔哪里可以买到 Leek，比尔在沃尔玛的食品区一顿找呀，最后拿出一把蒜苗，告诉我这就是 Leek，令我哭笑不得，看来韭菜真是我们中国特有的食材。最后结账的时候，也发生了个小插曲。俊英想买些啤酒做啤酒排骨和啤酒蛋，付钱的时候，收银员说：“今天是礼拜天，不卖啤酒。”我赶紧解释：“我们不是要喝，我们是用来做菜的。”收银员说：“你喝不喝我不管，佐治亚州规定今天啤酒不出售，不信，你看！”她用机器刷了一下物品，上面显示不能出售。我们这才知道，在佐治亚州，礼拜天超市是不能卖酒的。后来我们才知道，美国各州的法律，对烟酒的销售有不同的规定。我们也慢慢了解到，韭菜、挂面、老干妈、粉条等中国特有的食材，在沃尔玛超市是买不到的，要去专门的中国超市购买。阿梅里克斯小镇中国人少，中国食材在这里没什么市场，附近也就没有中国超市，这让我们的“中国胃”很受委屈。

在沃尔玛超市，中中拿了很多方便面，这孩子不知怎么啦，在国内的时候喜欢吃米饭，到了美国，却对面条情有独钟，看见方便面就走不动了。到家后，中中迫不及待地去厨房打开火，给自己煮了两袋方便面。看来生养在中国的孩子，真是离不开中国面呀！有了这个中国胃，就有了中国文化的根，离不开、丢不掉，到哪儿都是中国人。

记下这一段的时候，是当地时间凌晨 1 点 36 分，而我和中中没有丝毫睡意，我们还没有倒过来时差，生物钟也还是中国的节奏。

4. 开启游学生活

我还在倒时差，昨天一整晚都似睡非睡，早上 8 点多刚刚有点睡意，俊英和中中却已经醒来了。俊英安排我们今天去见海伦·泰特，我只好晕着头起床，拿出牛奶、面包和奶酪，勉强对付了一顿早餐。唉！我生来就是中国胃，早餐喜欢喝粥吃馒头，对牛奶面包不感兴趣，现在也只能将就了。解决了早餐问题，我们走出了房门。外面太阳很大，天很热很热。这里的热与我们河南不同，我们的热是干热，热中透着爽，就像河南的汉子，热情，直爽，豁达。这里的热，就如江南女子，柔美多情，炽热中还有湿湿的、黏黏的感觉，让人有一种身处蒸笼的感受，闷得喘不过气来。

海伦，美国佐治亚西南州立大学国际交流处处长。她，留着齐耳短发，瘦削，精干，听说她是贵族后裔。她刚刚接了上任琳达的班，对她而言，这是个全新的工作，极具挑战。海伦给了我学校的 ID 号，一个大三的女学生带着我们去办校园卡。这姑娘 20 岁左右，黑皮肤，吊带背心、短裤，夹板拖鞋，休闲随意得很。我们顺路参观了图书馆和英语系。校园卡分学生卡和教工卡，正如我们中国大学的一卡通一样，教工卡可以在图书馆免费打印资料，享受一些学生卡不能享受的待遇。

这是我第一次站在佐治亚西南州立大学的校园里，四周绿草茵茵，几棵大树给湿热的午后带来了硕大的阴凉。学校建于 1906 年，是一所有着百年历史的老校。美国前总统吉米·卡特以及前大法官贝尔皆出自这所高校。学校面积不是很大，占地仅 2000 多亩，但建筑古朴，景色宜人。学生也不多，校园里一片宁静。

我在图书馆里遇见了一个亚裔姑娘，不知怎么地，看见黄皮肤黑头发的人，就倍感亲切。她是韩国人，叫康卜心，已在美国待了 12 年，在图书馆做管理员，我们亲切地叫她小康。后来才得知，她的爱人是语言学院的系主任约翰·福克斯，约翰高大英俊，幽默风趣，两人伉俪情深，传为佳话。

英语系在一个二层小楼里，楼内静悄悄的，几乎没有人。楼里有专为教职工设的洗手间，这让我很是羡慕。记得在国内教书时，我和外教凯瑟琳关系非常好，上完课后经常一起拼车回家。有一次，我上课结束得早，我告诉她，我在教室休息室等她，当时用英语说就是 Teachers' Restroom。她一听，两眼放光："真的？真的？我们有教师专用卫生间吗？"我一看她那反应，就知道，误会了，文化差异真可怕。我赶忙解释："这不是卫生间，是专门提供给教师休息的房间。"确认了没有教师专用洗手间，凯瑟琳的眼神瞬间暗淡了下来。的确，不是教师，你体会不到老师和学生共用卫生间的尴尬，尤其那种只有半截隔断的敞开式卫生间，在老师方便那一刻，老师平日里精心维护的高大形象仿佛也瞬间崩塌了。

在校园里一圈走下来，已经是上午 11 点多。我们来到玛丽蓓尔的办公室，想让她带我们去当地的银行开账户，她很爽快地答应了。我们来到 Wells Fargo，这个银行名称的意思是："We'll go far." 译成中文应该是"我们要远行"。玛丽蓓尔可能认为我的英语没问题，躲在一边，让我和银行的办事人员亲自洽谈。银行办事人员给我介绍了两种账户，一种是支票账户，月费用是 10 美金；另一种是储蓄账户，月费用是 5 美金。我告诉他，我想要一种没有服务费的那种账户，他告诉我，如果将这两种账户绑定，可以免掉服务费，但是必须在支票账户里存 100 美金，储蓄账务里存 25 美金，钱当然还是自己的钱。我选定这种套餐，有了自己的支票和银行卡，领事馆才能给我账户里打钱，我享受国家公费，所在地的领事馆每个月会往我的账户里汇入 1700 美金。整个办理过程耗时 40 分钟左右。由此可见，走南闯北，全天下银行的办事效率都是一样的。

出门之后，玛丽蓓尔问我们，现在做什么？是回到学校帮我给领事馆邮寄文件，还是留在市中心（Downtown）吃中午饭？她首先表明，如果在外面吃饭的话，她身上可没有钱，她把钱包落在办公室了。在美国，外出用餐一般都是 AA 制，午饭也简单到极致，通常是一份快餐了事。经常是玛丽蓓尔开车带着我们四处办事，到了饭点，她就到快餐店买了吃的喝的，打包上车，然后神态自若地享用起来，从来没有客套过，也从来没有礼让过我们。刚开始的时候，我心里还有些不能接受，后来也就习以为常了。

我们当时已经到了市中心，难得遇见饭店，我当然愿意在市中心解决午餐，再说中中也一直喊饿，我明确表示我请客。在美国，中国那种客套礼仪多少是有点行不通的，请人家吃饭就是请人家吃饭，买单的时候也不要期待着有人抢着给你买单。美国人不大懂得客套，无论你说什么，他们都会当真。所以，在美国千万不用特别客套，实实在在就好。

玛丽蓓尔带我们去了她最喜欢的饭店 Little Brothers。这是一个兄弟俩开的饭店，位于市中心最好的位置，餐厅不大，布置精致。玛丽蓓尔给我推荐了土豆汤 3.99 美金，一种夹着 bacon（熏肉）、Mayonaizi（日本的蛋黄酱）、还有青菜叶的三明治，叫作 BLT（Sourdough Bread Toasted），6.99 美金。中中点了一个比萨，6.99 美金。玛丽蓓尔点的餐和我一样。另外每人一杯 1.79 美金的饮料，不限量，可以随意续杯。加上 2.67 美金的税金，这顿饭总共 40.79 美金。我平常不太喜欢吃西餐，可能是因为今天饿了，感觉味道还不错，土豆汤和我在日本喝过的味道一样，就是土豆熬的汤里加了奶酪，咸咸的口感中又有一股甜甜的奶味，有些国人可能一时不能适应这个味道。

中中吃得很嗨，他真是饿啦！中中先是用刀叉，玛丽蓓尔觉得他用着不方便，帮忙给他换了筷子。阿梅里克斯小镇位置偏远，国际留学生很少，中国人更是寥寥无几，店里没有特为中国人准备的筷子，老板拿来了两个我们在国内串肉用的木签，给中中当筷子，中中立刻狼吞虎咽吃了起来，他的那种吃法，吸引了很多人的目光。我们生活的这个小镇，环境优美，空气清新，长寿者较多，处处都有白发老人。有不少上了年纪的人，会在这个餐厅用餐。他们看到中国人很友好，有的甚至会主动跟我们打招呼。

4.1 可以无限制续杯的饮料，中中很是过瘾。

4.2 饭店的白发老人很多，他们看见中国人很友好，会主动和我们打招呼。

天热得很，中中念念不忘院子里的游泳池，游泳池距离我们的美国小屋不足 10 秒钟的路程，我说的是秒啊，不是分，真是非常非常近啊！我们所在的小镇靠近美国南部，天气闷热，有很多当地人开车到这里游泳。中中和俊英每次一回到家，就迫不及待地换上泳装，冲进游泳池里。

下午我待在家里睡觉，继续“享受”时差之苦。每当我看表的时候，心里很自然想到中国，我不由自主地想这个时间中国是几点，我的同胞们在干什么，这就像我看到美国商品的标价，很自然会在心里迅速换算成人民币那样。看来倒时差不仅仅是生理问题，同样也是心理问题。

4.3 我家门前的游泳池。看，游泳池边有不少辣妹呢。

5. 保险尘埃落定

在国内，我是缺乏保险意识的。工作单位给交了“三险一金”，其他的保险我一律排斥。我甚至看见保险推销员，都会躲着走，生怕他们滔滔不绝地向我推荐各种保险。而在美国，保险不仅是躲不掉的，而且是必须购买的。

海伦，佐治亚西南州立大学国际交流处处长。第一次见面，海伦就再三强调在美国购买保险的重要性，说其事关重大。根据州法律规定，作为访问学者，我们必须购买保险，而且必须在落地七日之内购买保险，否则就是非法居留。俊英于 7 月 19 日抵达美国，已经在美国落地 6 日，离最后期限还有一天时间。海伦为我们做了简要介绍，保费的高低和参保人的年龄有关，初步核算后，我一年的保费大约是 1700 美金，中中大约是 1200 美金，两人近 3000 美金，数目不小呢。俊英是学校资助，资助额度有限，大多费用需要自付。我虽然是国家资助，但也不想枉花一分钱。所以关于保险的开销，我俩很纠结。我提出了几个问题，请海伦帮我们咨询：第一，这样的保险我们是否可以在中国购买？第二，在佐治亚购买的保险我们是否可以全美使用？第三，我们是否可以自由选择保险公司。海伦也是新上任，刚接手外事工作，一切都还不熟悉，另外，保险方面，美国政府刚刚做了重大调整，海伦对新政策是完全不了解。为了给我们一个明确的答复，她

5.1 投保不谨慎，钞票跑光光。

马上打电话给佐治亚西南州立大学的法律顾问，让我们耐心等待。

第二天见到海伦，已经是俊英购买保险的最后期限。我们提到的问题，她依然无法给出令人满意的答复。但是她说，她不管那么多，她只在乎我们是否是合法居留。海伦满脸焦虑，不停地强调，俊英若不马上买保险，就是非法居留了。感觉我们不买保险，对她而言，就好像天要塌下来一样。

我和俊英也是抓紧时间咨询同事，了解保险事宜，查了很多网站，也给国内的亲友打电话，让他们帮忙咨询国内的平安保险。正在我们为保险忙得焦头烂额的时候，国际交流处办事人员玛丽蓓尔来了，她二话不说，拉着我们就到了学校的学生中心，告诉我们今天必须买保险。看她一脸严肃，我和俊英相视一笑，达成默契，如果非让买，那就买呗，总不能因为保险一事闹得大家都不愉快。她说我们必须先买两个月，7 月份和 8 月份，我说我 7 月 24 日到的，也需要买全月吗？她说，保险公司规定是这样的。这都是什么规定啊？见鬼！等他们拿出保险费的额度，我们大吃一惊，我和儿子两个月的保险费高达 1008 美金，国家给我访学的经费，我得拿出至少三分之一的钱来交给美国的保险公司，那租房子、吃饭、购买学习资料怎么办？俊英两个月也达到了 400 美金，对她来说，也是难以承受。玛丽蓓尔当时板着一副严肃的面孔，不容商量。无奈之下，我们只好交了钱，买了昂贵的保险，心里颇有几分“任人宰割”的感觉。

事后咨询其他同事，在麻州访学的，每月保险费只有 66 美金；在北卡访学的，5 个月的保险费总共才 160 美金，不同州的保费差距真不小呢！

为保险一事，我们多次找玛丽蓓尔交涉，她也认为这个保费过高，即使对当地人而言，也是非常高额的保险费用，但她确实无能为力。她解释说钱是保险公司要的，并不是她个人要的，为什么保费这么高，她也不知道原因。

我们要求见海伦，就保险一事表达了我们的疑问和不满。海伦一直在说抱歉，她解释说从 7 月 1 日以来，保险发生了很大变化。佐治亚西南州立大学更换了保险公司，以前的保险公司对学生的保险费高，学者的低，现在的保险公司，向学者要的保险费要远远高于学生，直到 7 月 31 日她才知道保险费的准确数目，她也是无能为力。不过，我们可以选择其他保险公司，甚至可以选择中国平安保险公司，只要达到他们的保险项目要求就行。我们问她为什么不早说，她辩解说自己也是刚知道。我问她我们交的保险费是否可以退，她说钱是保险公司收取的，我们可以和保险公司联系，退的可能性不大。

我对要回保险费已经不再抱任何希望。钱，交了就交了。不过我希望以后中国赴美的访问学者，能够吸取我们的教训，美国人让交钱的时候，不要轻易答应，一定管好自己的钱包。保险事先要在国内买好，以免在这件事情上吃大亏。

美国人办事效率不是很高，也不是很严谨，由于各州有自己的司法权，工作人员对很多事情有时候也是一知半解。中国人在美国要多加小心，要事先做好功课，维护好自己的权益。

6. 迷失在 Downtown（市中心）

昨天晚上睡得还不错，深夜三四点的时候醒了一会儿，之后又沉沉睡去，一直睡到早晨 8 点。我比前几天精神好了很多。早晨起来，熬了点米粥，把昨天买的排骨肉剔掉，热了一下，炒了一盘辣椒，烙了两张软面饼，美美地吃了一顿还算丰盛的中国式早餐，就出发了。

今天想去市中心（Downtown）逛逛，我们都不熟悉路，听说步行的话至少需要 30 分钟。我去邻居家问路，门缝中闪出一个男人的脸，黑黑的，瘦瘦的，一脸和善。这位男邻居听说我们要去 Downtown，没有交通工具，就很热心地答应开车送我们去。我们很兴奋地朝着车走去。这时，邻居家的门“唰”地一下开了，露出一位女士的脸，她棕色的皮肤，干瘦干瘦的，像是印度人。她应该是男邻居的老婆，看见老公要开车送我们外出，一脸不高兴的样子。男邻居一边给老婆赔着笑脸，一边脚不停地走到车边，给我们打开了车门。我们顾不了那么多，厚着脸皮上了车，向 Downtown 出发了。

在中国，每个城市的中心，都是车水马龙，四周高楼林立，繁华而喧闹。这里的市中心，却是不一样的天地。一条狭窄的长街，两边都是两层小楼，没有高楼大厦，没有熙熙攘攘的人群，四周冷冷清清。站在市中心寥落的大街上，竟不知身在何处，如在梦里，不敢相信自己的眼睛，悄悄地问自己，难道这样的地方也算是市中心吗？

我发现了一个理发店，据说这是小镇上唯一的理发店，像极了我们中国20世纪六七十年代的剃头铺。店里没有豪华装修，只有几把最简单不过的旋转椅子，最普通不过的理发工具。店里唯一的理发师是一位白发老先生，他满脸灿烂的笑容，说起话来，滔滔不绝，头也跟着一甩一甩的，声调语气听起来洋洋得意，听说他的理发技术堪称一流，当地人都是他的顾客。他甚至给卡特总统理过发呢！果真，墙上挂着他和卡特总统的合影照，俩人互相勾着肩，看起来关系还真是很亲近！小店虽然看起来其貌不扬，但也有名人足迹。在美国，最普通的理发也得10美金；如果是烫头，做个造型，那就是天价了，没有个千把块美金还真下不来呢！

一条街逛下来，有服装店，武术器械店，礼品店。印象最为深刻的是一个书店，老板是一个黑人，口音非常重，他看见中国人非常热情，向店里的熟人介绍我们说："嗨，伙计们，你们看，他们来自中国！"然后就一次又一次地和我握手，并问我的名字，问我结婚了没有，我说结婚了。

我拉过中中说："这是我儿子。"

6.1 看起来金碧辉煌，商品的品质却很一般。我感觉，真正精致而美丽的艺术品，还是在我们大中国。

他好奇地问："那你丈夫呢?"

我说："丈夫在中国。"

他又问："你爱你丈夫吗?"

我说："当然，很爱。"

他又问："那你为什么把你丈夫留在家里?"

我说："为了学习，我必须离家一年呀，我丈夫他有自己的工作和事业，他也不能为了陪我去放弃自己的事业呀！"

他摇摇头，表示难以理解。

他又问："那你的宗教信仰是什么？是基督还是穆斯林?"

我说："都不是，我们中国人信佛教的多。"

他问："那你信什么？"

我说："我是共产党员，没有宗教信仰。"

他很自豪地说："我们有宗教自由。"

我说："我们中国也有，就是因为我们有信仰自由，我才可以选择信还是不信，或者信什么。"

他夸我的英语好，比他的好。

我说："你说的英语我不大懂。"

他说他的英语很蹩脚，是 Broken English，而且口音很重，带有非常明显的美国南方口音和黑人口音。他说 Husband（丈夫）的时候，嘴完全没有打开，单词好像在喉咙口转一下就又进去了，我听了三遍才听明白。最后我们走的时候，他非要送中中一件 T 恤做礼物，上面有好几个国家的国旗，他找到我们中国的旗帜，说这是你们中国，可是我看那分明是中国共产党党旗而不是国旗。

中美文化差异依然很大，家庭观念不同。他们认为夫妻两人因为工作长期分开，就是舍本逐末。工作就是为了更好地生活，怎么能为了工作，让夫妻两地而居呢？而在我们中国，夫妻因为工作两地分居的不计其数，我们也并不认为这有什么问题，觉得这很正常。中美国民的宗教信仰也有很多不同，这有历史渊源。他们信基督教的人很多，而我们的本土宗教是道教，佛教进入我们中国的历史也非常久，早已深入人心。

中美文化差异很大，冲突也在所难免。对中国多少有所了解的美国人，往往说起中国，就会提到计划生育政策，提起人权自由，提起一党专政。记得2006年我在英国班戈大学访学，班戈是位于北爱尔兰的一个城镇，中国人并不多。当地人看到我们这些中国老师，总是用日语给我们打招呼，我们总是很开心地回应他们："我们不是日本人，我们来自中国。"他们就非常好奇地问："中国，就是那个计划生育的国家吗？"我们告诉他们："是的，中国之所以有这样的政策，是因为我们要养活世界四分之一的人口，不能不这样呀。"他们听了，就给我们中国竖起大拇指，直夸我们中国人了不起。还有的人，因为读过一些中国文学，自认为对中国多少有所了解，实际上只是一知半解，说什么中国男人留辫子，三妻四妾，说什么小脚女人，等等。我认为，文化的冲突不仅仅是因为文化之间存在差异，更是因为多种文化之间缺乏真正的交流、沟通和了解。

中国是一个伟大的国家，有着悠久的文明和历史。在国外，作为中国人，我们非常重视言行举止，时刻提醒自己，我们是中国人，不能给中国人丢脸。记得当时，班戈大学为了欢迎我们这些访问学者，特意举办了一个欢迎晚会，要求穿正装，我思来想去，盘上了头，穿上了我们中国的民族服饰——旗袍，一件蓝底白花长达脚脖的旗袍。班戈的街道起起伏伏，坡度很大。我穿着高跟鞋，挺胸收腹，虽然路上很难走，但我身着旗袍，满脸自信地走在班戈的大街上，俨然成了一道风景。经过的车，都会慢下来，摇下车窗，认真地多看几眼，甚至有人饶有兴趣地问："你来自哪里？"我总是很自豪地大声回答："我来自大——中——国。"欢迎会上，英国校方的老师们，好奇地将我团团围住，一遍遍地摸着上面的绣花和盘扣，惊奇不已，不停地赞叹着："Amazing, amazing."中国的服饰文化，就这样给传播了出去。身在异国他乡，我觉得自己有义务以自己的方式，让那些不太了解中国的人更多地了解我们中国，了解中国的悠久伟大，中国的蓬勃发展，中国的美丽山河，中国的璀璨文明。作为中国人，一定要有文化自信。四大文明古国，在历史长河里争渡，只有中国依然留存至今。中国文化是极具生命力的，记得余秋雨先生说过："中国文化是条奔流不息的大江，而不是江边的枯藤老树昏鸦。"中国文化，就如一石击破封闭的窗，透进了文明之光那样，带来曙光。中国文化，真得应该拥有应有的国际身份，过去有，现在有，将来更应该有。而作为中国人，人人肩上都应该有着不可推卸的责任，在我们中国文化滚滚向前的大江大河中，不要退缩，去做一个弄潮儿，一个勇敢而骄傲的弄潮儿。

书归正传，当我们准备回去的时候，才发现麻烦大了。来的时候是坐车，没有一个人用心去记路，而送我们来的那个印度人已经开车回去了，我们只好凭着印象一路往家走，很快就迷路了。在阿梅里克斯小镇，没有出租车，没有其他我们在中国随处可见的公共交通工具。我们只好拦车，拦车是危险的，美国并不是一个很安全的国家，搭错车，遇见歹人，连命都有可能搭进去。但迷路的我们，没有办法，只好壮着胆，站在路边，拼命做拦车手势。好不容易在十字路口拦住一辆车，开车的是一位金发碧眼的美女，我们说了半天，她也不太清楚我们要走的路，摇摇头开着车绝尘而去。我们继续拦车，千盼万盼，好不容易看见一个走路的黑人，我们像遇见救命神一样跑过去拦住他，告诉他我们迷路了，不知道家在哪里，请他帮帮我们。他说自己也不知道路，让我们求助警察。在他们眼里，我们一定是非常奇怪的异乡客，莫名其妙地徘徊在陌生的街头。

天要黑了，寥落的街头更加荒寂，我们越来越恐慌，难道真得需要报警吗？天助弱者，终于有一个中年白人男子开着一辆叫作 blazer 的车从我们身旁经过，主动停下车来，问我们是否遇到了困难，是否需要帮助，并且表示可以送我们回家。我看他身穿一套蓝灰色工作服，浑身上下都是油污，车上也有些脏乱。虽然明明知道在异国他乡搭陌生人的车有风险，但当时夜幕已经降临，天气又异常闷热，除了冒险我们别无选择。我心里祈祷上天我们遇见的都是好人。令人欣慰的是，这一次我们赢了。就是这样一位陌生人，把我们平安送到了家。我不由得感慨，天底下好人总比坏人多啊！

6.2 这里的松鼠比人多。我后来发现地上落满了核桃，捡核桃的时候，松鼠们或在路上或在树上，虎视眈眈地盯着我，恐怕是在埋怨我抢了它们的口粮。

6.3 这样的别墅在小镇上比比皆是，价值 10 万美金左右。

6.4 一家卖服装的小店，衣服摆放得整整齐齐。中中很喜欢这家店里的帽子，标价 20 美金。

这次教训让我们意识到，出门之前，一定要做好功课，记住来去的路线，安排好交通。不要轻易搭私家车，尤其要避免单人出行，这在美国是非常危险的。

7. 第一次品尝墨西哥餐

今天本来计划去中中的学校看一看，确定一下位置，再看看需要准备什么上学的用品。结果途中路过我国知名专家、敦煌艺术研究学者王建疆教授的住所，上前一敲门，难得他在家，我们就走进去和他聊了一下保险的事宜。不知不觉已近中午 12 点，又到吃饭的时间了，建疆老师说他知道附近有一个墨西哥杂货店，可以买一些墨西哥食材，我们四个人就朝那个店出发了。

那天特别特别热，华氏 98℉（摄氏近 37℃），闷得像蒸笼，憋得人透不过气来，我感到头晕恶心，甚至有点要中暑的感觉。我是一个十足的路盲，绕着学校走，不一会儿就彻底迷路了，只能跟着他们往前走，脚下不停地走，心里不停地念叨，怎么还不到呀，怎么还不到呀？突然，我眼前一亮，看见一个写着墨西哥餐馆的地方，也顾不上问他们是否同意，一下子就率先冲了进去，餐厅里面有冷气，感觉舒服了很多。

进了餐馆，不消费，也不好意思出来。我们四个人就选择一张桌子坐了下来，服务生给每人发了一张菜单，这里点的都是份餐，各点各的。一看菜单，我的妈呀，更加晕菜了，这都是什么呀？菜单上不是英文，我完全看不懂，关键是连张图片也没有。我只看见有一个 Special Dinner for 2（两人套餐），用的是英文，于是指着这个问服务生："这个两个人吃，够不够吃？"她点点头说："够。"我们四个人就点了两份这种双人套餐。他们先是给上了一个类似于我们中国脆片的东西，蘸着特制的酱，口味又咸又甜，服务生介绍说这是墨西哥特有的餐前小点心，可以随意吃，不限量。没多长时间，我们点的菜就上来了。一份套餐里有三个盘子，一盘是三个墨西哥蛋卷，一盘是两个不知裹着什么食材的煎饼，最后一盘看着就让人倒胃口，是一大盘糊糊状的食物。用中中的话说，这看起来，怎么看都像喝醉酒的人吐出来的东西，哇塞，我们四个人胃口大倒，稳稳神，冷静一下，重新面对这三盘东西，还是吃吧！我先尝了一口，食物在喉咙口转了几下，强忍着咽了下去，这是什么味啊？有咸咸的奶酪，一些肉糜和豆糜之类的东西拌在一起，肉的腥味和豆的苦味混在一起，强烈撞击着味蕾，真是难以下咽！"看着恶心，吃到嘴里更恶心！"我心里这样想着，但也只能偷偷地想，不敢说出来，怕影响其他人的胃口。

大家都埋着头，闷声不吭，吃着眼前这难以下咽的食物。终于吃得差不多了，建疆老师突然想起一个问题，小费，这样的餐馆是不是要付小费呀？"只要有服务，就需要付小费。"我凭着在国内学的有关美国文化的有限知识肯定地说道。关

7.1 三个墨西哥蛋卷

7.2 一盘肉糜和豆糜混合物

7.3 令人难以下咽的一顿墨西哥餐！

键是付多少呀？建疆老师给一个朋友打电话，确定小费是一定要付的，小费额是消费总额的15%—20%。最后买单时，我们AA制，入乡随俗嘛。小费写到账单条上，餐馆会从你的卡上给自动划掉。也可以将小费夹到账单条里，服务生会拿走，作为他们的额外收入。

入乡随俗，出国要时刻记得我们是中国人。记得三毛在《亲不亲，故乡人》里有一篇文章《请你一定要给小账》，这里所提到的小账就是小费，也叫感谢费。走遍千山万水的三毛再三嘱咐我们同胞一定不要忘记给小费。文中的爱之深，忧之切，让我至今感触颇深。作为中国人，我们国内没有给小费的习惯，但是，出国了，就不能由着性子，而要按照当地风俗习惯付小费。有的同胞，明明知道人家的风俗，却故意装糊涂，故意装着看不见或看不懂账单上“感谢小费”那几个小字，或者故意装着忘掉了。你可以一走了之，但却因为一点小钱，影响了我们中国人的形象。三毛有一句话说得非常好：在国内也许你是你，我是我，在路上擦肩而过彼此一点感觉也没有。可是当我们离开自己的家园时，请不要忘了，我们只有一个共同的名字——中国人。

出了餐馆，我终于口吐真言，太难吃了！四个人都会心地大笑。这真是我们吃过的最难吃的一顿饭，墨西哥饮食的高大光辉形象在我们心目中轰然倒塌。

下午，中中去游泳，我在家睡觉，继续倒时差。俊英坐学校免费的班车去沃尔玛超市购物。睡梦中，一股饭香徐徐飘来，俊英不知什么时候回来了，做了玉米碴粥，炖了啤酒鸡，闻着就让人胃口大开。最好吃的东西还是在我们中国，最会吃的还是我们中国人。就这啤酒鸡，吃着馒头，喝着一辈子都喝不烦的玉米渣粥，浑身通泰，汗毛眼里透出的都是惬意。作为土生土长的中国人，我们有的是地地道道的中国胃，最爱吃的还是萝卜、白菜、粉条、蘑菇，那些高级的食材还真是无福消受。

中中游泳回来了，刚到几天，他已然成了小黑人儿，浑身上下黑黢黢的，这就是天天游泳的"杰作"。今天他结识了几个美国小朋友，很兴奋。我问他认识的经过，怎么交流的，他给我们讲了一番。

当他认为人家语速太快的时候，他就说："You say, don't fast."（你说，别说太快！）

我和俊英都笑翻了，问："人家听懂了没有？"

中中挠挠头，不好意思地嘿嘿一笑，说："没有。"

我鼓励他说："很好啊，就这样啊，慢慢就好了。"

心想，这小家伙，真敢说呀！语言的学习实际上就是这样，需要多听多练多交流。学语言不同于数学、物理等学科的学习，它更近似游泳、开车，是一种技能的习得。语言习得的理论掌握得再熟练，而不听不读不吸收，等于没输人，没有输入就没办法输出。输出的过程实际上就是练习的过程，要多练习。出错了不要怕，怕的就是肚子里空空，脑子里空空，更怕的是肚子里有东西了，又不敢张口说。想带孩子出国的同胞，不用担心孩子的语言交流能力，语言好不好，都不会影响他们游戏玩耍，孩子融入当地生活的速度可是惊人的哦！

中中因为总是有机会和黑人打交道，黑人吐字不清楚的浑重口音反而练就了他的好听力。后来，有一次，下了飞机，找行李，我问一个同行的黑人乘客，我们的行李去哪儿取，黑人乘客含混不清地说："Up there."（上面。）我正在再三辨音的时候，中中字正腔圆地给我重复了一遍，并很同情地看了我一眼。我心想："我哪能跟你比呀，你天天和那帮当地黑人孩子打成一片，又是打球又是游泳的。和我在一起的都是高校老师，个个英语说得都很标准，哪有你那么得天独厚的练听力的条件呀。"不过，我还是跟着交代了中中一句："听是听，别跟着他们的口音跑啊！"

8. 一方精神家园

玛丽蓓尔带我们去邮局开了邮箱。在我们的小区，有一个地方，竖着一个邮箱墙，一个格子挨着一个格子，上面标着号码，到邮局，把这个号码和家庭住址联系起来，拿到邮局给的邮箱钥匙，就能启用邮箱。

在回去的路上，路过一个看似我们中国花圃的地方，花团锦簇，美丽异常，实际上这里是一家农场。

玛丽蓓尔说农场里有新鲜蔬菜卖，我们可以进去看看，买些蔬菜水果。这里有好几间温室，里面盆栽了好多花，满屋芬芳。在大棚下坐着一位黑人女子，我们问她在哪儿能买到新鲜的蔬菜水果，黑人女子指了指远处的一个地方，远看像花圃，走进去才发现是一个有着凉棚的地摊店。成筐成筐的蔬菜水果有序地摆放着，有西红柿，又红又大；有南瓜，圆圆的，火红火红的；有黄瓜，又短又粗，猛一看以为是小

8.1 水果摊摆放整齐。

8.2 黑板上说是支持当地农户，销售的是当地农户种植的产品。

南瓜呢；还有一些瓜果在中国没见过，既不像瓜，也不像豆角。水果种类也比较多，不过有的看起来已不太新鲜，看来这个小店顾客并不多。店里卖的芒果是绿皮的，和我们国内的一点也不像，我拿起来看了标签才知道这是芒果。西瓜随意摆放在地上，看着很诱人。西瓜按个卖，一个 5 美金。

这里的西红柿也是按个卖，6 个 3 美金，葡萄按包卖，近 2 美金一包，紫色的，很甜，没籽儿。还有一种小小的核桃仁，7 美金一包，名叫 Pecan，也就是美洲薄皮核桃，看起来像我们中国的碧根果。店里所有东西的售价，和沃尔玛超市的价格差不多。付钱的时候，我才知道他们不能刷卡，只能付现金。收银的是一个黑人老头，胖胖的面庞上有着简单的笑容。他看我买了 Pecan，显得很开心，告诉我这都是他们一个一个用手剥出来的。我问他："这是不是当地产品？"他的笑容灿烂无邪，像小孩子一样欢快地用手围着身子画了一个圈圈，说："当然是啦，Pecan 到处都是，遍地都是。"我四处一看才注意到，周围到处都是他说的 Pecan 树，遍地都是小 Pecan，有的是很多年前落地的，有的是新落下来的，有的是完整的，有的已被人踩碎在泥土里，真的是"举手投足间，处处皆 Pecan"呀。

这里还有剥豆机，机械地转动着，两个黑人女子，将豆荚放上，将豆子倒走，同样的动作，重复而呆板，简单而机械。看她们脸上有着淡淡的笑容，动作不急也不躁。看似如此枯燥乏味的工作，她们做起来倒是很享受呢。

8.3 一台剥豆机，正在工作。

8.4 中国龙？你看出来了吗？

听说我们来自中国，一个瘦瘦的中年白人朝我们走来。他用手指着前面的一个建筑物，得意地说："看，那是中国龙，是我们亲手做的。"我们走近了看，原来是个拱形门，黄红色相间，外形有几分像龙，果然有中国元素啊！不过在我看来，整个造型倒更像一条中国端午节的龙舟呢。

农场里，绿草茵茵，到处姹紫嫣红。天，闷热难耐，蔬菜花草之间不时点缀着劳作的身影，悠闲而有序，自然而和谐。

回去的路上，玛丽蓓尔告诉我们，这个农场有个故事。农场的老板斯图亚特·佩里（Stuart Perry），21 岁的时候，父亲因为抑郁症自杀身亡。抑郁症缠上了佩里家族，成为该家族难以摆脱的噩梦。在斯图亚特得病期间，出现了幻觉和幻听，他不能自控地尖叫，时时刻刻在想着自杀。在家人的帮助下，经过专业治疗，斯图亚特活了下来。斯图亚特开始意识到，除了他，还有其他很多人都在承受着抑郁症的折磨，于是他决定要帮助更多的人。1998 年，斯图亚特徒步千里从阿梅里克斯小镇来到位于芝加哥的美国医疗协会，历时三个月，一路上，他都在做宣传，用亲身经历告诉他人，抑郁症是一种病，如同癌症、心脏病、糖尿病一样，有成功治愈的可能。后来，他成立了 Perry Wellness Center（佩里康复中心），向那些抑郁症患者提供帮助，通过艺术和手工，激发患者灵感，并建立农场，让患者在蔬菜水果花草种植过程中找到乐趣，提升生存能力。2000 年，斯图亚特的合作者卢迪·海斯（Rudy Hayes）写就了一本关于抑郁症患者的书《生命旅程》(*Journey for Life*)。

8.5《生命旅程》的封面。

这一切并非传说，而是真实发生的人生经历，他的人生依然继续着，为他人也为自己。想着刚才和自己打交道的农场工作人员，都是抑郁症患者，他们工作在鲜花绿草之间，忙碌在耕作和收获之间，活得那么充实和快乐。一个农场，一方精神家园，有多少抑郁症患者在这里找到了心灵出口，有了内心的归宿。那些能够提供这一方精神家园的人和那些能在这个精神家园找到心灵归宿的人，都是好样的，我为他们点赞！

9. 免费的午餐原来在这里

阿梅里克斯小镇面积很小，人口也少。如果没有车，生活购物都不方便。不过说心里话，这个小镇还真有它独特的魅力，如果真要离开这儿，我还真有些舍不得。就说“吃”吧，我们的住宅附近就有三处提供免费餐食的地方。打小我们受的教育都是“天下没有免费的午餐”，父母也经常教导我们“拿人手短，吃人嘴软，不要占便宜，不要白吃人家的饭”，但是到了美国之后的所见所闻，使我对这些从小就被灌输的思想和理念产生了很大质疑。免费的午餐，原来是有的，它不在别处，就在这里。

Lake 同学（注：中中的英文名字，他姓“胡”，“胡”“湖”同音，取英文名为 Lake）的学费全免，教材和练习册也是学校免费提供，校车免费乘坐，学校免费提供早餐和午餐。据中中说，早餐和午餐不仅免费，而且非常营养美味。截至目前，仅花了 5 美金租用学校的储物柜（Locker）。这么多免费的东西让我们应接不暇，简直不敢相信。更让人难以相信的是，我们的住处周围竟然有这么多地方提供免费的午餐和晚餐。为了让大家看清楚，我特意做了一个简单的表格：

	周一	周二	周三	周四	周五
Prehouse	免费午餐		免费午餐		
BCM	免费晚餐				免费晚餐
Wesley House		免费午餐			

在中国老乡的强烈推荐下，我勉强走进了 Prehouse 体验了一回。里面人很多，大家随意地坐在沙发上或周边的椅子上，手里端着盘子，拿着饮料。我细看他们的表情，人人都一脸坦然，没有“吃人嘴软”的尴尬和难堪。我拿了一个盘子，开始排队取餐。我手上没有镜子，也不知道自己脸上是什么表情，但我内心却有几分忐忑和不自然。我跟着队伍排到柜台前，嗯，食物蛮丰盛的，面包，沙拉，肉类，水果，饮料，一应俱全。我每样拿了一些，坐到沙发上，吃了起来。我旁边坐了一个美国姑娘，似乎是在这里负责的，我俩打了个招呼，做了个自我介绍。我心里充满了疑惑，就低声问她：“这里为什么会提供免费午餐?”她笑了：“这是教堂赞助的，为佐治亚西南州立大学（GSW）的学生服务。”我心里还是很忐忑，白吃了人家的东西，总觉得欠了人家什么。

更让人惊奇的是，我有一次去 Wesley House 吃饭，竟然遇见了语言学院的系主任约翰·福克斯和他的韩国夫人康卜心。他们也在享用免费的午餐，而且是一脸坦然。看来我得调整一下心态，适应这里的“免费”生活。

这三个提供免费饮食的地方，分属于不同的教会。BCM 是 Baptist 教会，又称浸礼会，是基督新教主要宗派之一。属清教徒中的独立派，他们反对给儿童行洗礼，主张教徒成年后方可受洗，且受洗者须全身浸入水中，称为“浸礼”，浸礼会由此得名。教会的负责人是来自印度的弗雷泽尔，他曾组织我们去奥兰多旅游。他们全家都在 BCM 帮忙，弗雷泽尔的妻子常常在那里为大家做饭，儿子唱歌很好听，弹得一手好吉他。有时候我们吃完饭，他儿子就会教我们唱圣歌，弗雷泽尔还按照自己的理解为我们解读圣经。BCM 有一个小舞台，舞台上钢琴、架子鼓、电子吉他、电子琴、麦克风一应俱全。经常有教会的人站在舞台上，有时候做一些演讲，谈一下对人生的感悟，对基督教教义的理解。他们谈他们的，我们吃我们的，吃饱了肚子，练好了听力，两不耽误。

Prehouse 是 Presbyterian House 的缩写，这里属于长老会，也是基督新教的主要宗派。这里为大家做饭的人，有的是 GSW 的学生，有的是基督徒，教堂会给他们一些工资，数额很小，我问过他们，只够他们往返的油费。这个地方，也经常会举办免费旅游的活动，地方都不是很远，通常是两日游。

Wesley House 是卫理公会教堂（Methodist）赞助的。卫理公会是由英国约翰卫斯理创立的教派，主张圣洁生活和改善社会。这个地方也有一些乐器，但不如 BCM 那么精致。

不管是哪个地方，距我们住的小屋都不远，走路 5 分钟就可以到。脸皮变厚了之后，我们就经常去享受免费餐。吃完饭，中心负责人和做饭的志愿者，还不停地说“谢谢”，好像我们去吃免费餐，是给了他们极大的面子。他们准备的餐食非常丰富，每次几乎不重样。如果是年纪大些的人做饭，饭菜似乎更美味一些，更丰盛一些。有时吃完饭，大家还会在一起做游戏。印象中有个游戏是这样的：大家坐成一圈，刚开始的时候，我以为是玩“抢凳子”的游戏，其实规则还是不太一样。凳子确实少了一个，没坐上凳子的这个人，站在场子中间，说一句简单的话，这句话涉及的人必须起来抢凳子，比如我说“我来自中国”，那么来自中国的所有人，就必须起来抢凳子。这个游戏不仅很有趣，也很锻炼听力。做完游戏，大家会有冰淇淋和蛋糕吃，我们和 Lake 都非常喜欢。

现在想来，免费的午餐是为了善良的传播，是为了教义的传达，是为了教会里兄弟姊妹有个成本最低，却能够常常相聚的地方，也为了让那些有着共同信仰的兄弟姊妹，有个共同的家。

10. 教堂零距离

在美国，礼拜天是那些有宗教信仰的家庭去教堂做礼拜的日子，教堂里会有些宗教仪式和活动。要想深入美国文化，就要走进教堂。访学的目的，不仅是在学术上有个交流，更重要的是对当地文化进行切身体验和了解，如果同时能做到两个异质文化之间的沟通交流，访学的效果就会更好。

星期天早晨起来已近 9 点，吃完早饭 10 点左右，随即出发，去零距离体验教堂文化。俊英说她认识一条去附近教堂的路，我们就打算徒步前往她说的教堂。刚走出我们的居住地乔治城（George Town），就看见路边一个路牌，上面有一个十字架写着“卫斯理之家”，这应该就是个教堂吧，或者应该是一个和教堂有关的机构吧？我们临时改变主意，反正是要去教堂，附近就有，何乐而不为呢？于是顺着路标一路走过去，看见有一栋房子，上面什么标志也没有。俊英走近去察看，发现屋里有人。这时走出一个年轻人，一身休闲打扮，身材消瘦，满脸和善。我走上前去告诉他，我们要去教堂，以为这里就是教堂。他解释道自己是佐治亚西南州立大学（GSW）的学生，这里是一个教徒俱乐部，每周二都会有聚会，有免费的午餐，有游戏可以做，还可以学唱歌，他邀请我们进俱乐部看看。

这是一处很大的房子，进门就是一个乒乓球台，再往里走，是一个更大的房间，摆满了桌子和椅子，里面还有很多乐器，有电子吉他、电子琴之类的。仔细一看，墙上贴了很多纸张，其中一张上面写着，欢迎大家加入这个团队——Methodist（卫理公会教徒）。这个单词我认识，以前上课的时候还给同学们讲过，这是教徒的一种，属于卫理公会派的新教徒，在 18 世纪脱离了英格兰教会。

这个小伙子名叫比尔，比尔告诉我们他正好要去一个小教堂，问我们要不要和他一起去，我们大着胆子就同意了。在我的印象中，在治安并不好的美国，坐陌生人的车是危险的，夜里走路很危险，进入陌生人的家也是危险的。但对我们这些异乡客，没有车，没有亲人，除了冒些风险，又有什么办法呢？

比尔拿着吉他，还有很大的音响装备，我们就一起出发了。他的车是大众品牌的甲壳虫汽车，车型灵巧。我问他多少钱买的，他说买的时候是2000美金，我又问是二手车吧，他说是的。不过即使是二手车，这样的价格也有点让我瞠目结舌，在中国想用这个价格买辆这样的车，绝对不可能。比尔的甲壳虫外观看着漂亮，但坐进去就发现里面很杂乱，有废弃的饭盒、用过的饮料杯子等杂物。坦率地讲，到目前为止，我所坐过的美国车子，没有一辆里面是整洁干净的。车子启动时，竟然一抖一抖的。中中一直为了在美国能低价买车而忿忿不平，看到这种情况，难免有些幸灾乐祸。他满脸不屑地说："看吧，这样的价格也只能买到这样的车。"

我们前往的教堂并不在阿梅里克斯小镇，而是在一个叫作蒙特苏马（Montezuma）的城市里，驾车30分钟左右。教堂说到底就是一间挂着十字架的屋子，我走进一看，与我心目中的教堂大相径庭。

2006年我去英国的时候，在英国的班戈曾有一次与教堂亲密接触。那是一个古老的教堂，有着中世纪的风格，窗户玻璃是典型的彩绘花窗玻璃，上面讲述的是一个个圣经故事，阳光照进来，灿烂夺目，美轮美奂。椅子是一排排的木式椅子，好像经历了好几个世纪，古朴而典雅，很有时代厚重感。屋顶富丽堂皇，色彩浓郁，颜色饱和得似乎要流下来。彩色的窗、木质的椅、绚丽的屋顶，坐在教堂里就像回到了中古时代。当时的我，包里装着相机，带着一种猎奇的心理。一走进教堂的大门，脸上嬉皮笑脸的表情逐渐淡去了，沉重的脚步变得轻缓起来，话语声不知不觉也轻柔了很多，太神圣了。大主教白发白胡子，极其英俊，修女黑白两色的衣服，浑身上下透着圣洁，教堂里的气氛庄严肃穆。我站在信徒中间，始终没有勇气拿出相机拍照留念。有的信徒无比虔诚，即使因为身体过于肥胖行动不便，也要费劲地跪下去，整个仪式都是跪着的姿势，好像在忏悔什么。礼拜仪式也极其庄重，先是大主教带着一队牧师和修女绕着教堂走一圈，然后是大主教发言，他讲哪里有了战争，哪里的女人需要帮助，哪里的孩子在忍受饥饿，号召信徒们要“爱人如己”，提供力所能及的帮助。然后是全体唱圣歌，最后是大家互相拥抱，互相祝福。最后一个程序有点令人生畏，本来我是打算逃走的，可是发现逃不掉。所有信徒必须逐一走上前去，跪在神父面前，修女拿着酒杯，递到你的嘴边，让你喝，说这是耶稣的血；还有一个修女拿着饼干给你吃，说这是耶稣的肉。整个过程，感觉自己的心灵被绑架，颇有几分压抑。直至冲出教堂之后，才大大地松了一口气。

比尔带我们来的教堂，是第一社区教堂（First Community Church）。从外观来看，这只是个普通住宅。走进去，闲散地坐着几个人，我以为就是平常的家庭聚会。再仔细一看，发现里面还有一个房间，有几排凳子，凳子像极了我们会议室里的座椅。在教堂的外间，有个弹吉他的人，身材高大。这个教堂只有简单的房屋，简单的摆设，有个大的十字架钉在墙上，小的十字架则是用纸板做成的，做工有些粗糙。这个教堂里的信徒大多都是黑人，牧师（Pastor）叫吉姆斯·卡特，他是今天最引人注目的人。牧师先带着大家一起祷告，口中不停念着“阿门”，接着唱了两首英文圣歌喜乐（Joy）和赞美（Praise），比尔吉他伴奏，吉姆斯电子琴伴奏。他弹奏的时候，身体随着节奏摇来晃去，满脸陶醉。

然后，吉姆斯带着大家一起学习圣经“为什么我有罪”这一段，吉姆斯主讲，依然激情四射，极具煽动效果。我站在其中，想起三毛在《撒哈拉故事》中的“观浴记”，三毛站在澡堂里，却没有洗澡的欲望，只是一个观浴者。我也一样，在这样的场景中，这样的氛围里，我也只是一个旁观者。

10.1 这个教堂在聚会的时候，很像是个音乐俱乐部，气氛很欢快，大家都很开心。

仪式结束，中中率先冲出了所谓的教堂。对这个十一岁的孩子而言，体验异国的宗教文化是一种新奇，但同时也是一种煎熬。

11.“花生”总统吉米·卡特的故乡

在中国，如果有人提到国家主席，总感觉距离自己好远好远，那只是电视报纸上高高在上的大人物。他的决策影响着我的生活，但是他的生活和我的生活却好像是永远平行的两条线，不可能有任何交集。但在美国，情况却不是这样。

美国佐治亚州普莱恩斯（Plains）小镇，是美国第 39 届总统吉米·卡特的家乡，离我们住的小镇只有几十分钟的路程。卡特现在已经是 88 岁高龄，据凯文介绍，卡特依然非常忙碌，每两周都会去一次教堂做义务传教士。可惜，我们 9 月 2 日去的那次，没能见到这位在当地德高望重的老人。

我们先是来到卡特年少时就读的高中——普莱恩斯中学，现在已经被当地政府设为博物馆，陈列着吉米·卡特 2002 年所获得的诺贝尔和平奖章。墙上贴着吉米·卡特的各种介绍，有图片，有文字，还有影像。通过影像了解到，吉米·卡特也曾有过非常贫穷的生活，身无分文。他住的农庄没有电，没有水。但是他有一个非常快乐的童年，有很多黑人小伙伴，他们一起打核桃，一起踢球，一起在田野中奔跑。卡特之所以能当上总统，应该和南方黑人对他的支持有很大关系。影像中比较感人的一段，是卡特再次竞选总统落选之后，返回家乡的场景。那天细雨绵绵，家乡人民站在雨中等着他归来，雨点打湿了他们的头发，打湿了衣服，也打湿了眼眶。家乡人看到卡特来了，纷纷涌上前来，一个个伸出手来，把家乡父老的温暖和安慰，通过一个个拥抱传递给那个在外面竞选失利的返乡人。卡特回来之后，并没有享受闲适的生活。他和妻子亲自动手，搬砖搬瓦，在亚特兰大建立了卡特中心，倡导维护世界和平，改善医疗现状，消除疾病，缓解饥饿。卡特就是一个这样的总统，像花生一样，扎根于泥土之中，默默开花、低低地结着果，平凡而朴实。

11.1 卡特总统曾在这个教室学习过，今天我也坐在这里，找一找当年卡特总统读书的感觉。

离开卡特读过书的学校，我们乘车大约 10 分钟，就来到了郊外的一个花生农场，这就是卡特的家。

一下车，就看到一个小屋，走出一位上了年纪的女子，给我们每人发了一个宣传小册子，朝着远处的一座小房子指了一下，告诉我们那是卡特的家，让我们自己去看，她就走开了。在我们中国的农村，很难找到与此相似的地方。我们中国的农村，大家都是相邻而居，村庄里也有整齐划一的街道，人与人之间来往密切。而这里，卡特家的附近几乎没有其他住户。我认真读了一下资料，再远一些，也有一些人家，大多是黑人，这让我想起了电视剧《根》和电影《汤姆叔叔的小屋》，南方的黑人在内战之后获得自由，摆脱了奴隶身份，但他们却不愿离开生活多年的土地，卡特的黑人邻居可能也有着这样的历史渊源。卡特的家坐落在一片开阔的乡村田野间，有着开阔的环境，他也一定有着开阔的胸怀，胸怀之大可容天下。田野间有鸡舍，有马棚，有铁匠铺，有一块田地还滚着圆乎乎大红灯笼似的大南瓜，看着这个乡村田野的风光，似乎看到了年幼的卡特奔跑在田垄间，欢笑着，跳跃着，全身上下散发着自由和快乐。卡特的童年是无拘束的，是远离世俗的，是淳朴的。我想这也正是卡特成为总统之后，要带给大家和平、自由和快乐的缘由吧。

卡特，成长在花生之乡，有着花生的品质。花开在地面上，小小的不张扬，根扎于深土之中，果实深深藏于地下，朴实而无华。

11.2 看，多么逍遥自在的羊，吉米·卡特就是从这里走向了白宫。

11.3 绿叶中的一点红，是憨态可掬的大南瓜，红彤彤点缀在绿色田野之间，万圣节的灯笼就是用这个做的。

11.4 好大的一个稻草人，有没有让你想到《绿野仙踪》里的那个稻草人呢？

12. 加州圣何塞（San Jose）之旅（一）

2008 年小弟回家完婚到今天，倏忽之间，已是 5 年。虽然网络发达，能够在网络上经常视频，但高科技也并不能消解亲人之间的相思之苦。因此，当小弟得知我和中中已经到了佐治亚州，距小弟所住的加州圣何塞（San Jose）(注：西班语发音，叫作 San Housei，中文名字为圣何塞）只有 6 个小时的航程，小弟和弟媳不容分说就给我和中中买了 8 月 4 日到 8 月 18 日的往返票，邀请我们去加州。

中中 8 月 1 日已经正式开学上课。8 月 3 日这天，玛丽蓓尔给我打电话，约我一同到中中的萨姆特县中学（Sumter County Middle School）去给中中办理请假手续。我说给他的学校办公室打个电话不就行了吗？在我们中国请假是很简单的，写个请假条，甚至大多情况下给老师说一声就可以了。玛丽蓓尔说在美国是不可以这样做的，孩子的父母必须有一人亲自到校，办理请假前的一个“取回”（Withdrawal）手续，就是说要通过一个正规途径把孩子从学校领回来，完成监管人的转移。我和玛丽蓓尔不顾天气炎热，路途遥远，下午 1:30 驱车赶到中中的学校，填写了无数张表格，程序烦琐复杂。办完 Withdrawal 手续，在法律意义上，我才算是真正获得儿子在未来两周接受义务教育的“豁免权”。

要想走出阿梅里克斯这个小镇，必须找人帮忙，让人开车把你送出去。因为小镇与它的周边城市没有城际公交。我要到亚特兰大坐飞机，就得想办法让人把我先送到距阿梅里克斯小镇一个半小时路程的哥伦布，再从哥伦布坐一个半小时公交车到亚特兰大机场。出行波折、交通不便到令人难以想象的地步。幸运的是，我有位邻居叫胡骥，是一个来自中国西安的小伙子，他开朗、热情、帅气，很招人喜欢。我们偶然一次闲谈之时，我提到要去哥伦布，但苦于找不到人帮助，胡骥听了，记到了心里，说："你不用着急，我帮你问问，看看有没有人愿意送你去。"很快，胡骥答复我说，他的一个当地朋友马里奥，愿意送我和中中去哥伦布。我听后非常高兴，连连追问，要不要给人家一点油费呀？虽然我也知道，人家并不在意几个油钱，但我真不知道，用什么样的方式才能够表达自己的感激之情。

马里奥和胡骥按照约定，8 月 4 日早上 10 点准时在我家门口等。我们要乘坐的是下午 5:50 的飞机，时间很充裕。马里奥是个 20 岁左右的年轻人，从他播放的车载音乐及他身上的纹身都可以看出，这是一个热爱生活、新潮前卫的美国年轻人。一路上，马里奥高声播放着摇滚乐，音乐声音太大，我们之间无法交谈，于是我专注于欣赏路边的景色。道路两旁不时出现片片草场，有的草场上堆满了大大的草卷，像极了我们中国的马车轱辘。我在英国也见过类似的草卷，知道它们用来蓄草，以备马牛在冬季食用。草场上还有一种设备，看起来很奇特，长长地架在庄稼地上，设备周边伸出很多管子，很像人的肋骨。这个设备的功能很出人意料，它是用来喷水浇地的。路边也不时会出现几块墓地，都是几处不显眼的墓碑，小小的，矮矮的，有的墓碑前会有一抔鲜花。在我们中国，墓地很庄严肃穆，有的甚至很豪华。我们中国人讲究“死者为大”，美国似乎不是这样。路途中，一路荒野，突然看到有几辆车聚在一起，摆了好多物品，我大声地对胡骥和马里奥喊道：“看，Bazzar！”（注：市场，一种类似跳蚤市场的东西，在日本也有，叫作巴匝）马里奥笑道，说他很喜欢这种市场，他认为这种市场很有意思，遇见这样的巴匝通常会停下车过去逛逛。

一个半小时的路程，我用一双眼睛来吸收异国风情，沉浸在自己的思绪之中，目的地很快就到了。马里奥以前没有去过长途汽车站，他就用 GPS 导航，将我们带进一个汽车站。进站后，我发现这并不是我当时从亚特兰大到哥伦布的长途汽车站，而是一个售票处和候车厅在一起的大房间，装修非常简陋。里面有个破旧的木头柜台，大厅里摆了很多长椅，有十几个黑人乘客，闲散地坐在椅子上，有两个甚至躺在椅子上呼呼大睡，不知是不是因为他们脱了鞋的缘故，房间里散发着一种刺鼻的味道。

我和马里奥一起来到柜台，告诉他们我们要去亚特兰大，售票员是个黑人男子，口音很重，告诉我 5 个小时后才有去亚特兰大的车，我和孩子的票价总共是 20 美金。5 个小时，我看看表，已经是上午 11 点多了，那不行，在这里坐车，我肯定会错过我的航班。马里奥很着急，连忙询问是否有去亚特兰大的出租，黑人售票员说有的，车费是 180 美金。我告诉他，不用乘坐出租车，在哥伦布还有一个汽车站。我向马里奥解释，上次我从亚特兰大机场就是乘坐一种摆渡车（Shuttle Bus）来到这里，车辆不大，能坐七八个人，车速很快，间隔半个小时一趟，非常方便。票价要比公共车贵很多，我和孩子需要 72 美金。马里奥向黑人售票员咨询了几句，终于弄明白了我说的摆渡车车站的准确位置，我们就又出发了。

那个车站很远，开车将近一个小时才到。远远的，我就看到了上次来时的车站，“没错！就是这里。上次我来的就是这个车站”。这个车站同先前的那个车站大相径庭，这里候车的乘客，文质彬彬，看起来都很有修养，彼此之间礼貌地打招呼，小声地交谈。候车区摆放着一圈黑沙发，有免费的报纸杂志，免费的咖啡和水，电视轻声地播放着电视节目，一切都显得那么安静和优雅。看来，在美国，也有很大的贫富悬殊。穷人只能在肮脏的候车区，苦苦等待几个小时，乘坐容纳几十个人的大巴；而富人却有更多的选择，能够享受更好的服务，更优良的环境。我买了往返票，比单程票省了 10 美金。我让胡骥问马里奥，我应该给他多少钱，马里奥只收了 10 美金的油费。我心里对马里奥充满谢意，与胡骥拥抱告别。

不一会儿就有一位满头白发的白人司机，身穿干净的制服，问我是不是去亚特兰大，我回答是。他又问我是哪个航空公司的飞机，我拿出我的电子客票让他看，他拿出老花镜，看得很认真。随后，他早早地把我的行李搬上了车，并告诉我还要等 15 分钟。又过了一会儿，他走过来告诉我还要等 5 分钟，让我不要着急。还有两分钟的时候，他就过来请我上车。司机小心翼翼地扶着我们上车，帮我们系好安全带。我和中中坐在倒数第二排，车上包括我们在内只有六名乘客，三位黑人女士坐在前排，一个白人先生坐在最后一排。车子就要发动了，这个时候那个白人先生大声对司机喊道“Wait, wait.”（等一下，等一下。）然后，他急匆匆下了车，全车人都在等他，也不知他发生了什么事。过了一会儿，他回来了，满脸不好意思，不停地给大家说对不起。我朝他微笑，听见他对我说：“你看，真不好意思，让你们久等了，我忘记了和我的一个孩子告别了。”他坐到自己的位置上，我回头想和他说几句话，正好看见他的脸紧紧地贴在窗户上，他的目光是那么热烈，那么专注，那么深情。我随着他的目光望去，窗外站着一群孩子和一个优雅的女人，我数了数，五个孩子，三个女孩两个男孩，年龄差别不是很大。我明白了，这是一位父亲在与自己的妻子和孩子告别。孩子们紧紧地盯住父亲，眼里只有父亲，好像一眨眼父亲就会消失一样，目光中太多的不舍，太多的依恋，五个孩子都是一样的目光，一样的表情，亲情和爱恋瞬时间被定格，我深深地被这个画面感动。这是怎样的父亲，怎样的孩子，怎样的家庭啊！车子开动了，我回头再看这位父亲，这位父亲依然沉浸在刚才的情绪中，我不忍心打扰他，悄悄地把头转了过去。

出多少钱享受多少待遇，美国也这样。这种客车票价虽高，但是服务很好。亚特兰大机场非常大，这样的车会将乘客送到要乘坐的航公公司的登机手续办理入口处，司机非常细心，他能记住每位乘客要乘坐的航空公司。车子停稳之后，司机下车，为乘客打开车门，扶着乘客慢慢下车，然后帮乘客搬下行李，服务热情而周到。

13. 加州圣何塞（San Jose）之旅（二）

美国的交通和我们中国有很大的不同，城际公共汽车很少，尤其是那些小城市，城市与城市之间没有公共交通设施，对没有私家车的人来说，交通非常不便。在美国，几乎人人都有车。“没有车，就没有生活！”（No car，no life.）

美国的航空系统与我们中国也有很多不同的地方。这次去圣何塞，弟媳帮我们选乘的是全美航空公司（Airways）的航班，我和中中需要在凤凰城转机。从亚特兰大出发，乘坐下午 5:50 的飞机，到亚利桑那州的凤凰城，落地时间是下午 6:51。看到这个时间，你要是认为你只有 1 个小时的航程，那就错了！亚特兰大和凤凰城不在同一个时区，两城之间有 3 个小时的时差。所以算上时差，这段航程应该是 4 个小时。（注：美国本土分四个时区，飞机起飞和落地的时间都是当地时间，要注意时区差异。）

我和中中下午 3 点左右到达亚特兰大机场，前往美国全美航空公司的柜台办理登机手续。在美国没有免费托运行李的服务，如果你要托运大件行李的话，需要额外付费。我和中中拿了一个小箱子，不需要托运行李，只要拿到登机牌就可以了。这个时候，我发现在办理登机手续的地方有很多机器，上面写着自助登机（Self Check-in），应该是可以通过这些机器自助办理登机手续，这样就不需要排队了。我向身边的一位黑人女士询问，她说从来没用过这种机器，也不知道怎么用。我看看时间还早，就想尝试一下。根据电脑指示，输入我的名字，很快就显示了我和中中的购票信息，3 分钟不到，我就拿到了两人的纸质机票。眼看着身边的人，还在排着长长的队伍，等候办理登机手续，心里一阵窃喜。

安检之前，我和中中已经饥渴难耐，来到机场的餐饮区，远远地看到有一个招牌写着亚洲曹记（Asian-Cao）。我高兴地告诉中中："快看，那是个中国人开的餐馆。"我和中中迫不及待地冲到这个摊档面前，哇，有面条，有米饭，有各种各样的中国菜。"我要吃米饭！""我要吃面条！"我俩兴奋地大叫着。中餐馆老板看见我俩那样，忍不住笑了，他用中文说："你们从哪里来的呀，是不是好多年没有吃过中国菜了呀？"哇，他还可以说中文，感觉好亲切呀！我和中中舒舒服服地吃了一顿中国大餐，倍感惬意。

13.1 久违了，中国的白米饭。都别和我说话，让我好好吃一顿！

吃完饭已经下午 3 点多，我们抓紧时间安检。安检的时候，依然需要脱掉鞋子，脱掉外套，拿出电脑，举着手走过扫描区。每当这个时候，总觉得自己好没有尊严啊！

亚特兰大的机场有地铁，速度超快，几分钟一趟。通过安检，就需要去登机口候机了。机场很大，需要乘坐地铁前往。我们的登机口是 D23，坐上地铁，6 分钟不到，就到了 D23 登机口，非常快捷。

我们的票上写着 Zone 2（第二区），开始的时候，我不知道这个是干什么用的，登机时才明白，这是登机排顺序用的。先是让那些航空公司的会员登机，然后是第一区（Zone 1）乘客，第二区（Zone 2）的乘客。航空公司用这样的方法避免拥挤，乘客也不用着急排队，挺好的创意！

美国飞机不提供免费餐，这一点不如我们中国航空公司人性。幸亏我和中中事先吃饱了肚子，才不至于挨饿。飞机上提供免费饮料，每次要饮料的时候，你要告诉他们你不要冰，不然他们都会默认你要加冰。我这个中国胃，受不了喝加冰的饮料。飞机上很冷，每次我都穿上外套，盖上毯子，还是冻得睡不着，要是再来一杯冰水，肯定是不行的。

中途转机不需要重新安检，从这个登机口走出来，进下一班机票上的登机口就可以了。凤凰城又叫菲尼克斯，原来是美国土著居民印第安人的居住地。这个地方应该颇有几分土著气息，我在机场的商店里看到了一种头饰，像打开的扇子一样装饰着孔雀羽毛，可以戴在头上，我想这应该是土著居民的东西。

在凤凰城机场要停留一个小时，我和中中就地解决了晚饭问题，在一个西餐店里，点了一个大的 whopper（是那种超级大汉堡，有时候指的是招牌汉堡）。汉堡里面夹着牛肉、奶酪、青菜、西红柿，还配一大杯饮料。服务员会给你杯子，你自己到饮料区去接饮料，可以无限量畅饮，套餐里还有一袋薯条，薯条味道还不错。不过我俩刚刚被安抚过的中国胃，还是受不了这种没有技术含量的西式快餐。这顿 Whopper 吃得我和中中都有点反胃。

从凤凰城到圣何塞不足两个小时的航程。当地时间夜里 10:15，飞机落地。随着人流走出机场，外面灯火通明如白昼，甚是繁华。从人烟稀少的阿梅里克斯小镇，来到如此繁华的地方，恍如隔世。

从哥伦布到亚特兰大的大巴车上，几乎都是黑人；从亚特兰大到凤凰城的航班上，有了更多的白人；从凤凰城到圣何塞，亚裔人明显增多。

小弟在机场接到我和中中，已经是夜里 10:30。他还是那么俊朗、儒雅。8 年的日本生活，7 年的旅美生涯，在他身上形成了独特的气质。他独立、自信、成熟、稳重，很有魅力。

从机场到小弟家 10 分钟的路程，这一路让我对圣何塞有了大致的了解。圣何塞原先是西班牙的属地，圣是圣人的意思，何塞是一个西班牙民间故事中的人物，正如 San Francisco（旧金山）名字的由来。这里土地肥沃，一度曾是有名的粮仓。小弟说现在的圣何塞非常了不起，有著名的硅谷。最早在此安家的是惠普的总部，选择这个地方，主要是因为圣何塞离斯坦福大学很近，仅半个小时的路程，好多公司可以从斯坦福大学得到新的思想和创意，以后陆续来了思科、因特尔，圣何塞也逐渐成为全球高科技公司聚集的地方。小弟就在因特尔工作，是个难得的高科技人才。

圣何塞的中国人很多，亚裔人在这里已经超过了 70%，所以这里有很多中国餐馆、中国超市，大家都是中国人，你在异国他乡的孤独感就会减淡很多。

夜里看不太清楚，可是看得见路边的建筑物鳞次栉比，这儿要比阿梅里克斯小镇繁华多了。

圣何塞和阿梅里克斯时差三个小时，路上我和中中都补了觉，虽然夜已很深，但我俩并不觉得困。小弟租住的房子在二楼，外面有个楼梯直接上二楼，进门就是一个客厅，右手边是个厨房，再往里走是两个卧室，每个卧室都有壁橱，收纳力超强。每个卧室也都有独立的卫生间，很方便。家里很整洁，弟媳很会整理家务，是个居家能手。

妮妮是我小弟的女儿，非常漂亮，满头卷发，像个混血儿。一岁多的时候曾送回中国，我和她奶奶一起带她，她一直叫我妈妈。我很想她，不知妮妮是否还记得我这位妈妈。我去看妮妮，她已经睡着了，睡得很香很甜，我真想摸摸她，可我不敢，怕吵醒她。中中站在妮妮床边，久久舍不得离开。妮妮在我家住的时候，他们兄妹感情非常好，妮妮离不开哥哥，哥哥心里装的全是妹妹。我记得，那是一个冬天，外面寒风刺骨，我从外面办事回来，路过小区的花园，看见路灯下一个孩子趴在椅子上写作业，这么冷的天，这是谁家的孩子呀？我走近一看，不是别人，是中中，他在家无法写作业，妮妮会捣乱，他要在外面把作业写完，好挤出时间回家陪妹妹玩。我站在中中身边，陪着他把作业写完，心中百感交集。

一夜好觉，这是来到美国之后，睡眠质量最高的一夜，在这里我找到了自己的家，心也静了下来。

14. 旧金山金门大桥之约

第二天，8 月 5 日，是个礼拜天。正好小弟休息，带我们去旧金山看金门大桥。弟媳早早起来给熬了玉米粥，蒸了一屉包子。在美国能吃上家乡饭，也犒劳了我们的中国胃。家，就是这样，能够吃上多年习惯的饭菜，能够睡上一个踏实的觉，心就愿意停留下来，不愿再四处流浪。

圣何塞距旧金山一个小时路程。我们上午 10 点左右出发，我坐在前排，妮妮坐在后排的儿童安全椅上。现在妮妮快三岁啦，自己会爬到安全椅上，系上安全带。弟媳从小训练她自己吃饭，自己穿衣，自己做自己的事情。她的自理能力很强。小弟说，在美国，孩子坐私家车，必须坐在儿童安全座椅里（Car Seat）。孩子在医院出生，如果你没有设置安全椅，医院是不会让你把自己的孩子接回家的。

旧金山被华人叫作三藩市，又叫金门之城、雾城、港边之城，目前旧金山的市长是美籍华裔。旧金山有一段和我们华人分不开的历史。1848 年 1 月的萨克拉门托谷（Sacremento Valley），一名木匠在建造锯木厂时，在推动水车的水流中发现了黄金。这个消息不胫而走，引发了全世界的淘金热。短短三个月内旧金山人口便激增 25000 人。其中许多华人作为苦力贩卖至此挖金矿，修铁路，备尝艰辛。当时有法律规定，不接受华人女子做劳工，华人劳工不能和异族人通婚。小弟讲到此时，我说那不就是剥夺了我们华人的生育权，变相地控制了我们华人的人口吗？可是天助我华人，1906 年旧金山发生了一次罕见的大地震，震级 8.25，地震引起了大火，烧毁了旧金山的一切，其中也包括旧金山的户籍册，我们华人借此机会将亲朋好友引到旧金山，此后大批华人在这里安家落户，称这座城市为旧金山（以此区别澳大利亚的新金山）。

上午 11 点多的时候，我们来到旧金山市。这里房屋密

14.1 旧金山的街景，路面坡度很大，忽上忽下，在这样的路上驾驶，就像开着过山车。

集，并没有高楼大厦，街道高低起伏，忽上忽下，坡度很大。车开到坡顶处，处在街道的制高点，你感觉整辆车已经悬空，看不见前面的路况，感觉像在乘坐过山车，很惊险，很刺激。

我们的车停到海边的停车场，这是看金门大桥最好的位置。8 月的旧金山，冷风呼呼地刮着，感觉提前进入了深秋，冷得很。我穿上弟媳的厚外套，还是感觉凉气袭人。小弟给我遥指金门大桥，什么也看不见，云雾缭绕，金门大桥跟我们捉起了迷藏，躲在了雾纱之下，只能模模糊糊地看见一条长长的线，下面几个柱子，仅此而已。小弟说，这里水汽大，能看到金门大桥的全景很不容易。海面上飞着海鸥，很多鸽子在沙滩上自由自在地寻找食物，与游人嬉戏。有的穿得很

14.2 金门大桥，雾纱蒙面，久久不肯现身。

少，在慢跑；有的则全副武装，带着一家老小，骑车健身；还有的在沙滩上遛狗，一片怡然自得的景象。

金门大桥，顾名思义，就是通往淘金之地的大门，它连接旧金山市和马林县。小弟告诉我，金门大桥建于 1933 年，建了 4 年，于 1937 年通车。1937 年的中国，抗日战争已经打响，中国人正处于水深火热之中，而美国却致力于创建一座世界工程奇迹。金门大桥雄峙于美国加利福尼亚州宽 1900 多米的金门海峡之上，钢铁结构，目前虽不是世界上最长的悬索桥，但却是最著名的大桥之一。它是全球自杀者的首选之地，有“自杀圣地”之称，也的确名副其实，从建立至今，已有 1400 人从这里一跃而下，选择在此跳桥，来终结生命。

这里的景致果然不错，有山有水，有跨海大桥。色彩也丰富，山的青，水的蓝，云的白，沙的黄，草的绿，桥的红，像极了一幅色彩浓郁的油画。人，真的是很奇怪，既然选择了死亡，还在乎怎么死、在哪儿死，或者死亡地的名气吗？无论如何，如何阻止人们在此地自杀，成为令当地政府头疼的问题。为了防止自杀，2008 年当地政府投票决定在金门大桥的桥栏上安装“防自杀网”，以打消那些在此地自杀的念头。

我不时焦急地张望，但还是没有看清金门大桥，不知道它究竟是什么模样。

恶魔岛（Alcatraz Island），英语俗称 The Rock，果然如

14.3 大名鼎鼎的恶魔岛，此时此刻，就处在旧金山湾灰色的海水中，看着它，不知怎么地，我脑中浮现的却是《加勒比海盗》的场景。

一堆黄色岩石矗立在水中央。四面峭壁，深水环绕，当年美国政府把这里设为监狱，真的是很有眼光。囚犯被关押在此，真是插翅难逃呀！这里还真的关押过不少知名的重刑犯。

恶魔岛这个名字的来历也非常有趣。一名被囚禁于此的犯人，名叫菲利普·格罗瑟，他因为在“一战”中拒绝服兵役而被判有罪，关押在此岛。服刑期间，他把自己的铁窗经历整理出书，取名《山姆大叔的恶魔岛》，向公众揭露了监狱的恐怖与黑暗。从此，这个岛被冠以“恶魔岛”之名。1963年之后，这个小岛不再作为监狱，而成为与金门大桥同名的游览观光胜地。它甚至成为美国电影《勇闯夺命岛》的拍摄地，电影一炮走红之后，这座小岛也跟着名声大噪。

到了吃饭时间，我们来到一家叫喜互惠的超市（Safeway），这是一家连锁超市，在美国很常见。超市里服务人员大多是亚裔人，说中文他们也是可以听懂的。我们买了鸡翅、沙拉，还有三明治，回到海滩，在碧海蓝天下享用午餐，继续等待一睹金门大桥的真面目。我们拿出食物后，很多鸽子和海鸥就飞了过来，它们一点儿都不怕人，争着抢着要和我们共进午餐，我们把面包渣撒出去，鸟儿们就落在我们脚边享用美食，胆大的，跳到我们的椅子上，公然抢夺我们餐盒里的食物。

吃饭之时，更多的阳光从云层透了下来，天空一下子亮堂了。我回头看金门大桥，高兴地喊道："出来了，出来了！"金门大桥犹抱琵琶半遮面地出来了。太阳出来了，周边的颜色一下子发生了变化。灰色的海水一下子变得蓝盈盈的，泛

14.4 碧天蓝水中的金门大桥。

着带光的涟漪。天空也是蓝盈盈的，但此蓝非彼蓝，蓝中飘着白色的云彩，如丝如缕，如梦如幻。金门大桥，秀美而壮丽。这座桥的确很美，通体是红色的，映衬着蓝色的海水，还有远方若隐若现的蓝色海岸，那个颜色很奇幻，我很难用语言描述出来。我原本试图用相机捕捉这份震撼和奇幻，却最终放弃了。有的时候，人们只能用双眼去发现美，用心灵去感受美，高科技的东西似乎也不能帮你留下什么。

沙滩上有一种运动，我们当时并不认得那是什么。一种车，车轮有两个摩托车轮子大小，人站在轮子中间的踏板上，扶着把，快速地行驶着。小弟和中中都看得眼热，很想尝试一下，我们咨询了好几个租车行，都没有租到。小弟查网络，才知道这种车叫作 Segway。

14.5 Segway，当时感觉很新奇。回国之后很快在中国的大街上看到了这种便捷好玩的交通工具。

吃完饭，弟媳和妮妮累了，在车里睡起了午觉，中中自己在沙滩上堆城堡。中中虽然在国内去过日照、秦皇岛、大连、福州、厦门等多个海滨城市，但他看见海还是爱得不行。沙与海，他永远也玩不够。我和小弟坐在沙滩上，聊起了家常，很惬意。

等弟媳和妮妮醒来，我们来到著名的渔人码头。小弟开着车，寻找停车位，我们在码头附近转了近一个小时，都没有找到合适的位置停车，所有能停车的地方都停着车，包括坡度很大的路面。最后没有办法，小弟找了一个收费的停车场，一个小时收费 6 美金。

14.6 旧金山渔人码头。

渔人码头很热闹，有点像我们中国的上海滩，游客摩肩接踵。有些人在身上涂染了颜料，装扮成假人，如果和他一起拍照，是需要付费的。这让我想起了英国的泰晤士河畔，伦敦眼下，大本钟旁，有太多这样从事“行为艺术”的人，他们以此谋生也以此娱乐。

码头上，有很多海狮爬在舢板上，引得游人争相观看。海里有游轮开过，驶向恶魔岛。轮船上有很多人向岸上的我们招手，我们看他们，他们看我们，不知谁是谁的风景，谁又是风景中的风景。

这里有一条街，街上有很多售卖纪念品的小店，很有特色。还有一家糖果店，里面全是五颜六色、形态各异的糖果。弟媳说：“不要进，这个地方太诱人，进去就想买。”我说：“进去看看吧，开开眼也行。我不爱吃甜食，不爱吃糖果，我

14.7 渔人码头上很多这样的艺人，把自己浑身上下涂满各种颜色，招揽生意。

能抵制住诱惑。”说完就一头扎了进去。刚看了一会儿，我就无法抵制诱惑了，到处找购物篮。我不好意思地对弟媳说：“买一点，我就买一点。”大家都笑了。

看着别人吃冰淇淋，中中和妮妮都想吃，弟妹就给他俩买了一碗。他俩坐在台阶上，你一口我一口，吃得很爽。天很冷，他俩都穿着短袖，不一会儿，妮妮就开始瑟瑟发抖，但她即使身上发抖，嘴里还在不停地吃冰淇淋。我们只好让他俩坐在太阳下，能够稍微暖和一点。在中国，我们喜欢喝热水，中医讲，吃冰凉的东西会伤脾胃，但在这里，不仅没有热水可喝，身边到处都是好喝的冷饮和好吃的冰淇淋，实在让人难以抵制诱惑，老中医的话也就被抛到了脑后。

天已晚，我们也累了，在车上眯眼休息，却辛苦了小弟，他还要开一个小时车。

我们返回圣何塞，直接到了一个麻辣涮涮吧，这是一家中国餐馆，大多是中国客人，店主和店员也都讲中文。这个麻辣锅按照辣的程度，从 0 到 5 进行划分。中中要了一个 1，我要了一个 1，弟妹和小弟要的都是 0，每个涮锅里面已经包括了肉和菜，合计 16.5 美金。我和中中在中国是常吃这种涮锅，并不觉得味道特殊，可是此时此地，中中却觉得美味无比，吃得很投入。在中国习以为常的饮食，到了异国他乡，就会觉得异常美味。也许正是因为它是家乡最寻常的饮食，才会最具有家乡的味道呢。

14.8 旧金山金门大桥的那片海，蓝色的水、白色的帆、青色的岛，互相映衬，美得淡雅而旷远。

15. 海之魅惑

中中幼儿园毕业那年，我带着妈妈、儿子中中、侄子鹏鹏，坐火车去山东日照看海。那里的沙滩干净辽阔，沙子细腻柔软，八月份的海比较适合戏水。中中和鹏鹏第一次见到海，非常喜欢，两个小家伙在海边拾贝壳，在海里冲浪，在海岛上捉螃蟹，在沙滩上堆城堡，整整七天，玩得不亦乐乎。老妈妈也像孩子一样，玩得很开心。

后来去了很多地方的海，每次都有不同的感受。

秦皇岛北戴河的海，海水碧蓝，海浪轻柔。同样是八月份，海水水温正好，游泳很舒服。

去福州看海是在冬天。天气很冷，我们一大家子在福州过春节。看到大海，看到海里的帆船，大人孩子都很兴奋喜悦。虽然天冷，中中他们几个孩子，还是难以抵御大海的魅惑，脱了鞋子，跑进冰冷的海水里，尽情地嬉戏着。

厦门看海，最美的景致是架在海上的公路。开车在海滨路上行驶，感觉道路与大海浑然一体，觉得开车都是一种特别的享受。海滩上沙粒比较粗，甚至有大石块，更有一丝粗犷的感觉。沙滩上有一条木栈道，沿着木栈道慢慢地走，可谓一步一景，别有风情。

大连的海，海边悬崖很多，大自然鬼斧神工，留下了很多神奇的自然景观。沙滩上都是大大的沙粒，不太方便行走。要是光脚踩上，还真硌脚得很呢。

我在英国也与大海有一面之缘。当时站在海边与爱尔兰遥遥相望，海水湛蓝而纯净。悬崖峭壁阻断了我与大海的亲密接触，无法靠近大海，只能站在岩石上，感受从爱尔兰吹过来的海风，聆听海鸟带来的讯息。

如今，在美国的短短几天，小弟带着我和中中、弟妹、妮妮，看了很多地方的海。

旧金山的海，海水很蓝，金门大桥在海之上架起了一条通途。离金门大桥不远是一座小岛。小弟说，那里曾经是监狱，好多人慕名而去，坐着游轮前往参观，因此海面上总是有游轮来回驶过。

蒙特利是一个郡，离小弟居住的圣何塞有一个半小时的路程。弟妹在网上订了一个三星级的宾馆，我们此次旅行三天，宾馆入住两天。小弟说：“夏威夷的海很美，清澈似乎可见底，可自从看了蒙特利的海，就觉得夏威夷的海不算什么了。”听他这么一说，我对蒙特利的海更是满怀期待。

前往蒙特利的路上，我们途经很多农场，那一望无垠的草莓田，让人忍不住停车驻足。又大又红的草莓，掩映在绿叶之间，非常诱人。我们纷纷下车与草莓田合影，久久不愿离去。草莓田大得无边无际，却看不见有人看护。孩子们只是兴奋地嬉戏、拍照，没有一个人去摘草莓，就连落在地上的草莓，也没有一个孩子去捡。

15.1 孩子对诱人的草莓非常感兴趣，但并没有采摘。

车停在一座沙山旁边，小弟说：“到了。”可我眼前却只有沙山，没有海。沙山高几十米，灰白色的沙子，细腻柔软。孩子们一看见沙山，就已经什么都顾不得了，直接冲进沙山里，爬上爬下。我真搞不清楚，沙子到底有什么魔力，能让孩子们那么陶醉，欲罢不能？我们翻过沙山，一片海立刻映入眼帘。那是怎样的海呀？谁说海水是蓝色的呢，这里的海就不是，她是银色的，是灰色的，是一种无法形容的颜色，海水的颜色甚至会随着天空的颜色变换着。空中雾蒙蒙的，没有一丝云彩。一阵海风吹来，凉意袭人，我早有防备，把能穿的衣服全部套在了身上，还是禁不住打了几个寒战。海边的人不多，有几个人穿着泳衣在水里弄浪，这么冷的天，真是大无畏，真让我佩服。海鸟比人还多，在海滩上迈着八字步，从容地巡视着自己的王国，不时地看看我们这些外侵者，好像在说："这是我的地盘，我才是这里真正的主人。"

沿着沙滩走上十来分钟，眼前就换了一片海，海水也从蓝灰色变成了绿色。我看看天，再看看海，真真"江天一色无纤尘"。临海而立，海天茫茫，潮来潮去，白帆点点，无一处不是风景。推动海浪的是不是那海风，推动前浪的是不是那后浪？海浪一次次地拍打在沙滩上，不知是从哪里来的无穷力量？

蒙特利有一个地方叫作"十七英里"，指的是从卡梅尔小镇到太平洋丛林的一段路。沿途共有 21 个景点，一个比一个震撼人心。沿着盘山公路一路走来，处处有美景，处处有不同。道路的一侧是太平洋，广阔而原始，碧海蓝天，白沙礁石，随处可见的海鸟和海豹，还有悬崖峭壁上那雄劲有力的松柏。道路的另一侧，则是满眼绿地，或是茂密的森林，或是绿草如毯的高尔夫球场，更有一些豪华的别墅点缀其间。道路两侧的风景，也就构成了“十七英里”的独特景致。

15.2 绿草如毯的高尔夫球场，满眼黄绿，甚是养眼。

这里的海，怎一个“美”字了得。白色的沙滩，沙子细腻如白盐，我躺在沙滩上，不知不觉，在海浪轻轻拍打沙滩和海鸟的鸣叫声中进入了梦乡。梦醒时分，我抬头看见沙滩边有一对老人，坐在长椅上，并肩看着波澜壮阔的大海，他们只是静静地坐着，彼此间并没有交谈，却无意间与整个沙滩构成一幅和谐的画面。

我在想，这对老人有着怎样的人生故事呢？在这样的黄昏，在美丽而宁静的海滩，共看夕阳西下。此刻的他们在看海，完全没有意识到不远处的我，在目不转睛地看着他们。

我们的眼中，有着不同的风景。他们看大海，我看他们，我们都看痴了。

16. 大海的故事

16.1 马队慢吞吞地走过沙山，如同行走在苍茫古道上。队伍最后有一匹小马，马背上驮着个可爱的小姑娘，一下子成了所有人的焦点。

16.2 海涛拍岸，却难以惊醒梦中人。躺在沙滩上的人儿呀，吹着海风，听着海浪，好不逍遥自在。不知那海浪拍打沙滩的声音，是否入了你的清梦？

16.3 这种草的颜色，让我想到了中国的芦苇，几分沧桑，几分飘摇。一只白色的海鸟飞入画面，带来别样的生机。

16.4 海鸟一定在想："这个小男孩儿，撅着屁股看什么呢？"

16.5 翻过沙山，大海跃然就在眼前。这里分明是海鸟的天堂，我们只是未经主人允许，贸然进入它们领地的外来客。

16.6 海边的码头上停泊着大大小小的帆船。

16.7 小岛完全是海鸟的地盘，难道它们觉得自己才是大海的主人？

16.8 拉近镜头仔细一看，那么多的海豹和海狮。人，动物，大自然，在这里和谐共处。

16.9 岩石缝隙中竟然有数不清的小螃蟹，可把中中忙坏了！

16.10 一根海带，怎么可以这么长呢？

16.11 人在大自然中，渺小得如沧海一粟。

16.12 小可爱，你想要什么呢？

16.13 这个景点叫“鬼树”，树的造型确实有点令人生畏。

16.14 柏树，英文名是 Cypress。历经沧桑，生命力顽强。

16.15 一片蔚蓝，美得不可方物。

16.16 船的港湾，船的家园。

16.17 海天一色。

16.18 我看鸟儿，鸟儿看我。

16.19 在沙滩上，快乐起飞！

16.20 各色海鲜，等你品尝！

16.21 当地有名的鱼市餐厅。一碗海鲜炖，一碗海鲜汤，一盘意大利面，一份蔬菜沙拉，让我们大快朵颐吧！

16.22 孩子看着海鸟，我看着孩子，不知谁是谁眼中的风景。

17. 购物在美国

记得刚参加工作那几年，工资很低，只有600块钱，买衣服选择的不是和平街就是贸易大厦。那个时候很年轻，口袋里虽然没钱，可是没事就爱去逛街，乐此不疲，总是希望能淘到物美价廉的东西。那时候，百货大楼、名品专卖店在我眼中都是奢侈的地方，很少光顾，即使去了，也只是过过眼瘾。

后来，收入增加了，年龄也大了，购物的场所就集中在焦作百货大楼或者新亚商厦。再后来，三维广场就成了我的不二之选。现在想来，年轻时热衷于逛街购物，热衷于追求时尚潮流，也很容易在琳琅满目的商品中迷失自己。近年来，家里的财务状况越来越好，也有了便利的交通工具，但我最不愿去的地方，就是那些曾经让我一度迷恋，欲罢不能的商场。有时在家中打开衣橱，看着堆得满满的各式服装，却没有一件能唤回逝去的青春和热情。走进商场，只觉得人声嘈杂，空气缓滞，商品满目，心里反倒空空的。走在商场里，无名地烦躁，只觉得时间就这样在无聊的脚步间迅速不见了。倒不如，宅在家里，一杯清茶，一本好书，来得惬意。

到了美国佐治亚的阿梅里克斯小镇之后，我甚至不知道镇上是否有商业区，而出行的不便，更让我懒得四处打听。这次来到小弟居住的硅谷圣何塞，弟妹提出要带我去个大商场，名叫 Great Mall。这里的商场与国内的商场不同，中国的商场一般都有好几层，这里的商场只有一层，但面积极大。商场里有不少国内常见的品牌，比如耐克（Nike）、阿迪达斯（Adidas）、拉夫·劳伦（Ralph Lauren）、保罗、CK、李维斯（Levis）等，也有很多牌子我从未见过，比如 Abercrombie & Fitch（简称 AF）。弟妹说这是本地的知名品牌。我在 AF 里面给中中买了条游泳裤，产地越南，折后价格 12 美金，还买了条长裤，折后价也是 12 美金。AF 店里的商品都在打折，超级实惠。

这两天，我在加州海边，实在是冻怕了。来美国的时候，行李箱里装了太多的书，只装了我和中中的几套衣服就满当当的，并没有带什么过季衣服。逛商场时正好发现一件外套薄厚正合适，标价 49 美金，还没有折扣。我心里正嘀咕，为什么别的店都在疯狂打折，这里却没有折扣？我正犹豫着，身边走过一名中国女孩，笑着对我说："犹豫什么啊？这个牌子的衣服在国内都卖 1000 多呢！""真的啊？"我满脸尴尬，"我还真没见过这个牌子，不过觉得料子蛮舒服的。"小姑娘接着说，"美国大城市都有这个牌子，只要是我的号，我就拿下。可以自己穿，也可以送朋友。很有面子的！"说完，她向我抛出了一个意味深长的眼神，抱着一堆衣服结账去了。

仔细想想，在美国如此低价的商品，到了中国竟然能售出高的价格，而我们中国的商品在美国却卖不上高价。为什么呀，凭什么呀？我实在是想不通。有不少中国人到了美国，就会疯狂购物，我亲眼看见一个中国人在耐克店，一下子买了 7 双鞋。这里面的经济账，我就是想不明白。

购物过程中还有个小插曲。中中需要一块手表，我和弟妹给他看好了一块美国牌子的多功能运动款手表，甚至可以潜水 150 米，标价 50 多美金。表上面有个标签，说是打八折。但当我拿着手表去结账的时候，却发现结账的价格是原价，并没有打折。我和弟妹告诉店员表上八折的标签，请他们核对一下。店员取下了标签，解释说优惠活动已经结束，但由于他们的工作失误，忘记摘下标签了，这块表就按八折的价格卖给我们。我颇感惊讶，心里在想，这种事情如果发生在中国，会怎样呢？

远远地看见一个店，招牌大大地写着 COACH，里面排队结账的队伍很长，一幅生意兴隆的景象，而且排队买包的队伍中亚裔人居多。弟媳继续给我扫盲："这个牌子和 LV 齐名，叫'蔻驰'，在中国一个包要卖到几千块钱，便宜的也要 1000 块钱左右。今天不是周末，人还不算很多，这要是周末，进这个店要先排队，再去挑包。"我们走进店里，我仔细看着包上的价格，有好多包都在打对折。店里当天还会发优惠券，颇有"折上折"的感觉。我算了下价格，平均每个包在 100 美金，合人民币 700 多块钱。弟媳说小弟的钱包已经用了好多年了，想给他换个钱包。我挑了个蔻驰的钱包，打完折之后 70 美金，弟媳却说太贵了。我有点不解："他场面上的人，用这样的钱包体面一些。"弟媳却笑了笑说："我们在美国不讲牌子，只讲究实用，20 美金左右的钱包用着一样很好。”小弟在美国也算是高薪一族，但他们的消费观却非常务实，不讲排场，这样的生活理念让我敬佩。

CK 店也在搞活动，折扣力度很大，只有 4 折。我想等我和中中从加州回去，还需要玛丽蓓尔去 Columbus 车站接我，总得给人家带个礼物。正好看见 CK 有一款包原价 70 美金，打完折后只要 30 美金左右，拿它做礼物真是再合适不过了，于是就买下来了。可回到家就收到了玛丽蓓尔邮件，她表示去 Columbus 接我，并不是免费的，要收我 50 美金的油钱和饭钱。我想这也在情理之中，不过既然会付她这么多钱，就没必要再送礼物了。弟媳告诉我，我买的包是可以退货的，于是又开车带我来到 CK 店。我多少有些不好意思，向店员解释说：“这是我给朋友买的包，她不喜欢，所以……对不起，给你们添麻烦了。”店员反倒安慰我说：“不用说理由，不用说对不起。”很痛快地就为我办理了退货。坦白说，她们的服务精神，令我折服。

走遍商场，物价之低，令人惊叹。孩子的衣服，贵的十几美金，便宜的就几美金，几乎所有商品的价格都是个位数，只有个别是两位数。按美国人均最低收入每月 2000 美金来计算，这样的物价，日常生活并没有什么压力。而我，作为大学教师，算是有一个比较体面的职业，在中国国内的工资也不过 2000 多元，却要面对动辄上千元的衣服价格。这样一比较，在美国和中国的生活压力有着很大不同。我的中国同胞吃苦耐劳，却要为衣食住行这些基本的生活需求付出更多。这，不得不让我们深思。

18. 幸福，是什么味道?

一天，弟媳载我们去塔吉特（Target）超市，它和沃尔玛（Wal-Mart）和好事多（Cosco）一样，都是美国知名的大超市。好事多是会员制超市，顾客需要每年交几十美金的会费，才能去消费。这里主要以批发为主要营销方式，商品种类虽然不是很全，但都是市场上颇受欢迎的产品。塔吉特超市与沃尔玛一样，都是平价超市。

中中无论去哪个超市，首选的区域都是玩具区，这次也不例外。中中在超市徘徊在乐高玩具区，留恋往返，不愿离开。我和弟媳买完生活必需品，中中依然沉浸在乐高拼装玩具中。乐高的玩具很贵，价格和拼装件数有关系，件数越多，价格越贵，贵的高达 100 多美金。我站在旁边等中中，站得太久，两腿都站麻了，他还是不愿离开。最后，我拿出 100 美金，算作无息贷款给了中中。这 100 美金他可以自由支配，买他心爱的玩具。以后通过洗碗、倒垃圾等有酬家务来还款。我还特意嘱咐他，一定要买自己最喜欢的玩具，免得以后后悔。说完，我就找了一个地方歇着去了，等着中中慢慢挑他的玩具。

中中在玩具区拿拿这个，比比那个，一直犹豫不决。我的思绪却飘到了 8 年前。当时和现在一样，也是在异国他乡，只不过那时是我们一家三口在日本。中中只有两岁七个月，每次站在商场的玩具区，总是对我说："我看看，妈妈，我不买，这里的玩具太贵了，回中国了再买。"日本的物价很高，一个日产的奥特曼合人民币大约 50 块钱。当时只有老公一个人打工挣钱，他同时打了三四份工，还要坚持上课，非常辛苦。虽然也挣了些钱，可是那毕竟是老公的血汗钱，我实在不忍心多花一分钱！

在日本逛超市，每次我都很紧张。如果和我家先生一起去，每次都紧紧地拉着他的手，手心里都是汗，日用品的价格看得我惊心动魄。苹果按个儿卖，一个合人民币 5 块钱，西瓜一个合人民币 80 块。肉是按克卖，我只感觉普通的猪肉都卖出了天价。鸡肉的价格稍微便宜一些，所以每周都会安排吃一次鸡肉。即便蔬菜水果也贵得离谱，老公每次也会买几个苹果。我不让买，每次买回家的苹果，却从没见他吃过。但他每天都会削一个苹果，放在盘子里，什么都不说，就去打工了。我自然也不舍得吃，削好的苹果就静静地放在盘子里。他打工回来，看见苹果没动，就会批评我浪费。

我反问他："你怎么不吃？"他说："你又不是不知道，我不喜欢吃水果！"其实家里人都知道，他最喜欢吃水果。削好皮的苹果不能久放，慢慢就变了颜色，开始发蔫。最后还是我坚持不下去了，把苹果都吃了，老公这才高兴。幸福，原来是苹果的味道。

还有一次带着儿子去超市，中中坐在一种专门为孩子设计的购物车里，这种购物车外形像小汽车，我推着中中走。正好看到有一种方便面在搞促销，可以免费品尝。推销员递给我一杯方便泡面，我递给了中中，他热腾腾地吃了起来，一副狼吞虎咽的样子，我站在旁边很是尴尬。吃完一杯，中中递过空杯子，用中文说："我还要。"推销员看着孩子无邪的样子，笑得不亦乐乎。我赶紧用日语说"够了，够了……"推着孩子逃之大吉。还有一次超市在出售现做的"腾普拉"，就是用面裹着鸡肉炸出来的一种东西，很好吃。中中看到后口水都快流出来了，我就狠狠心，给他买了一块。我推着自行车，儿子坐在车后座上，那是个寒冷无比的冬天，地上积着厚厚的雪，他穿着长及脚踝的鸭绒衣，头上戴着鸭绒衣的帽子，只露出红彤彤的小脸，两手宝贝一样捧着"腾普拉"，不舍得一口吃完，一小口一小口地吃。他这副模样引来一群日本中学生，围着中中看，口里说着"卡哇伊一幺，卡哇伊一幺"，就是"好可爱哟，好可爱哟"的意思。在那时，幸福就是带有几分尴尬的喜悦！

记得刚到日本时，老公把我接到他租来的小屋，那座木制的小楼叫作"桂庄"，我俩住在"桂庄"二楼的一间小屋里，朋友后来都戏称我俩为"桂庄庄主"。屋子虽小，房租可不菲哦。老公刚把我接到家，顾不上说话，就匆匆去打工了。他给他的朋友潘晓丹打了个电话，让她来陪我，怕我孤单，怕我害怕。潘晓丹是个东北女孩，豪爽得很，坐下来就开始和我说起老公在日本的生活。她说我老公一次去打工，骑着车子，在雪地上滑出很远，狠狠摔了一跤，腿都摔破了，但克服困难准时赶到打工点，忍着腿上的伤痛，坐在水池上坚持洗盘子，咬着牙完成了那天的工作。她告诉我许多在日本的艰辛，都是我不知道的，老公以往写信的时候也从未提过。我强忍着眼泪，打开冰箱，里面除了半盘洋葱炒鸡蛋，空空如也。不知不觉中，我已是泪流满面。幸福，酸酸的、苦苦的，原来也有眼泪的味道。

记得一次老公打工回来，从口袋里掏出一个精美的小包装，原来是因为他表现好，老板奖励他一块小点心，他不舍得吃，给我带了回来。我拆开包装，强塞到他嘴里一块。自此之后，我再也没有吃到过那么美味的点心。老公另一处打工的地方，老板叫铃木，曾邀请我们一起去旅游，途中吃过一次牛肉拉面，记得价格大约是 50 元人民币一碗，味道非常好，令我至今都非常怀念。后来在国内去了很多日式的餐馆，每次去必点牛肉拉面，但再也没有遇见像那次一样好吃的拉面。幸福，不知是与我们偶然相遇，还是在精心准备之后，才款款而来?

我们在日本结交了好多亲密的朋友。薛哥和丛姐就是一对，他俩在学校打工，给学生们做饭。日本的饭是按份做的，他俩每天都会早早起床，为学生们准备 40 份早餐。吃饭的学生可能只有 30 人，那么剩下的 10 份，薛哥和丛姐就可以打包带走。在食物匮乏的日子里，是薛哥和丛姐打包带回的食物填满了我们的冰箱，丰富了我们的餐桌。也是他们，让我们有了吃不完的大米饭，喝不完的牛奶。有时，我和老公还没有起床，薛哥和丛姐已经收工回家了。他们会直接将带回来的食物装满冰箱，然后开始热饭，有时是牛肉咖喱饭，有时是美味的肉汤，香味飘满了我和老公的梦乡。热完饭之后，不等我们起来，他俩就匆匆吃完早饭，赶去打下一份工了。丛姐在我的帮助下，完成了硕士论文答辩，并且考上了东北大学的医学博士。岁月如歌，我们就这样一路扶持着走了过来。

我还有一对蒙古族的朋友，叫阿旦和萨娜。他们有着蒙古族特有的热情和奔放，阿旦又高又帅，萨娜漂亮大方，才华横溢。我永远都忘不了，中中刚到日本时，我们没有足够的被褥，是阿旦和萨娜为我们送来了褥子和被子。那是一个黄昏，似火的晚霞照在阿旦和萨娜身上，像是为他俩镀上了一层金边。他们手里捧着褥子和被子，给我们送来了温暖。带给我温暖回忆的还有小江和廖诚夫妇，杨光和白翠瑾夫妇。有了这些朋友，在日本那些日子，生活虽然艰苦，但却显得更加多姿多彩。我在想，幸福若没有友情的滋润，是不是就缺少了最美的色彩呢？

今天，我和儿子在美国的超市购物，我好像再也没有在日本留学时的紧张感，看到喜欢的东西，就随手放进购物车里，不再过分关注价格的高低。中中也不必只能在玩具区徘徊，只能看，不能买，他在美国终于可以买到自己心仪的玩具，他看了，他买了，他拥有了。

日月如梭，一切都在改变，幸福的感觉是否依然如旧？

19. 梦回故乡

初到美国，就感觉他们这里的空气与国内不同，清新的味道中有泥土的芬芳，沁人心脾。我所居住的阿梅里克斯小镇，人少树多，满眼绿色。有的树，看起来已经很苍老，树皮炸裂，树枝落地再生根，根系错综复杂，树冠枝丫相连，如华盖一般，给人带来了硕大阴凉。大树下灌木杂草丛生，杂乱而无章。人们经常会看到小松鼠在草丛中跳跃奔跑，自在觅食，也会听到鸟儿在林间鸣唱，欢乐一片。有种鸟儿的鸣叫声，我以前未曾听过。那声音好像是在说“小俏皮，小俏皮”。每天凌晨，我送中中坐上7点钟的校车，回家时经过树林，总是能听见这样的鸟叫声。但当我驻足查看，抬头在林中细细寻觅，却不见踪影。可是，这样的鸟鸣声，总是无来由地让我的心里充满喜悦。

闲来无事，黄昏之时，我常和俊英、中中一起在家的附近散步。因为怕迷路，我们不敢走太远，每次只选一个方向，来回一个小时左右的路程。路上很少遇见人，车辆也不多，很是安静。这里的环境与我们中国很是不同，没有高层的楼房，房子与房子之间也不是紧密相连，更没有围墙来划分区域，各家都是独栋别墅，星罗棋布点缀在绿林之中，彼此间相距较远，只有大大的草坪或浓密的树林相隔。房屋也很安静，只能从窗户透出的微弱灯光判定家里是否有人。黄昏的居民区，路上只有我们三人行走的身影，空中回荡着的，也只有我们三人的谈笑声。我们三人，尽情地呼吸着清新的空气，享受着宁静和安逸。

这里有着太多的核桃树。这里的核桃是细长的，是当地特有的美国胡桃，地面上总是落了很多核桃。我每天从上面踩过，从来没有意识到这就是核桃。直到有一天，我在农场买了一些核桃仁，当地人介绍说这就是本地核桃，还指着核桃树让我看，我这才恍然大悟。原来自己每天脚下踩的、路边树上长的，都是极有营养价值的核桃。自此，我走起路来总是低着头，很是小心，不时捡起个核桃，剥了皮看看能不能吃。有时碰到垂得很低的枝桠，还会从上面摘几个核桃下来，欣喜得很。

这里还有各种各样的小虫子和小动物。有时，一不小心没站对地方，踩在蚂蚁窝上，蚂蚁们就会往人的腿上爬，甚至爬到身上，恶狠狠地咬上你一口，伤口火辣辣地疼。有时刚下过雨，空气清新无比，打开窗户，各种小飞虫不期而至，毫不客气地飞到你身边。有一种黑色的小飞虫，像蚊子一样会咬人。还有一种小昆虫长得很像蚊子，身材却有国内蚊子的 10 倍大。这里简直就是小动物们的天堂，松鼠自然不用多说，我敢肯定镇上的松鼠比人还多。我还亲眼见过一种小动物，皮肤是绿色的，既有点像壁虎，又不太像，在树上缓缓爬着。漫步林中，时常会发现小老鼠、小浣熊，甚至还有黄鼠狼的身影。

我曾经和一位美籍华裔女士聊天，她说："美国的环境保护得就是好，家里不小心总会溜进一些小动物，蟑螂、老鼠，还有小松鼠。"中中说："蟑螂老鼠国内也有！"她说："是呀，但是这里的小动物生存环境比国内的好呀。你看，前两天，我女儿的幼儿园老师要求我给孩子除头虱呢，幼儿园里好多孩子头上长虱子。"中中迷惑了："长什么？长'狮子'？"我笑了，这种东西，像中中这么大的孩子，哪知道呀！我都有好多年没见过这种东西啦，我还是在上小学的时候，这种东西很常见的，尤其是有着长头发的女孩子，头上几乎都会有，这种东西繁殖力很强，很难绝杀的。我还曾记得，小时上课的时候，因为总是看前排女孩头上的虱子打架，吊着头发丝荡秋千，总是难以集中精力听课。不过，在这里，我很纳闷，头上长虱子和自然环境好也有关系吗？想起来，我头皮就发痒。

在加州硅谷，小弟和弟媳也曾带我去过附近的公园。硅谷是个经济发展很快的地方，人口密度比较大，车辆比较多，房子与房子之间紧密相连。当然，空气也明显不如阿梅里克斯小镇。但是，自然环境总体上也很不错。公园里有清清的小河，河底清晰可见鹅卵石，有很多野生的鸭子、水鸟、白鹅自由自在地戏水或栖息。河里还有很多小鱼，不时跳出水面。河边大树倾斜着覆盖河面，和河中水草相映成趣。来到河边，中中忽然捂着鼻子说："好臭呀！"清新香甜的空气中挤进了丝丝缕缕的动物粪便的味道。这个从小在城市长大的孩子，哪闻过这种味道啊！这种味道，我是很熟悉的，也是很喜欢的。我自小生活在农村，家里的鸡窝就是这种味道，这种味道总是让我想起我的童年，那是快乐的，自由的，原生态的。

我的家乡是个小村庄，人口千人左右，民风淳朴。记得小时候，房屋后面就是田地，夏天是一望无际的麦田，秋天长满玉米，空气清新香甜，一样泛着泥土的味道。我家院子很大，长着很多泡桐树，院子里种着很多菜，有黄瓜、茄子、豆角、丝瓜。五月份的时候，泡桐树就开满了粉红色的喇叭花，地上也落满了花儿，美丽极了。妈妈做饭前，总是到菜园里掐把青菜，摘个黄瓜，方便得很。夏日里，睡到房顶上，望着满天的星星，听着妈妈讲牛郎织女的故事，沉沉睡去。

我还记得，村里有一棵很大很大的柿子树，春末夏初的时候，树上开满了黄色小花。我最爱爬到树上，怀揣一本小人书，躺在枝桠上，沉浸在书中的故事情节里。看书累了，就搂着树枝睡上一觉。我最爱跟着邻居家的姐姐到黄河滩上打猪草，满地的蛐蛐菜，我们就像阿里巴巴看到了宝藏一样，欣喜若狂。当蛐蛐菜装满了我们的篮子，伙伴们就到河滩上挖河蚌。那里的河水一样清澈，总是有小鱼不时跳出来。夏日里，大家最喜欢干的事情就是挖蝉，找一片小树林，细细地在地上找，发现有一个小洞，就小心翼翼地揭去上面那一层皮，洞口就变大了，里面肯定就会有一只蝉，用小棍儿捅进洞里，引诱蝉儿顺着棍儿爬出来，有趣得很。我还曾经和小伙伴们一起掏过麻雀窝，通常麻雀会将自己的家安在土房的墙壁里，只要发现墙上有个洞洞，外面露着杂草，我和小伙伴们就会搭着人梯，手持一根“嘎查”棍，进去一阵乱掏。现在想来，当时不知打扰了多少麻雀的生活。村里那时都是土路，一下雨就遍地泥泞，很难走。但我却最喜欢下雨天，总是高兴地脱了鞋，一脚踩进泥土里，感受泥土从脚趾头缝里挤出来，一脚一脚地走下去。我印象最深的还有通向村外的一条大路，当时感觉那条路又长又宽，路两边有高高的白杨树，每到夏天，白杨树将大路铺得满是阴凉。

我就是沿着这条路走出了故乡，成了村子里第一位考上重点大学的女娃子。现在回去才发现，这条大路，其实很窄，只有一个车道那么宽。每当走在这条回乡的路上，虽然路边的白杨树已经不在了，但是我的心却能很快静下来，好像世间的功名利禄、喧嚣热闹，与我并无太多关系。我所怀念的，只是梦中儿时的故乡！

20. 奇葩男贾博士

在美国访学的生活是欢快而有趣的。每天都有新鲜的事情发生，有全新的人物出现，这给原本平静的生活注入了新的活力。这就好像一个人平日里总喝白开水，偶尔品尝到盐水的滋味，肯定印象深刻。我就遇见了一位这样的人，让我大开眼界，给我白开水的生活带来了海水的味道。

我们抵达美国之后的一个月内，来自中国的访问学者的队伍也日益壮大。我先是在校园里遇见了来自上海一所大学的彭老师，电脑工程专业，精瘦而干练。他由一个汽车修理工，通过不懈拼搏，最终成为了一名大学教师。他阅历丰富，曾去过澳洲、英国游学，是我心目中了不起的人物。我们见面时，他住在学校的学生宿舍里，9月份将启程回国。

8月30日我们又迎来了一位来自陕西的贾博士，也就是那位传奇人物。他在赴美途中，由于飞机延误，更换航班，弄丢了自己的行李。到达学校时，正好赶上周末，也恰好是美国9月3日的假期，学校无法为他开通房间的水电。8月30日晚上，他借住在彭老师那里。彭老师见他一路疲惫，又刚下飞机，便主动去给他热比萨吃。谁知道贾博士看见他去拿比萨，却连忙说："洗手，洗手。"彭老师原以为是贾博士要洗手，谁知道贾博士是让他洗手。这让彭老师心里很不爽，他心想："我好心好意给你做饭，你还嫌弃我。"两人勉强住了一晚，彭老师和玛丽蓓尔就把贾博士送到了我们这里。那是一个下午，我出去接中中放学回来，推开房门，见屋里已经堆得满当当。一个沙发上堆满了贾博士的行李，大家就挤坐在另外一张沙发上，正在商量贾博士的住宿问题。

贾博士，白白胖胖，43岁，一双"大智若愚"的小眼睛上架着一副眼镜。玛丽蓓尔说贾博士有三种选择：一是先住在Dunkan Hall，可以住到下周六，暂时免费，设施基本齐全，只是楼里没有其他人住，很是空寂。二是先住在我们这里，住到周三（周二，玛丽蓓尔全天有课，没法带他去办理入住手续），周三再带他去开通我们旁边公寓的水电，一个月内不管住几个人，房价都是 800 美金，水电费、网络费另算，等 9 月 1 日另外两个来自中国的访问学者到了之后，他们可以均摊费用。三是等彭老师周六离校返回中国，他可以住在彭老师的房间里，一个月包括水电费网络费，550 美金。这道三选一的选择题，却难坏了贾博士，他迟迟做不了决定。我们大家等得很着急，这眼看花儿都谢了，他也没能给出一个肯定的答案。后来，实在没办法，玛丽蓓尔提议先去 Dunkan Hall 看看那里的居住条件，再做决定。

我要留下来陪儿子，就没有陪他一起去。很快，他们又回来我们的公寓里，贾博士也带回了他的决定。他想先住我们这里，他觉得 Dunkan Hall 没有人住，很恐怖，他害怕。“这还是个男人吗？怎么胆小如鼠到如此地步！宁肯和两个女同志挤到一个公寓里，也不愿独自住，要是我，肯定会选择自己住啊！”我心里暗暗地想。住宿问题解决之后，玛丽蓓尔就带着我们去沃尔玛购物，所有的访问学者到了之后，这是例行之事，玛丽蓓尔都会开车带着去沃尔玛，购买生活必需品，尤其是食物。不管到哪里，吃饭都是头等大事。

我还记得刚到美国时，第一次去沃尔玛购物，就买了 23 袋各种食品，装满了整个冰箱，心里才觉得踏实。这次搭车去沃尔玛，我也照着早已列好的购物清单，迅速挑好物品，结完账等在出口。等了很长时间，贾博士才款款出来，购物车也没推，手里只拎了一个购物袋，我偷偷往里瞄了一眼，一包卫生纸，牙膏牙刷什么的，没有吃的，一丁点都没有。我心里纳闷儿，这两天他吃什么呀？并不是每天都有车能送我们来沃尔玛购物，公寓附近也没有饭店，不可能买到吃的，我惊疑地看了他一眼，这人，甚是怪异！

到家之后，我和俊英就忙着做晚饭，贾博士是客人，气定神闲地看着我俩忙前忙后，告诉我们："我没有做过饭，我也不会做饭，可是我饭量很大。"我和俊英听了之后，赶紧又往汤锅里多添了一碗水，不能让客人吃不饱饭啊！一边做饭，我一边拿出昨天剩下的半个西瓜，我用盘子把切好的西瓜端到客厅，还没等我走到厨房，回头一看，盘子已经空空如也，贾博士正在用手擦下巴，似乎还未尽兴。他起身跟着我来到厨房，我一边切，他一边吃，我切西瓜的速度竟然赶不上他吃的速度，这家伙，干旱区来的吧?!

晚饭做成，我和俊英服务周到地端上饭菜，俊英烙了饼，有一张饼不小心糊了，放在最上面，大家落座。我刚拿起筷子，眼角瞥见，贾博士，撇开上面那张糊了的饼，抓起下面的饼，按在了他的粥碗里，速度之快，让我目瞪口呆，瞠目结舌。我们也都忘记了吃，只顾惊讶地看着这位贾博士。很快，贾博士喝完了锅里所有的粥，吃完了所有的饼，吃光了所有的菜，绝对的"三光"。我心里在想，这人不是灾区来的吧？

吃完饭，贾博士知道我有 Skype，提出要用我的 Skype 打电话，我就带他到楼上我们的卧室，给他打开电脑，连上 Skype，他拨通电话，原来他要给韩国航空公司打电话，询问他的行李下落。他给人家介绍说："My name is Jia"，对方问："How to spell（如何拼写）?"他说："贾宝玉的贾"。我晕，他对人家说的是汉语呀！然后他又接着说："我的 bag lost 了，那个，那个……"天哪，英语汉语一起上啊，中中在旁边已经笑得直不起腰，直喊肚子疼。我估计电话那边的人实在是受不了，说了声"Hold on"就没音啦。这个时候电脑上显示已经通话近 40 分钟了，还是没有人接电话，贾博士说："你这长途电话，不是免费的吗?"我晕，这个世界上，哪有那么多免费的东西呀。我很无奈地说："你免费，我交钱!"

我们的一楼客厅，有一张床，贾博士就睡在那里。他睡的第一天晚上，问我："床上要不要再铺点东西?"我以为，人家担心弄脏了我们的床单，所以赶紧说："没关系，你别客气，别客气啊!"后来才明白，原来人家是想让我给他换上干净床单，真是误会啦。贾博士与我们同住的几天里，饭量奇大，吃完就睡，黑天白夜地睡，睡觉的时候，鼾声惊人，睡得酣畅淋漓。即使有美国朋友来访，他也是照睡不误，呼噜照打。不过奇怪得很，只要我们做好饭，饭菜一端桌，他好像有什么感应一样，立马就睁开了眼，不用人请，准时准点坐到餐桌旁。饭，原来是误不得的!

9月1日又来了两个访问学者，王老师和刘老师，王老师是音乐系的系主任，刘老师是研究艺术的，两位都是温文尔雅的学者。两位老师暂时住在了 Dunkan Hall 里，第二天，我们请大家吃饭，吃完饭，贾博士还是没有搬走的意思，我们试探着问道："贾博士，现在 Dunkan Hall 已经有人了，你还要和我们两位女士住在一起吗?"贾博士看看大家，满脸不想走的意思。刘老师说："走吧，你住这儿，多不方便呀。"终于在我们强送，刘老师强拉之下，贾博士才极不情愿地拿起自己未打封的被子卷和各色行李，准备离开。就这样，贾博士和王老师刘老师他们住在了一起。

下一次能去沃尔玛购物，王老师和刘老师买了米、面、油，打算开火做饭。贾博士在超市里逛啊逛，最后拿了一块香皂，俊英撞见他，问："贾博士，你就拿了一块香皂，难道你不需要买点吃的吗?"贾博士很惊讶，反问道："还需要买吃的吗?"俊英一下子噎住了，很是无语。记得贾博士和我们说过他在美国的生活原则：能省一分是一分。

我们都购完物，上了凯文的车。贾博士还是未见踪影，我们大家只好在车里等他，俊英说："贾博士肯定是去买吃的啦!"我说："都怪你，俊英，人家贾博士要拿香皂当饭吃，你非让人家买吃的。"刘老师说："我们今天早上做了一锅饭，我们俩只吃一点，剩下的贾博士全吃了，饭量真是奇大呀!"俊英说："蹭完我们的饭，该蹭你们的啦，最后蹭彭老师的。"王老师说："这怎么行？谁养得起他呀?!"笑声几乎撑爆了整个车厢，我们还要往下说，突然俊英喊了一声："来了！"我们大家都住口，齐往外看，贾博士拎着一小袋东西回来了。我们都盯着人家的袋子看，好奇得很，终于看见，里面除了香皂之外，确实还有一小块东西，仔细一看，原来是面包啊！这位贾博士，终于在美国买了第一份能吃的东西。

这样的一位"博士"，是不是很"极品"？用大众思维，永远走不进人家的逻辑世界。我总感觉一般正常人的思维方式和他的精神世界之间有一堵厚厚的铜墙铁壁，难以穿越。即便他在学术上已经达到"博士"的高度，却依然不会处理基本的人情世故，所作所为也难免令人侧目。当然，这样一位极品的奇葩男，也为我们的生活带来了很多笑料，让访学生活充满了欢声笑语。

21. 奥兰多环球影城三日行

早就听中国留学生说，奥兰多是一个非常好玩的地方，有迪斯尼，还有大型游乐场。中中一听，两眼发光，非常向往。对我来说，这有什么好玩的？在国内，我们曾去秦皇岛南戴河游玩，那里有滑草、滑沙、过山车等游乐项目，我们也去过北京的欢乐谷，各种大型娱乐设施惊险刺激，不过早不是我这个年龄能承受得起了。然而，游乐场对孩子具有不可抵挡的吸引力，而语言学院也正好安排前往奥兰多环球影城三日游。

报名之后，我了解到大致的行程安排，出发时间是9月7日下午3点半。我突然想到，中中一般是下午三点十分放学，坐上校车到家都已经是下午4点钟了，这可怎么办？我把烦恼讲给凯文听，凯文是语言学院里最年轻的老师，当地人，高高的个子，看着就很善良，大家都很喜欢他，尤其喜欢他的笑容，他笑起来就像个天真的大孩子。凯文了解到我的困惑，安慰我说没关系，他安排9月7日下午3点钟和我一起去学校接中中。

一想到美国学校烦琐的请假手续，我就头大。幸好，中中能上完周五的课，只是不用坐下午返回的校车。9月6日夜里，我写了一封给校车司机的信，信中首先表达了我对她这么些天来准时接送中中的谢意，并且告诉她，我们周五下午要外出度假，我会亲自去学校接中中，她不用等中中乘坐下午的校车，下周一中中会正常乘坐校车。我还准备了一份从中国带来的礼物送给她。9月7日早上，我送中中上校车时，把信和礼物一并交给了校车司机，并简单叙述了信里的内容。她看到礼物非常开心，走的时候竟然不停地和我挥手告别。

9月7日下午，我和俊英下了点面条，用中餐填饱肚子，想到接下来几天都要吃面包、奶酪和汉堡，我们就不寒而栗。和凯文约好下午3点出发，我和俊英早早地来到他的办公室，不到3点钟就出发了。这时外面下起了小雨，这里的天气很奇怪，刚才还是晴空万里，倏忽间，乌云翻滚而至，雨点就这样落了下来。可是不一会儿，雨却戛然停止，艳阳高照，烤得人无处躲藏，我甚至怀疑刚才的雨是真还是假。

中中的学校距我们大学有 15 分钟车程。我看到凯文后备箱里有把枪，还以为是真枪，凯文说那只是玩具枪，并由此打开了凯文的“话匣子”。凯文告诉我，他爷爷有 20 多把真枪（Rifle），他爸爸也有几把枪，他自己的枪都是爸爸送的。凯文的爸爸喜欢打猎，但凯文从不打猎，他觉得小动物们都很可爱，不忍猎杀它们，平时只用枪打靶玩儿。我看着眼前这个身高 1 米 8 的大小伙子，却有着一颗柔软的心，展露着最无邪的笑容，心里有些感动。

听着凯文讲话，我无意瞟了一下路边的景色，发现不对，连忙问凯文：“凯文，你认识路吗？”凯文说：“不认识，不过，玛丽蓓尔告诉我了大致位置。”我说：“我去过 3 次，但不记得路，你一定问清楚啊，我担心 Lake（中中的英文名字）等得着急。”凯文赶紧给玛丽蓓尔打电话，果然，我们走错了路。经过一番周折，我们赶到中中学校时，已经是 3 点 30 分啦！中中已经等得很着急，看见我就从学校的大厅里跑了出来。到家已经是下午 3 点 45 分，我们紧赶慢赶，终于准时登上了弗雷泽尔来接我们的车。

车上已经坐上了几个人，其中有五位中国女学生，来自上海一所大学的王建疆老师，一个叫作吉姆斯的男生。弗雷泽尔是个印度人，是浸礼会教堂的负责人，此次旅行是佐治亚西南州立大学语言学院和教堂共同策划的。车子出发之前，弗雷泽尔说了很长一段话，好像是在祷告，不过他的印度英语实在难懂，应该是感谢上帝，保佑我们一路平安吧。

车子每开两个小时，就会休息一次，途中我们又吃了一顿饭，我和中中共消费 20 美金。出门在外，我一贯坚持“穷家富路”，一定要吃好住好，美金只能当作人民币来花！中中在路上一直很兴奋，和后排的几个中国女学生聊得火热，不停夸她们年轻漂亮。有意思的是，她们谈到的话题，中中竟然无一不知，博得了几位美女的一致夸赞。后来，中中还和上海姑娘徐佳燕打起了扑克。有一把牌，徐佳燕手中的牌很臭，难免抱怨，中中却认真地说了一句：“上帝是否能赐予你一副好牌并不重要，关键是你是否能打好手中的烂牌。”真是语出惊人！还没到下车的时候，他们已经姐弟相称了。大约晚上 11 点的时候，我们到了一个叫 4Choices 的宾馆，看着很上档次，相当于国内四星级。

凯文和弗雷泽尔告诉我，Lake 有两个选择，选择一是和他们一起住，他们加上 Lake 四个人，三张床（两张 king-sized 床，一个沙发床），Lake 和凯文一个床睡，他们会照顾好 Lake；选择二是跟我一起住，一样的住宿条件，加上 Lake 的话，我们是 5 个人，我和俊英之外还有两个韩国女孩。我觉得中中跟着他们住会比较好，对中中而言也是一种锻炼。我就替中中做了选择，把中中送到了凯文的 304 房间。我住 306，另外两名韩国女孩，娇小漂亮，衣着时尚。我去洗澡的时候，听见外面有动静，果不其然，凯文来找我，告诉韩国女孩，Lake 在他们房间里，只看书，不睡觉，也不说话，他们有点担心，怕 Lake 不舒服，让我过去看一下。韩国女孩告诉我，我可以把孩子领回来，她们不介意和 Lake 住在一起。我就把 Lake 领回自己的房间，这时已经是晚上 12 点多了，直接上床睡觉，一夜无话。

一觉睡到早上 8 点 45 分，我赶紧叫儿子起床吃早饭，9 点钟准时出发。Lake 动作神速，毕竟他早就盼着来玩儿了。早餐实在不敢恭维，还是那些面包、奶酪、牛奶什么的。美国这么发达，怎么就没见食物有什么进步呢？

奥兰多的环球影城一片喧闹，人声鼎沸，这是来美国之后，看到人最多的地方。走进环球影城以后，感觉商业气息很浓，到处是商店和饭店，和国内的旅游景点并无区别。我和 Lake、徐佳燕、乔木，还有一位来自北京的大男孩徐浩航，组成了一个小团体，一起去玩。实际上，这个游乐场主要分两大块，一块叫作冒险岛，另一块叫作环球影城。大家首先决定，一起奔赴冒险岛的哈利 · 波特魔法屋。我们一路上途经许多饭店和商店，外观都是围绕哈利 · 波特的主题设计的，印象中有一堆房子的设计很有特色，屋顶上白雪皑皑，好像一下子从夏天走进了冬天。

到了魔法屋，我们需要先把包寄存起来。存包的人很多，需要排队，存包的时候还需要在寄存柜上按指纹，等我回来取包的时候，却忘记了是用哪个手指按下的指纹，试了好多次，才取出包。魔法屋里确实充满魔力，我们随着人流往前走，两边的墙壁上挂着很多油画，突然发现油画里的人在动，我起初还以为是三维图片，其实不然，油画里面的人不仅有动作而且还有声音。一幅油画里的人物甚至和旁边油画里的人在说话聊天，惟妙惟肖。走到房间尽头，我们要乘坐过山车，我有眩晕症，不敢坐，只好在外面等他们。中中走出来之后，兴奋地说这个和国内的过山车完全不一样，哈利·波特和他们一起飞行，一起冒险，非常刺激，是真正的魔法世界。

中中一直念念不忘远处的绿巨龙过山车，想挑战一下，我们就直奔绿巨龙而去。绿巨龙高耸入云，钢铁轨道旋转得让人眼花缭乱。相隔很远，都能听见上面乘坐人的尖叫声，我在外面看着，都感觉心惊肉跳。我还是不敢坐，就自告奋勇留在外面给他们看包。人创造了高科技，利用高科技娱乐自己，寻找刺激。不过，我转念一想，人在庞大的过山车里，完全无法左右自己的命运，只能任由这些玩意儿把他们甩得晕头转向。到底是人类在玩弄高科技，还是被高科技玩弄了呢?

侏罗纪公园有一种飞漂，就是坐着船在水道里飞速滑翔，如同过山车。年轻的人们一路尖叫，高呼太刺激了，还想再坐一次。可玩儿一趟下来，他们已经浑身上下全部湿透，个个都像落汤鸡。人在前面走着路，身后“噼里啪啦”往下滴着水，好不狼狈！美国人还真是挺有商业头脑，穿着湿衣服肯定难受，你可以选择买新衣服，旁边就有商店，花上 40 美金买一套新衣服，你也可以选择把衣服烘干，旁边就有一台人体烘干机，5 美金一位，人站在里面，热风从四面八方吹来，直到烘干为止。

我们一行人几乎把能玩的都玩了遍，中中的嗓子早已哑掉了，他实在是太激动、太兴奋了！一路尖叫过去，嗓子不哑才怪呢！

最让我难忘的，是在弗罗里达环球影城里，看的 3D 影片——施瓦辛格主演的《终结者 2》。3D 电影在国内也看过不少，但在这里看的这部电影实在是震撼人心！随着影院里的灯光逐渐变暗，周围突然冒出了 8 个机器人，互相对射，子弹乱飞。我有点害怕，这时如果有恐怖分子乘机作案，谁又

21.1 影城门前的造型吸引了钢铁侠的铁粉少年。

能分得清真实与虚幻啊？我想起两个月前发生在美国影院的枪击案，当时已有多名观众身亡，其他人还以为是演戏呢。一片枪战之后是真人表演，我们正看着表演，倏忽间有人骑着摩托车进了屏幕，成了影片中的人物，这些人物就在屏幕和舞台之间自由穿梭，亦真亦幻，难以分辨。影片中发生爆炸了，就有火药味扑面而来；影片里下雨了，就有雨滴淋湿了我们的衣衫；影片里开枪了，就有子弹在我们耳边呼啸而过。我哪里是一名观众，分明是电影剧情里的一员，直接参与打斗，感受角色的紧张和痛苦。

还有一个龙卷风展馆，我也很喜欢。展馆里先是展示了电影《龙卷风》的精彩片段，讲解了龙卷风的拍摄过程。然后观众们走到一个地方，立刻感觉地动山摇，龙卷风呼啸而至。房子直接被龙卷风卷走，电线杆被拔起，地下水被切断，冲天的水柱喷射而出，加油站漏油，电线走火，火苗扑面而来。我被吓得心惊肉跳，和我同去的弗雷泽尔保护着我，我俩往后退着，边走边躲着大火。我只感觉周围是真的洪水，真的火焰，真的龙卷风，而我深陷其中，是真正的幸存者。

看完电影《龙卷风》，已经是半夜12点多。中中兴奋了一天，也激动了一天，早已坚持不住，直接倒在地上沉沉地睡着了。等大家集合完毕，我们叫Lake起来，却怎么也叫不醒他，想拽他起来，他却如同面条一般，软绵绵地又倒了下去。这可怎么办啊？这离我们停车的地方至少还有两公里，看着沉睡中的Lake，我束手无策。中中有80斤重，我可抱不动他，眼看我们娘俩就要露宿街头了，这时，我的救世主出现了。徐浩航，来自北京的一位高大帅气的 19 岁男孩，弯下腰，背上 Lake，一步一步往回走。汗水浸湿了他的头发，顺着脸颊，滴滴落在异国他乡的大街上，我在后面扶着昏睡着的 Lake，内心感动万分。其间，我让浩航把 Lake 放在垃圾桶上，或者是步梯的扶手上，歇一会儿，浩航反而心疼 Lake，怕碰着他，弄脏了他，坚持一路背着他走。2 公里的路，一步又一步，好像永无尽头！

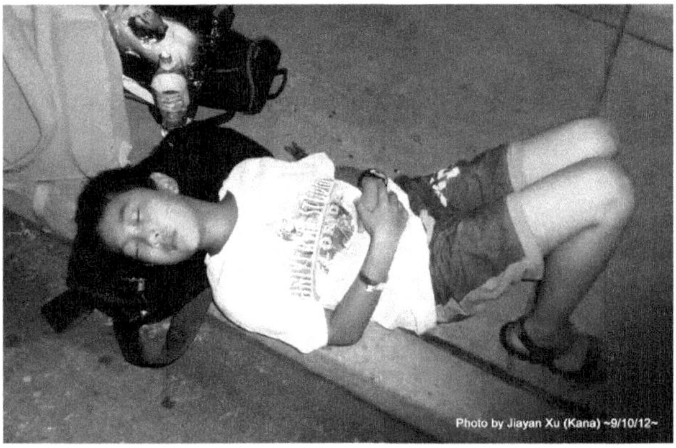

21.2 孩子玩得太累了，直接倒地就睡着了。

21.3 我必须感谢身边的伙伴，没有他们的帮助，我们娘俩举步维艰。

Lake 还算比较给力，车一到宾馆，他就醒了，自己走下了车。当时已是凌晨 1 点多钟，他走到我们房间门口，却拒绝进入我们的房间，要求跟凯文一起住。我把他送到了凯文的房间，又回到自己的房间，两个韩国女孩见我身边没有 Lake，一定要把 Lake 叫回来，说很喜欢 Lake。我说，就让 Lake 锻炼一下吧，这是个不错的锻炼机会。第二天，凯文告诉我，他问 Lake 累不累，Lake 点点头，他问 Lake 高兴不高兴，Lake 还是点点头，他说那你去睡吧，Lake 站起来就上了床，呼呼睡着了，还给我模仿 Lake 睡觉的模样，逗得我哈哈大笑。他说 Lake 能听懂他说的话哦，我说你只要说慢一些，词汇量不要太大，他能听懂的。Lake 的听力还是不错的，他们学校的科学课，阅读难度已经达到了大学英语四级水平，词汇量是研究生的词汇量。上课 Lake 还听不太懂，但课下和小朋友交流已经没有太大问题了。看着儿子的英文有明显的进步，我这个当妈的由衷感到欣慰。

9 月 9 日，我们一直睡到上午 10 点半，梳洗完，抓紧时间吃早餐，我和服务台说，我儿子还在睡觉，看能不能给孩子拿些吃的，他们很高兴就同意了。外面下着大雨，有一些同学已经跟着弗雷泽尔上了教堂，我们熬到 11 点半左右，就到大厅办了退房手续。还有不少同学没去教堂，我们坐在大厅里聊天，等着下一步的安排。雨小了一点，弗雷泽尔和凯文决定让我们再去一趟影城，Lake 听了，高兴得蹦了起来。

雨虽然小了一些，但下得还是很密。俊英带了一把伞，让给了我，她穿着一个厚外套，有个帽子，可以暂时用来挡雨。我想给 Lake 买一个雨披（poncho），8 美金，Lake 嫌贵不要，他戴上太阳帽，潇洒地走进了雨中。进入影城，已经快中午 12 点了，我们下午 2 点半就要集合返回，玩的时间并不多。由于昨天时间紧张，Lake 错过了一个木乃伊馆，他约好浩航哥哥、思思姐姐一起去木乃伊馆玩。我听说里面很恐怖，比我们中国的鬼屋要恐怖得多，就没敢进去，连浩航也没走完全程，就被吓了出来。

回去的路上，晚上 7 点左右，弗雷泽尔将车停在了一个饭店门口，说这个饭店相当有名，网上好多人推荐，我原以为是家西餐馆，并没有多大兴趣，走进一看，才发现是中餐馆。这下大家吃饭的兴致都来了，也有胃口了，纷纷后悔中午吃多了。这里的自助餐 7.29 美金一位，我拿着盘子盛了满满一盘白菜炒面，已经很长时间没有吃过地道的面条了，非常过瘾。我们一边吃着家乡菜，一边用中文吐槽美国的饮食，笑声一片。

22. 选课求学

一天，我和老公在网上 QQ 视频，老公问儿子：“你妈每天都干什么啊？”儿子还在思索中，我从他手里抢过电脑，没好气儿地说：“天天吃了睡，睡了吃！”老公竟然信了，还满脸向往地说：“这日子，简直我梦想的生活。”哎！真拿他没办法！

我曾听很多人说，“国外，好山好水好寂寞；国内，好脏好乱好快活”。我所在的这个美国小镇，虽然没什么名山大川，但景色怡人，空气清新，人烟稀少，的确是过“寂寞”生活的好地方。你有钱，却没有地方消费；你喜欢玩，却走不出这个小镇；你爱热闹，却找不到社交场所。这样一个地方，也确实适合“吃了睡，睡了吃，过猪一般的生活”。可是，我并不甘心过这种日子。我可不是来美国疗养的，国家每月付给我生活费，当然希望我学有所成，而我远离家乡，远离亲朋好友，备受思乡之苦，当然不是为了来这里养生度假。我要学习，我要提高，我要有所收获。

至今，我已到美国两个月啦。8 月 18 日从加州小弟的家返回小镇，儿子就开始了他的学校生活，我也开始了自己的求学生涯。我可以上英语系的课和（ELI）语言学院的课，我先在英语系的网站上下载了课程表。他们的课程设计和中国完全不同，每天从早上 8:45 一直到晚上 9:15，课程排得满满的，也没有统一的上下课时间，即使中午 12 点也有课。大多数课程安排是一节课 75 分钟，也有一些课是两个小时，由老师自己安排休息时间，还有一些课程是网上授课。我选择了几门自己喜欢的课，包括《美国文学》《英国文学》《世界文学》，准备先试听一下。我还选择了语言学院的语音，阅读和电影欣赏。美国的教材都很贵，《美国文学》的教材我去书店买的时候，二手书已经卖光了，我只好买新的，是

78 美金，据说期末可以退给书店，价格是原价的一半。《世界文学》我买的是二手书，45 美金，《英国文学》的书也很紧俏，已经销售一空。

讲授《美国文学》的老师是一个又高又壮的白人女博士，名叫伊丽莎白·凯帕尔。她语速适中，讲课幽默风趣。学生大多是黑人。她每节课都布置作业，上课前会有一个小测试。她的课给我的启发很大，我总是带着她的某些提示，到图书馆去查资料，或者到电脑上看视频，她的课令我收获颇丰。

讲授《英国文学》的老师，给人的第一印象就是一个“帅”字。他是那种很绅士的“帅”，一看他的五官，就感觉他的祖辈一定是从英国移民来的。不过，这位帅哥老师的课，我只听了两次就放弃了。他总在课堂播放 Wiki 的网络视频让学生看，而且是鼠标点到哪，让学生看到哪，好像根本没有认真备过课。看来，美国的课堂也有不负责任的老师啊！

我选择《世界文学》就是想听美国老师对中国文学的解读和阐释。讲授《世界文学》课程的老师是一位新来的男老师，留着长发，语速很快，他说话的时候几乎不换气。我听了几次课，好不容易盼到中国《诗经》古典文学的章节，他却跳过这章没讲，我很是失望。他的课都是安排在下午 3:30 到 4:45，但儿子每天下午 3:50 到家，他没有家门钥匙，美国也不能私自配钥匙，我俩只能共用一把钥匙。此外，在美国像他这么大的孩子，家里必须有人陪伴看护。有一次我去上下午 3:30 到 5:30 的电影课，本来和儿子约好了 4:30 在学校的图书馆前见面，不见不散。谁知道儿子要下校车时，对校车司机说“我妈妈不在家，我没有家门钥匙”，司机就坚决不让他下车，要把儿子直接送回学校。学校办公室给我打电话，我当时就着急了，我说：“不能送回去，我没有车，没法去学校接他，我 10 分钟赶到家，10 分钟后你们把 Lake 给我送回来。”校方同意了，准时准点地把儿子给我送了回来，虚惊一场。但这样一来，我也只好取消了下午的课。

语言学院的课都是为留学生设置的，是为了帮助这些学生通过托福考试，尽快通过语言关。我试听了语音课，讲课的是一位黑人女老师，非常认真负责。课堂上除了我和俊英外，只有三个学生，由于其他学生的英语不如我和俊英，我俩成了这门课的主角。后来，语言学院的系主任约翰 · 福克斯先生给我俩发了封邮件，希望我们取消这个课程，说我俩的英语好，会打击其他学生的积极性。我们只好作罢，被迫取消了这门课。

后来，玛丽蓓尔根据我的英语程度，帮我选择了语言学院的《高级阅读》。这个课程没有教科书，课堂阅读材料就是《纽约时报》。约翰 · 福克斯先生要求我必须订购《纽约时报》，同学介绍我去学校书店订购，他们订购的时候是一学期 50 多美金，由于我已经错过了四周的课，我找到书店的经理，他最后给我 37 美金订了一学期的报纸。他们给我一张卡，每天去取报纸的时候出示一下卡就可以啦。约翰 · 福克斯先生的课设置得很有创意。《纽约时报》很厚，不可能一下子读完，谁负责挑选娱乐版文章，谁负责挑选体育版文章，他都已经提前安排好了。每名学生只挑一篇准备，周一安排 8 个人，周三安排 5 个人，每个人必须对自己选择的文章做个现场展示（presentation）。约翰·福克斯通过电子邮件通知学生选定文章，作业也随之发了过去。作业有时候是一些词汇，有时候是一些关于文章的问题，他规定好上交时间，超过时间不交就是不及格。课堂上约翰·福克斯总是面对学生，坐着讲课，也很少写板书。他的课程通常都以闲聊开始，然后针对每篇文章大致讲一下，接下来就是学生提问题的时间。每节课的最后 10 分钟是考试时间，每堂必考。考试内容都与报纸上的新闻相关，比如说，中日钓鱼岛新闻中，谁在赴任之前死了，或者是在奥巴马和罗姆尼竞选的新闻中，他俩每天晚上工作到几点……诸如此类。这些问题看似随意，但如果阅读时不留心，还真答不上来。

最终权衡之下，我选定了两门课，一门是《美国文学》，另一门是《高级阅读》。我又调整了一下时间，选择了同一天上这两门课，最后确定周一和周三，这样的话，早上 8:45 到 10:50 上《高级阅读》，中午 12:30 到下午 1:50 上《美国文学》的课。从此以后，周一和周三就成了我每周最忙碌的两天。

Lake 的校车是早上 7:00 准时发车，我将表定到了 6:40，闹钟一响，我俩起床。我先下楼，给儿子准备早餐，Lake 的学校提供早餐，但我总担心他吃不好，会让他在家吃些面包，喝点牛奶，或者喝些粥什么的。6:55 我俩离开家，步行到路口等校车。出门的时候，外面依然是漆黑一片，繁星满空。这个季节，小镇的温差很大，早晨出门的时候，我和 Lake 都穿着厚外套，但天亮之后，又会骄阳似火，酷热难耐。有一天，我俩路过公寓后面的空地，突然传来一声狗叫，吓得我一激灵，一只野狗向我俩冲了过来。只见这个时候，儿子小小的身影，冲到了我的面前，两臂张开护着我，面对着那只狗，举起了手中的书包，狗吓得停了下来，我躲在儿子后面，很安全，也很感慨。

记得在日本留学时，我们住的地方附近就有墓地，阴森森的。晚上，我带儿子去国际交流会馆，就会路过一片墓碑林立的墓地，儿子当时不足 3 岁，问我："妈妈，那是什么？"我的教育原则一向是实事求是，不欺骗儿子，我告诉他："那是墓地，人死后埋的地方。"儿子说："妈妈，你别怕，我是男子汉，我保护你。"正说着，邻家一只大狗，朝我俩猛然狂叫起来，儿子尖叫一声，像猴子一样，蹿到了我的身上，死死地搂住我的脖子，吓得大气不敢出。这才几年呀，11 岁的儿子已经长成真正的男子汉，能够保护老妈啦！我内心非常欣慰。我和儿子等车的时候，总是习惯坐马路边上，并肩看满天星斗，静静地等着校车的到来。

我平时的日程大致是这么安排的。早上 7 点，校车接走儿子。我返回家，有时会将闹钟定到 8 点，睡个回笼觉，有时也会利用这个时间和家人朋友联系。8 点准时下楼，简单吃点早餐，8:30 出发奔赴学校上课。从家步行到英语教学楼正好是 15 分钟，上午的课一般在 10:50 结束，再赶到 Prehouse，正好是 11 点钟。我会拿些吃的上楼慢慢吃，顺便和来自中国的访问学者聊一会儿天。中午 12 点钟，我返回学校，一直上课到 1:45。下午 2 点回到家，收拾家务，看看书，上上网，放松一下。3:45 准时下楼到路口接儿子放学。Lake 回家休息，我就开始准备晚餐，5 点钟左右开饭。晚餐时间通常会和 Lake、俊英说话聊天，算是我们固定的“家庭时间”。差不多晚上 6:30 左右和 Lake 一起上楼学习，完成家庭作业，基本上需要两个小时。每天晚上 8:30 到 9:30 是我和家人朋友在网上交流的时间，此后就准备休息。一天时间，就这样过去啦。

周末或其他的日子就是用来查资料，或者了解美国文化，每天都忙忙碌碌的。虽然一下子想不起来究竟忙了什么，但绝对不是“吃了睡，睡了吃，过猪一般的生活”。坦白说，我倒是很想过那种日子，但人在异国他乡求学，身边还带着儿子，经常会有些意想不到的情况需要处理，我每天都要保持紧张的状态，不敢有丝毫怠慢。

23. 令人兴奋的佐治亚博览会

从奥兰多旅行回来之后，很长时间我们都没有走出过阿梅里克斯小镇了。周末我和 Lake 基本上都是宅在家里，看看书，上上网，睡睡觉。屋里待的时间长了，感觉闷了，我就带着儿子到家的附近散散步，捡些已经熟透落地的核桃，塞到口袋里，有时就坐到马路沿儿上，用牙嗑开坚硬的外壳，小心翼翼地剥离出里面的核桃仁。松鼠因为我抢了它们的口粮，会用生气的小眼神儿直瞪着我，我并不在意，有时还把核桃仁放在嘴里，慢慢地嚼着，品味着。日子就这样一天又一天，慢慢流过，也在不经意间滑向未来。

阿梅里克斯的生活安逸且慢节奏，但我们确确实实也非常渴望走出去，看看外面的世界。

没车！这是我们必须解决的问题。有几种方式可以考虑，我们可以买辆二手车，价格从2000美金到5000美金不等，但要求车主必须有美国驾照。当然，我们也可以租车，车主有中国驾照也可以。不过，无论哪种解决方案，自从我们坐上了王建疆教授的车之后，买车或租车的欲望都在逐渐消退。

小贴士：美国不同的州，对外国人开车的规定不同，有的要求司机必须持有国际驾照，有的要求司机持本国驾照即可，一定要提前查清楚哦。

建疆老师在亚特兰大租了一辆车，从亚特兰大开到了阿梅里克斯小镇，很兴奋也很激动，终于能“以车代步”了。那天一大早，他就在门外叫我们一起出去。我问：“去哪？”俊英是个实在人：“管他去哪，只要出去就行。”我拿上包，跟着俊英一起冲了出去。

第一次在阿梅里克斯坐上我们中国同胞开的车，心里无比激动。不过这一路上，可谓惊险连连。有一次拐弯时，他开到了双黄线之间的网格线上；还有一次，我们的车占错了道，在没有转弯标志的路口，一下子转上了单行道，和迎面来的车差点“面对面”亲密接触，只能上演一幕“惊魂大倒车”，吓得后面的车魂飞魄散；还有一次，建疆老师开错了路，我们的车沿着错误的道路一路狂奔，却始终没发现允许掉头的标志。无奈之下，我们只好走小道。转了几圈之后，“惊喜地”发现——我们回到了原地。迷路，违章，吓得我们一阵阵出冷汗。想想平日里虽然没车，但也不用如此提心吊胆啊！

不过，我是不会放过一切外出机会的。语言学院在电子邮箱里刚刚公布了报名佐治亚博览会（Georgia National Fair）的消息，我就第一时间报了名。

10 月 13 日下午，我们乘坐约翰·福克斯驾驶的语言学院的车，1 点钟准时出发。同去的还有徐浩航、两个韩国学生、三个中国女生，还有三个美国当地学生。经过一个小时的路程，不知不觉就到了博览会的主办地皮埃尔（Pierre）小镇。当时警察在维持秩序，指挥交通，好多道路都设置了导航标志。博览会外面的草坪成了停车场，车已经停得密密麻麻。这是我到奥兰多之后，见到人最多的地方，不仅人多，连动物也不少。

我们从东门进去，一路上有很多展台，梅肯警察局的展台上摆着各种各样的枪，那可是真枪啊！浩航和 Lake 都走上前去抱了抱，说枪非常重。展位上还有防爆衣，我以为是防弹衣，警察解释了之后，才知道这种衣服要比防弹衣先进得多。展位旁边还站着一位遥控机器人，能和游客握手，甚至做出细微的动作。当我看到这些时，不禁感叹美国科技的先进。不过，当我们回国后，很快发现中国也有了这样的智能机器人，在不少宾馆、饭店、车站等公共场合，都会看到这

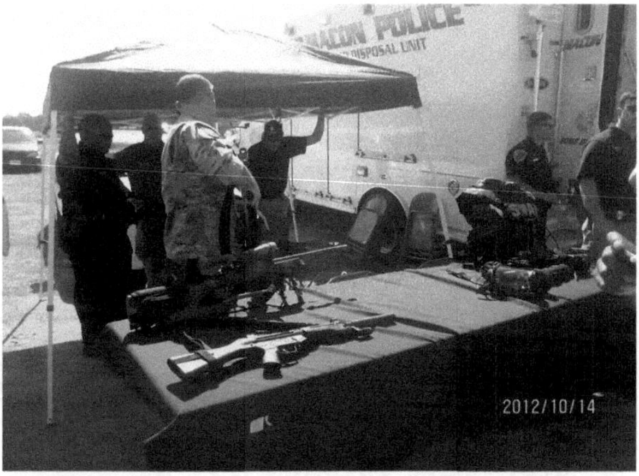

23.1 真枪！展位上有人会教你怎么持枪射击。

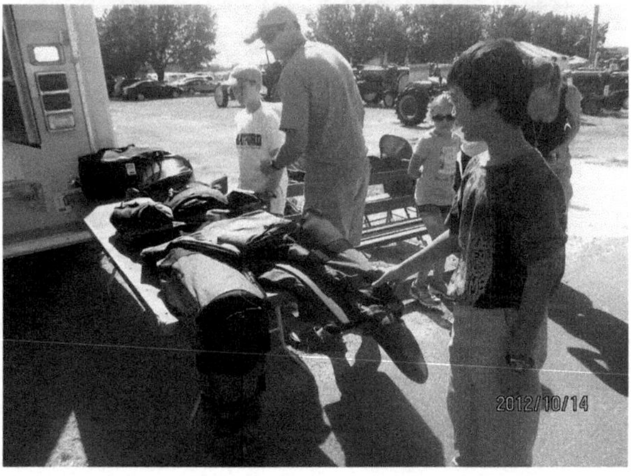

23.2 防爆衣。

样的机器人高频亮相。由此可见，咱们中国的科技确实不可小觑。

一路走来，我还发现了各式各样的拖拉机，大小不一,五颜六色。我从没想到拖拉机竟然也可以做得这么可爱，农民开着这样的拖拉机耕种，应该是既享受又浪漫的事吧！博览会上还展出了各种农用机器，有磨玉米面的，有打鸡饲料的，我离开农村好多年，对这些机器早已生疏。

23.3 各种造型的拖拉机，像玩具车，可爱得很。

接下来登场的就是各种各样的动物。先是毛茸茸的羊，身上穿着厚厚的羊毛大衣，憨态可掬，惹人喜爱。Lake 走上前用玉米喂它们，它们竟然一点都不惧怕人类。当地人是不吃羊肉的。据说耶稣一次遇难，被羊所救，所以当地人不吃羊肉，养羊只是为了获得羊毛罢了。我还发现一种动物长得似羊非羊，似驴非驴，似狗非狗，似驼非驼。Lake 说这种动物他认识，叫作羊驼，传说中的神兽，俗称“四不像”。有好多游客争相和神兽合影，看来不管是中国还是美国，大家都对“非常规的东西”感兴趣啊！我们还看到了许多“常规”动物，包括牛、猪、马、兔子等，有些动物的围栏上挂着奖章。这让我想起了美国著名作家 E.B. 怀特的作品《夏洛的

23.4 毛茸茸的模样超可爱，中中一看见动物，就什么都顾不得了。

23.5 羊驼，顾名思义，既像羊又像骆驼的一种动物，表情呆萌。

网》，里面就提到“小猪威尔伯”参加的博览会，通常都会有评委，对各种各样的展览评出级别，并授予奖章。

我最喜欢的一个展馆，外面站着四五十个稻草人，这里原来在举办“稻草人大比拼”。形象最突出的一个稻草人，是用玉米皮做成的，它并不是人的形象，而是一个公鸡的模样，真是惟妙惟肖。我如果是评委，肯定授予这个作品一等奖。这个展馆让我流连忘返，我和 Lake、浩航，在里面逗留了两个多小时。里面还有好多美丽的挂毯，当地人叫作 Quilt。这种挂毯是用手工缝制的，做工精细，用色大胆，并且颜色搭配极具视觉冲撞力，颇具异域风情。我久久地徘徊在一个个挂毯之间，惊讶于那些美妙绝伦绣制而成的图案，沉迷于那些色彩之美。这些民俗艺术，的确有其独特的魅力，它们折射着一个民族深邃

23.6 稻草人大比拼。

的文化底蕴。印象中还有一张挂毯，非常温馨可爱，它是把一张张照片印在一块块布片上，然后再手工缝制在一块挂毯上，这就构成了一面独特的照片墙，我非常喜爱。

23.7 这，就是艺术。

23.8 各种铁皮做的手工艺品，艺术就是这样，色彩、形态、材质，静静地站在那里，却默默地说明着一切。

展馆中有好多手工艺品，用松果做成的小熊，玉米皮做成的花盆，饮料罐做成的风铃，棉花做成的墙饰，废弃皮鞋做成的盆景，极具创意。我一个个看下来，由衷感叹当地人环保理念的深入人心，以及它们无穷的想象力。

还有一个展区，也让人不由得眼前一亮。各色的花朵，娇嫩无比，用大自然所赋予的色彩和形态，摇曳多姿，竞相展示着自己的魅力。菊花，有的大如盆钵，有的小如杯具，花瓣如丝，舒展舞动，如翩翩舞动的少女，吸引了众多游客竞相观看合影。

本来我是一个不懂艺术的人，但在书画展区，我这样一个不懂艺术的人，竟然也被那些艺术品深深地吸引住了。它

23.9 各式各样的菊花。

们实在太美了，太有创意了！其中有油画，用色甚为大胆，红蓝相配，色彩不多，构成的画面却能冲撞灵魂。还有一幅画，颜色清雅，一抹黄土色，一抹海平面，一抹蓝天，一抹白云，一抹晚霞，简单的色彩，简单的画面，却透着一种休闲、轻松且雅致的意境。画的做法也大不相同，有的画是用布缝制而成，具有一种朴实之美。我很想拥有一幅，看看价格，最便宜的也需要 450 美金，而我喜欢的那幅，竟然标价 10000 美金，只好作罢。这些作品的创作方式也非常有创意，有的画是用软纸泡在颜料里，然后粘贴而成。有的画是用各色毛线做成，还有的画是用各种扣子拼贴而成。看着这些美轮美奂的作品，我竟然很后悔，自己当初怎么没有选择艺术专业呢？

在另一个展区我发现了一种机器，它的外观类似我们中国的缝纫机，可是功能却大不相同。机器上有一个屏幕，有很多图案，可以选定图案，机器可以根据图案自动选择色线，在布上绣制出图案来。这种机器价格在每台 5000 美金左右，我非常感兴趣，甚至幻想着，如果有一天失业了，我就采购一台这样的机器，开个手工作坊，凭我的手艺，谋生不成问题。

23.10 高科技缝纫机，可用电脑控制绣花走线。

展览馆中有个老太太，自

顾自地在纺纱，她所用的纺纱机，是一种双脚控制节奏的机器。老太太介绍说，美国700年前就有了纺纱机，她现在所用的要比当时的先进很多。我问她纺纱机是哪个国家发明的，她说是5000年前中国人发明的。这令我这个中国人很是骄傲。老太太正在纺的毛线，眼看着是用纯正的羊毛纺制而成，我问她卖不卖，她说她不卖。她用纺成的线织成袜子，织成毛衣，只供家人和朋友所用。

23.11 一个老太太，自顾自地纺着纱。

从展览馆里出来，我们去了游乐区。我们身上总共有54张票，可以选择各种游乐项目。晕高的我自告奋勇给大家看包，浩航和Lake早就迫不及待地选了几个惊险刺激的项目去玩儿了。浩航后来和我描述，有一种游乐项目是把人关在铁笼一样的空间里，然后就像洗衣机一样，不分方向地旋转，整个人都晕头转向的。还有一个器械，外观如同飞碟，人进去之后飞快旋转，会把人吸附在飞碟内壁上，如同甩干机。这又是“洗衣机”又是“甩干机”的，听起来就很刺激。

晚上有一场音乐会，表演的是一个非常有名的乐队叫 All Star，就是全明星乐队。这个乐队在美国的少儿频道 Disney Chanel 非常受欢迎，粉丝都是 20 岁左右的年轻人。音乐会会场气氛热烈无比，我似乎已经过了追星的年龄，坐在会场里却听不见歌手在唱什么，只听见架子鼓的鼓声，心脏跟着鼓的节奏剧烈地跳动着。我和 Lake 听了一个小时，实在受不了

23.12 玩儿这个游乐项目时，人会随着设备上下左右翻转，看着就令人眩晕。

23.13 音乐会，马上要开始了。

会场的嘈杂，就早早地离开了。

我带着 Lake，用剩下的票坐了一次摩天轮，欣赏了一下博览会夜景。当时已经是夜里 9 点多，博览会里依然是摩肩接踵，人声鼎沸。游乐场里娱乐项目很多，每人需要用 5 张票或 4 张票才能玩儿一个项目。从摩天轮上下来，我们手中只剩下 3 张票，什么也玩不了啦，我建议 Lake 将这些票送人，儿子也同意了。我找了一个带孩子的人，把票送给了她。我们正准备往回走，Lake 一低头又捡到了 2 张票，他很后悔刚把票送给了别人，在我的建议下，他把这两张票也送了出去。分享和施舍是一种美德，也是我在孩子的教育中一直努力灌输的品质。

这一天下来，我们玩得很开心，既欣赏了艺术的魅力，又体验了疯狂而刺激的娱乐项目，收获很大。

24. 姗姗来迟的中秋晚会

在阿梅里克斯小镇，已经有 40 多名中国学生、6 名中国访问学者。此前小镇上一直没有中国学生联合会，随着中国学生和学者的人数逐渐增多，2012 年 9 月，在研究生徐佳燕和本科生胡骥的积极筹办下，成立了 CSSA（Chinese Students and Scholars Association），即中国学生和访问学者联合会。有了组织，我们感觉在美国有了依靠，有了自己的家。

美国是放秋假（Fall Break）的，GSW 的秋假是 10 月 6 日到 8 日三天，Lake 的秋假是 10 月 12 日到 15 日四天。由于假期和周末出游等原因，大家最终将“CSSA 的成立大会暨中秋晚会”的举办时间定到了 10 月 14 日晚上。虽然这个中秋晚会姗姗来迟，我们也没有月饼吃，但我们还是很有节日的感觉。大家看见 BCM 大厅挂起了红旗，心里激动万分。

记得在 2003 年，我随爱人留学日本仙台，那年的春节，我们无法回去与家人团聚，只能留在日本。身在异国他乡，深深地体会到那种“每逢佳节倍思亲”的无助和孤独。当地的留学生会馆在大年三十组织中国学生观看中国的春节晚会，当看到主持人倪萍走出来，代表家乡父老对我们这些远在海外的留学生致以春节问候的时候，我的眼泪“唰”地一下流了下来，就像一个受委屈的孩子，终于看到了自己的亲人一样，亲切又酸楚。

在美国过中秋，也是一次别样的文化交流。中秋晚会安排在下午 4 点彩排，Lake 要在晚会上表演快板。晚上 7 点开始吃饭，8 点晚会正式开始。每个参加活动的中国学生都交了 10 美金费用，访问学者免费。晚会的节目单是这样的：

Performances 节目单：

1）Video of CSSA 2012——Kana Xu

2）Music《疼爱》——CSSA Band（Jack Zhao，Mu Qiao，Yilang Li，Ji Hu）

3）Clapper talk（快板）——Lake

4）Piano and singing《Scientist》——Guang Yang

5）Music《紫藤花》——Xin Huang

6）Music《爆炫民族风》（3 Chinese folk songs）——Yun Ma

7）Chinese Kungfu（中国功夫）——Kana Xu，Junying Wang

8）Music《万里长城永不倒》——王俊英

9）Game——Jingjing Yang

10）Music《纯真》——Huanhai Hu

11）Music《人质》—— Yun Ma

12）B-box——Yang Yang

13）Music《The best thing about me is you》——Ji Hu

14）Chorus《我的中国心》——Ji Hu

俊英贡献了一道家常菜——土豆丝炒菜椒，我来给她打下手。她整整炒了三大锅，晚上 6 点半的时候我们送菜过去，BCM 里已经坐了很多人，大多数都是美国人。这实在是超出了我们的想象，看来中国文化和中国美食对美国人还是非常有吸引力啊！靠墙摆了一排桌子，饭菜都装在锡盘里，依次摆在桌子上。7 点钟徐佳燕宣布开饭，桌子前就排上了长长的队伍，看着那些美国人对中国食物一副期待已久的样子，我心里颇有几分得意，感觉美滋滋的。我和俊英几个访问学者坐在旁边的沙发上，担心饭菜不够，先让美国人吃，如果还有剩余我们再去吃。Lake 也很热心，一直都在帮忙，他站在饮料机旁，负责倒饮料，大家很快都认识并喜欢上了这位来自中国的小男孩。等到场的每一位美国人都取了饭菜，我和俊英走过去一看，果不其然，饭菜已经所剩无几了。

晚会很精彩，Lake 的快板《李白斗酒诗百篇》排在第二个出场，他有点紧张，但是发挥得还是很不错的，赢得了一阵阵掌声。美国人对打竹板很好奇，竞相试着玩了玩。我告诉他们，这个很难的，需要专业训练才行。把 Lake 的快板也用英语给大致介绍了一下，告诉他们谁是李白，一个中国唐代伟大的诗人，爱喝酒，留下了很多脍炙人口的诗歌，就这样把中国的诗歌文化传播了出去。

中国不乏人才，这里的中国留学生几乎个个都身怀绝技，其中有一个孩子的口技非常精彩，能同时发出三种声音，美国人不停地赞叹“Amazing”（太精彩了）！俊英打了太极拳，唱了一首歌，表现也很出彩。

Lake 一晚上都很兴奋，不停地为大家服务。一会儿给工作人员端杯水，一会儿拿大白兔奶糖给大家吃。大家也都觉得这个孩子很勤快，很有眼色，都愿意和他交流，和他一起玩。

中国留学生个个都很优秀，女孩子很漂亮，男孩子很帅气，出国好像经过选美似的。有些孩子上的是本科，走的是 1+2+1 项目，就是在本国上 1 年本科，国外读 2 年本科，回国接着读 1 年本科，可以拿两个国家的文凭；有的读的是研究生，走的是 3+2 项，就是在国内读 3 年本科，到国外读 2 年研究生，拿硕士文凭。年消费包括学费和生活费 15 万到 25 万不等。这些孩子们都很争气，学习很勤奋，生活很独立，个个都很招人喜欢。记得其中一个孩子，在排队的时候，还在埋头苦苦地背诵记忆，想把书中的要点再过一遍，争取全部记住，只是因为书马上要作为二手卖出去了。

在这些中国孩子的筹办和组织之下，迟到的中秋晚会非常圆满，非常成功。

25. 亚特兰大石头山游记

闹钟乍响，惊醒了梦中人。我从热被窝里爬出来，看表，早上6:20；叫醒Lake，穿上衣服，吃上两片面包，喝上几口奶，6:40冲进了夜幕中。

外面漆黑一片，繁星满天，空气清冽无比。这里温差大，凌晨寒冷无比，穿鸭绒衣也不觉得多暖和。

早上6:55，我们到达集合地点MSC（Marchall Student Center）门前。7:00，约翰·福克斯和其韩国夫人康卜心开着语言学院的Shuttle Bus准时到达。

这一次，前往亚特兰大的石头山公园（stone mountain Park），每人30美金的费用，包括大门票和所有游乐场的门票（除了duck ride）。

阿梅里克斯小镇距亚特兰大3个小时的路程。大家上车后，按照惯例先行向司机表示感谢。大家都没有怎么说话，因为起得太早，都靠在椅背上抓紧时间补觉。司机也很细心体贴，关了灯，拉上窗帘，提供一个舒适的睡眠环境。

9点钟左右，大家纷纷从梦中醒来。外面已经是大太阳了，拉开窗帘，一下子刺得眼睛有点睁不开。外面主色调依然是绿色，只是秋天到了，有些树叶开始发红变黄了，绿色之间偶尔点缀几间房屋。

10:00左右我们一行到达目的地。约翰·福克斯给我们发票，票是红色纸条，撕开后面的不干胶，可以戴在手腕上，很方便，不容易丢。然后约翰·福克斯吩咐了集合地点和时间，我们就分头行动了。

一进公园，就是一个缆车，这里叫作sky ride，这个缆车长方形状，可以乘坐81个人，缆车门边有好几个按钮，里面有专业人士操作缆车，像极了电梯操作员。这个缆车一直可以上到石头山山顶，途经早已闻名遐迩的浮雕。这三个浮雕，长约30米，宽60米，高120米，是迄今世界上最大的石壁浮雕，雕刻的是三个在内战中战败的将军，他们分别是南方军总司令李将军，南方联邦总统戴维斯和杰克逊将军。三人都是威风凛凛骑在马上，手中各自拿顶帽子，英雄气势跃然石壁上。戴上帽子，拿上宝剑，三个将军似乎会立刻冲杀于战场之上。

25.1 三个将军的浮雕，占了半面山壁。

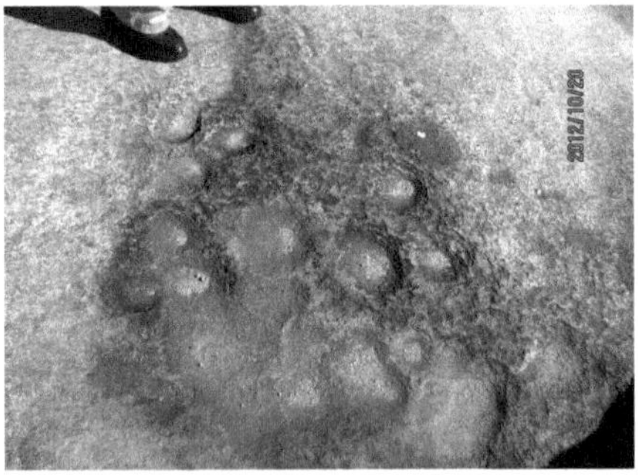

25.2 像恐龙蛋，又像陨石坑。

石头山，真的就是一块大石头。来到山顶，感觉像站在一块大馒头的顶上，光秃秃，只有寥寥几根杂草，不知用什么方法从石头里长了出来。石头山上有好多圆形的小坑坑，有人说是陨石坑，有人说是人为而成，莫衷一是。举目望去，亚特兰大城尽收眼底，不愧是绿色的城市，满眼皆是：绿，绿，绿。

下山的时候，树多了起来。山很平缓，下山不是很费力。沿途遇见好多美国当地人，拿爬山做健身的，走得大汗淋漓。途中还撞见一棵树，上面粘满了五颜六色的口香糖，不知是刻意而为，还是有人这样做，引得大家争相效仿。同行的王教授，学艺术专业，说出的话很经典：这些丑陋的口香糖，

25.3 从山顶俯瞰，亚特兰大隐藏在丛丛绿林中，不见真面目。

堆积在一起就美了，故艺术的东西就是丑的集合。

25.4 口香糖树。

山下是一个教育中心，里面有一些图片，使我们明白了石头山的形成过程。石头山本是地表下岩浆喷发凝固而成，随着斗转星移、地貌变迁，石头山露了出来，成了今天这个样子。山石材质为花岗岩，非常坚固。

从教育中心出来，我们决定去乘坐 Duck ride，据说这是一种新型的交通工具。在陆地上跑，就是一辆普通的箱体车；下了水，就是一只浮在水面上的有舱船。这个船票是另外付钱的，我和 Lake 总共是 19.3 美金。上车前，每人发了一个鸭子嘴哨子。司机兼导游，一路上放着各种各样的音乐，引导游客根据音乐的节奏吹哨子，气氛很热烈。到了湖边，车速慢了下来，大家都屏住呼吸，感受这个水陆两栖车的神奇变换。下水了，大家惊呼一片。湖水平静如镜面，岸上青山如画卷，船静静地驶在一汪绿水之上，刚才哨子喧哗已成过去，大家沉浸在如诗如画的美景中，各自领略其中不同的风味。大家从美景中缓过神来，司机开始邀请小朋友做驾船体验。可能 Lake 是唯一的外国人，第一个受到邀请的就是他。Lake 来到司机的位置上，司机问他叫什么，多大了，上几年级，来美国多长时间了，Lake 一一作了答复。司机教他如何驾驶船只，Lake 很兴奋，很高兴。美国对孩子非常重视，教堂里一定是给孩子留下时间的，要不表演节目，要不听故事，要不游戏。篮球比赛，孩子代表也是要出场的，参加游戏、捡捡球什么的。乘车，孩子的安全是第一重视的，要求必须坐安全座椅呀什么的。这次的 Duck ride，司机让孩子体验驾驶，那么多乘客，那么大的船，这要是在中国，不知孩子会不会有这种待遇、这种机会？司机对孩子是那么地彬彬有礼，那么多的孩子，同样的话，反复地说，极具耐心，不紧不慢。在这种礼遇下，孩子反而一个个像小绅士一样，上驾驶位，下驾驶位，像模像样。在实践中学到的东西要比书本上生动得多。

从 Duck ride 上下来，转过几个房屋，就是一个四层楼高

25.5 水陆两栖车。

25.6 司机师傅耐心地和孩子交流，并且手把手教孩子开船。

25.7 孩子当上了真正的司机，开心无比。

25.8 下车了，也下船了。

的 Sky ride。这是一个挑战性娱乐项目，排队的人很多，但是 Lake 很想玩，我只好在旁边等着，Lake 去排队。这个项目有安全防护措施，把人的身体和腿用一个护套套起来，用绳子吊着，上面有一个滑道，走到哪儿安全带滑到哪儿。下来的人，道出感受，三个字：Scary but fun（虽然吓人，但很有趣）。

25.9 高空挑战。

25.10 口渴了，随处可见的饮水处。

10月份有个西方国家的传统节日——万圣节，这个节日会让人联想到南瓜灯和吓人的鬼。我们来到石头山也正好赶上准备一年一度的万圣节，到处都能看到大南瓜，金黄黄的，大如我国的红灯笼。还有一处是稻草人展，用南瓜和稻草做成各种稻草人，来庆祝万圣节的到来。

Lake 和我又玩了高尔夫，看了 4D 电影，欣赏了玻璃店和糖果店，就等着晚上 8 点钟的 Laser Show，有的译为镭射秀，有的译为激光秀。大家早早地集中在三个战败将军的浮雕之前的草地上，打开野餐包，铺上各色的地垫，摆上躺椅，孩子们在前面的草地上奔逐嬉戏，一派休闲慢生活状态。有节奏的音乐响起，孩子们随着音乐舞蹈，大人们伴着音乐拍手配节奏。美国人很懂得享受的，幸福感很高。

镭射秀开始了，正好打在三个战败将军的浮雕上，如同孩子们的简笔画，简单却灵动，后来加了一些色彩和梦幻效果，确实很好看。最后美国国旗升起，国歌奏响，所有在场的美国人，躺着的，坐着的，都不约而同地站了起来，右手放在胸口上，专注地望着国旗，唱着国歌，他们的民族感怎么这么强。不知当我们的国歌奏响之时，我们的国民会怎么样呢？

我们晚上 8 点半赶到集合地点，到家已经是深夜 12 点，Lake 累得衣服顾不上脱，就一头扎上床，沉沉睡去。

26. 欢乐的"鬼节"

11 月 1 日是万圣节，也被称为"鬼节"。在美国，万圣节实际上是孩子们的节日。提前一个月，阿梅里克斯小镇就充满了节日气氛，好多家庭的门前或草地上，都摆出用稻草人，或者南瓜做的各种造型。Lake 也提前准备了鬼节的服装，一件外套，帽子在脸部有个拉链，拉起来就是个鬼怪的脸谱，非常恐怖；他还在店里购买了一个用橘黄色的布做成的南瓜灯。一切装备齐全，就等着鬼节的到来！

26.1 这是消防局做的稻草人，一名消防员手中抱着个娃娃，救火救人，职责所在。

26.2 这是美国的消防车，很酷吧？

26.3 这是一名儿科医生家门口摆放的万圣节造型。

26.4 这是当地第一浸礼会教堂做的万圣节造型，不知那位跪在地上的信徒，在祈祷什么？

26.5 这种稻草人很常见，普通人家的门口、草地上都有。

26.6 阶梯上都是南瓜灯，露台上是一个穿着黑衣服的巫师，柱子上还挂着一个大蜘蛛。

26.7 这是葬礼之家所做的稻草人，旁边还有墓园、花圈，让人不寒而栗。

26.8 这家车道上全是蝙蝠，黑压压一片。

26.9 蜘蛛、南瓜、妖怪，一直都是鬼节的主题。

26.10 如果没猜错的话，这家老太太做的这个稻草人，是为了怀念她已经故去的老伴儿。

26.11 万圣节这天，幼儿园的老师带着一群四五岁的孩子，穿着鬼节服装在 GSW 里游园。

26.12 Lake 的造型，很酷吧！

26.13 一个鬼屋。

10月31日晚上，是万圣节前夜，是鬼节最为热闹的时刻。我们早早吃完饭，期待着天快点黑下去，打算先去Duncan Hall 里看看。Duncan Hall 本来是学生宿舍楼，GSW的学生少，这个楼就一直闲置着。平常即使在白天进去，也感觉阴森森的，浑身发凉。主办方选这里作为万圣节活动地方，也真是有眼光。我和俊英、Lake 先签了一个协议，大概内容就是“吓死人，概不负责”。礼堂里面黑漆漆的，即使偶尔有几缕灯光透进来，也昏暗无比。礼堂内有很多房门，还有不少飘浮的黑布，上面悬着很多蜘蛛网。人走在走廊上，在黑暗中摸索着，不知什么时候，后面已经悄悄跟上了一个东西；也不知道什么时候，哪个门会突然被打开；更不知道

26.14 鬼屋一景。

什么时候，会有个东西突然跳出来站在你眼前。鬼屋里不时传来咿咿呀呀的声音，就好像有许多妖魔鬼怪蠢蠢欲动。当有鬼妖逼近时，Lake 几近哭喊着："I will kill you. I'm from China！"哎！这种时候，他还不忘自报家门！

Lake 和俊英在鬼屋里走上一回还觉得不过瘾，又去了第二次，直到喊着"太恐怖了！太恐怖了"冲了出来。我们先回到自己住的公寓，看见邻居罗伊家灯火通明，门口放着一个南瓜灯，刻着"Treat or Trick！"(不给糖吃，就捣蛋)。Lake 在我们的鼓励下，去人家"Treat or Trick"了一下，还收获了一把糖，很开心。罗伊告诉我们，阿梅里克斯小镇的 Lee 大街很好玩，人很多，建议我们去看一下。

Lee 大街离我们住的地方不远，只有两个街区，走路几分钟就到了。远远地就看见，人行道上人声鼎沸。大人带着孩子，孩子穿着各种各样的鬼节服装，装扮成超人、巫婆、仙女、小兔子等形象，戴着发光的头饰，浩浩荡荡地走在街上。来到阿梅里克斯小镇几个月了，这是我见到人最多的一次。根本不用孩子去敲门，那些想款待孩子的家庭，主人早早地亮起了门前的灯，捧着大包大包的糖果，坐在门前，等着孩子们到来。

听起来让人毛骨悚然的"鬼节"，到处都是欢乐的节日气氛，万圣节简直就是美国的儿童节啊！大街上，孩子们欢呼着，跳跃着，在各家的门前穿梭着。耳边到处是孩子们欢笑声，连大人们也好像回到了童年。

27. 篮球赛里的中国元素

阿梅里克斯小镇交通不便，但幸运的是，我的学校 GSW 总会在周末举办一些活动，只要交些钱，就可以到附近的地方去观光旅游。凡是有活动，我肯定报名。因为没有一次活动让我失望，每次都是物有所值，大有所获。

10 月份的时候，我收到了约翰·福克斯先生的邮件，说 11 月 2 日安排去亚特兰大观看休斯顿火箭队和亚特兰大老鹰队赛季的第一场比赛，费用为每人 35 美金，包括来往车费和门票。我在第一时间就给自己和 Lake 报了名，并且为了更好地观看篮球赛，我甚至在沃尔玛超市花 40 美金买了一个高倍数的望远镜。一切准备妥当，只等 11 月 2 日到来。

等候期间，我把要看篮球赛的消息告诉老公。他是篮球迷，上大学的时候就是吉林大学校篮球队成员，虽然毕业多年，但他对篮球依然很痴迷。他甚至开车，不远千里奔赴浙江、烟台等地，到现场观看有自己小兄弟参加的 CBA 比赛。我们告诉他要去看篮球赛的消息，他却有几分怀疑，说什么票价只有 35 美金，肯定不是正规比赛。我和 Lake 并没有被打击，能去见见世面、看个热闹也行啊！

11 月 2 日，我和 Lake 早早地等在 MSC 前面，下午 3 点准时出发，从小镇到亚特兰大需要 3 个小时。同行的大部分是中国留学生，包括我们在内总共14人，都是奔着火箭队的亚裔篮球明星——林书豪去的。

亚特兰大真是个大城市，从车流量上就可见一斑。我们的车驶入亚特兰大市区，就用了近40分钟。路上出现了在阿梅里克斯小镇不可能发生的堵车现象，我们也见到了久违的摩天大楼，对我们这些来自阿梅里克斯小镇的人来说，来到亚特兰大简直就像刘姥姥进了大观园，一切都是新鲜的。嘈杂的街道上充斥着污浊的汽车尾气，道路两侧耸入云霄的高楼大厦更是压得人喘不过气来。我甚至开始怀念阿梅里克斯小镇上那种宁静、祥和的生活了。

篮球赛在菲利普斯球馆举办。进馆之前，凯文把门票发给了我们。票好大呀，足有A4纸那么大。比赛上午7:30开始，我们还有半个小时吃饭时间。我和Lake找了一家中式排档，抓紧时间填饱肚子。我忽然发现吃饭的大厅旁边，有个身材高大的人被一群记者围了起来。我向身边的美国人打听那个人的身份，他们说："他可是个名人，以前是密歇根队的球星，不过现在退役了，经常出现在脱口秀节目里。"看来，美国的篮球运动员退役之后，还是有不错的职业选择啊！

> 小贴士：看这种比赛不允许带吃的，里面吃的喝的都可以买到。最好也不要带包，如果带了，需要把包存起来，比较麻烦。

我们终于走进了体育馆。这个场馆好大啊，球场上方安装了面向四个方向的液晶显示屏，屏幕下方挂满了大大小小的摄像头和各种光源，每个方向前方的座位上还安装了很多小的电视屏幕，据说场馆中最好的位置票价是200美金。每个座位上都搭着一件免费赠送的T恤衫，上面写着“Atlanta，Hawks”（亚特兰大，老鹰队）。别忘了，这里可是老鹰队的主场。我们的位置是213区J排12座和22座。虽然我和Lake没能坐到一起，不过身边倒是有很多中国人。

比赛之前，球员纷纷上场热身，Lake一眼就看见了火箭队的7号林书豪，很是兴奋。晚上7:30比赛正式开始。首先由一位著名的黑人歌手瑞安·卡梅伦（Ryan Cameron）献歌一曲，现场的气氛一下子被调动起来了。然后开始介绍双方队员。我以前不知道，看了这场比赛之后，才明白主场和客场差距这么大。这里是老鹰队的主场，每名球员都介绍得很详细，老鹰队还有自己的啦啦队。火箭队的支持者似乎只有我们这些中国人，显得势单力薄。老鹰队每进一个球，现场观众和啦啦队的反应非常热烈，音乐声、尖叫声、掌声响成一片。火箭队若进了球，只有我们中国人欢呼，其他人几乎毫无反应。火箭队犯规，老鹰队罚球，所有观众都屏住呼吸，等待着队员投球。若是火箭队罚球，大大小小的电视屏幕上都闪着“Make noise，Screaming”（制造噪音，尖叫）指挥着观众各种捣乱，啦啦队员们也拼命敲击手中的响铃，干扰火箭队的队员罚球。

四节比赛下来，林书豪上了3场，进球28个，仅次于大胡子哈登，看来他是火箭队的主力球员。对篮球，我是一个十足的门外汉，完全不懂。但即使如此，整个球赛，我连个厕所都没舍得上，只感觉比赛太精彩了，现场气氛也非常热烈。中场休息和暂停的时间都安排了好多节目，让人目不暇接。篮球宝贝们的热舞，自然跳得十分劲爆，很多观众参与的活动，也非常有趣。其中一个活动叫“Kiss Cam”（镜头之吻），电视镜头只要对准一对男女，不管你们认识不认识，也不管你们是什么关系，必须当众接吻；还有一种叫“Jam Cam”（镜头爵士），镜头对准谁，谁就得跟着音乐的节奏热舞。还有一个活动是邀请观众上场投篮，投进 3 分球奖金 100 美金，投进 2 分球奖金 50 美金，投到篮下奖金 25 美金。怎么样，够刺激吧？

球星们的花样投篮秀真是让我们大开眼界。只见一名球员飞身上篮，以一个很酷的动作将篮球灌进球篮。接着几个球员配合，第一名球员持球后，在空中翻两个跟头，将篮球传给第二个人，第二个人也一样，飞起来，翻跟头，将球传给第三个，以此类推。直至最后一名球员凌空飞起，将球灌进球篮，引得场下观众尖叫一片。另一个节目完全出乎我的意料。只听球场上响起了嘹亮的唢呐声，曲子是颇有中国民族风的乐曲“大花轿”。一位骑着单轮车的白衣女郎婀娜现身，原来是位中国姑娘开始表演顶碗绝技。只见她先将碗放在脚上，然后用脚将碗依次抛掷到头顶，一个碗，两个碗，直至第五个碗。每次将碗抛起，我的心即刻悬了起来，她的每次成功，都让我长长舒了一口气。

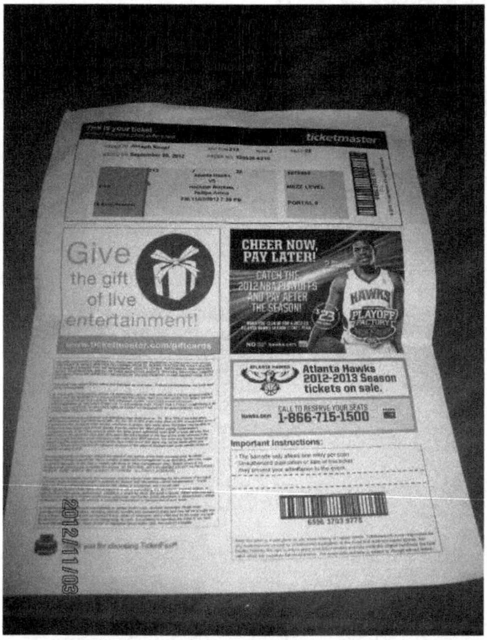

27.1 A4 纸大的篮球赛门票。

27.2 看见林书豪了吗？

27.3 疯狂的球迷。

我们在观看亚特兰大老鹰队的主场比赛时，看到了华裔球星林书豪，看到了表演顶碗绝技的中国姑娘，在地道的美国篮球赛上看到了明显的“中国元素”。随着中国国力的提高，中国文化、中国形象、中国元素正以各种形式出现在世界的舞台上。作为中国人，我们对自己的文化也越发自信，更为中国的再次崛起感到自豪。

28.“火”力四射——冰上曲棍球大战

11 月 17 日在哥伦布（Columbus）有一场冰球（Ice hockey）比赛，语言学院组织国际学生去观看，报名费 15 美金。虽然我和 Lake 对冰球比赛的规则一无所知，还是毫不犹豫地报了名。约翰·福克斯先生认真地说：“懂不懂无所谓，规则不规则不重要，这种比赛能看到打架，激烈时流血的，很 Fun 很 Fun 很 Fun。”他连用了三个“Fun”（有意思），说话的时候更是一脸向往的表情。Excuse me？！打架打到头破血流的比赛会很有意思？我实在无法理解。不过，他的描述大大激发了我们的好奇心，对即将到来的比赛，充满了期待。

我们上网查了关于冰球的资料，大致了解到这种球也叫作“卡尔文球”或“班迪球”，最早流行于荷兰，比赛期间可以随时更换队员。

11 月 17 日下午 3 点，我们准时出发，一个半小时之后就抵达了哥伦布。约翰·福克斯先是送我们到球场附近的一家购物中心，让我们四处逛逛并捎带解决晚饭问题。我在 Hollister 的专卖店买了一件格子衬衣和毛线外套，Lake 和浩航对购物没什么兴趣，却都喜欢游戏机，在商场里玩了很久。我们逛到晚上 6:30 就直奔体育馆，一个小时后冰球赛就开始了。

这场冰球比赛和上次观看的 NBA 篮球赛相比，还是有很大差距的。现场的观众没有 NBA 的观众多，啦啦队也没那么疯狂。不过，冰球比赛确实有自己的看点。由于场上球员的滑行速度极快，一旦两名球员相撞，冲撞力非常大。每次撞击，就会听见“咚”的一声，观众的心都揪了起来。刚开始，双方球员还比较克制，场内气氛也比较平和。但到了比赛的中后段，火药味就越来越浓啦！到最后，双方球员还真打起来了！两名队员在场上“噼里啪啦”地拳打脚踢，裁判和其他队员却围在旁边袖手旁观。观众们群情激奋，甚至全部站了起来，摩拳擦掌，呐喊助威，似乎恨不得那两名球员打得你死我活。在某个关键时刻，裁判终于上去拦架，并把这两名队员送进旁边的小屋子里，隔离开来，关禁闭。整个过程结束后，Lake 看得意犹未尽，竟然连声说：“这架打得太少了！”哎，现在的人都怎么了，难道是火气无法发泄，连看别人打架也是一种享受？

美国人对孩子很重视，无论是 NBA 比赛还是这种冰球赛，中场休息时都会安排孩子上场参与一些活动，哪怕只是捡捡球什么的。

中场休息，美国人总能想出一些有创意的点子调节现场气氛。比赛之前，观众可以自愿买一些冰球，上面写上名字、电话号码等联系方式。中场时，观众把这些冰球投到场上，如果能投中某一点，就会得到奖励。有时候工作人员开着冰车，用一个发射器，向观众席发射，而射出的“子弹”却是颇有纪念意义的T恤衫。还有一种热气球，也会在中场休息时出现。热气球在观众席上空飘来飘去，撒下一些优惠券什么的。还有NBA中场活动中也出现过的Kiss Cam（镜头之吻），镜头对准谁，谁就要和身边的人接吻。据说章子怡就是在这样的活动中被镜头捕捉到，她和外国男友的恋情也被曝光了。有时候现场还会播放节奏明快的音乐，其中就有当时流行的江南Style。音乐声响起，好多孩子都离开座位，站在过道上争先恐后地大秀舞技，场面激烈、活泼有趣。

赛场上运动员疯了，观众席上的观众们也疯了。真真“火”力四射，沸腾了观众，也沸腾了整个赛场。

28.1 曲棍球，马上要开战了。

29. 陷阱多多

由于中美两国的文化差异、语言障碍，再加上美国各项政策制度烦琐难懂，初到美国的中国同胞，稍不留意，就会掉入有意或无意间设下的陷阱。口袋里的钱就像长了翅膀一样，莫名其妙地就“飞”走了。

在阿梅里克斯小镇，我周边的中国同胞以自己的亲身经历和体验，用自己的经验教训告诫同胞：踏入美国，陷阱密布，要步步为营，小心为妙啊！

首先，购买保险要小心。美国不同的州有不同的规定，学校都加入了州联盟，都有自己合作的保险公司。不同的学校对访问学者的要求也不尽相同，有的学校要求访问学者必须购买本校的保险，有的学校也认可中国的平安保险，还有的允许购买社会上销售的保险，这样的话，选择面就比较宽。访问学者可以选择保费低廉的保险，但如果患病，就诊很麻烦，这种保险可能发挥不了什么真正作用。不过，我们中国人体质还算不错，一般也不会患严重的疾病，如果购买昂贵的保险，钱就有可能打了水漂。以我所在的佐治亚西南州立大学为例，佐治亚州新签约的联合健康保险公司（United Health Care），保费非常高，成人每月 225 美金，孩子每月 349 美金。美国移民局要求入境一周之内，必须购买符合要求的保险（详细要求见中国领事馆或中国留学服务中心），否则就会被认定为“非法居留”。所以，购买保险的事情一定要提前了解清楚，否则等人到了美国，时差可能还没有倒过来，在大脑一片混沌之时，钱包里就会有一大笔钱“飞”进了保险公司。

其次，电脑、电视入网要小心。几乎所有的中国同胞一到美国，急需解决的问题，就是电脑的入网问题。没有因特网就不方便和国内家人交流、查询信息、查找资料。如果入网的时候，选择将电脑、电视一起入网，并一次性签订几个月的合同，就会享受 15% 的折扣。有一位中国来的访问学者和媒体公司签订了 12 个月的合同，平均每个月的费用是 98 美金。两个月之后，他觉得电视用途不大，就要求停止电视入网，但如果终止合同，媒体公司就会取消优惠活动，费用也由原来的 98 美金（包括电脑电视入网），变为了每月 75 美金（仅限电脑入网），此外还需要交纳 140 美金的违约金。所以在电脑电视入网之前，一定要问清楚相关政策，不要盲目地签订合同，一定要清楚合同的具体内容，熟知责任划定，慎重签约。

第三，刷卡要小心。美国不同的银行有不同的规定，美国富国银行（WELLS FARGO）有支票账户和储蓄账户，两者作为套餐一起办理的话，不会产生服务费，银行会给客户一张借记卡（Debit Card），用借记卡消费时需要输入密码。许多人喜欢用信用卡，信用卡消费方便快捷，甚至无需密码就可以消费，但如果不慎丢失，后果不堪想象。办理那种套餐需要注意，假设支票账户透支超过5美金，储蓄账户里有足够的钱，银行会自动转账到支票账户，去弥补透支。不过，这种转账是有代价的，银行会扣你12.5美金的转账费，另外还会有35美金的罚金。如果你能够当天存进钱，弥补透支，这些罚款和手续费也会相继消失。所有这些规定，都记录在银行的用户手册里，但用户手册就是厚厚的一本书，全英文，谁能看得进去啊？有好多人，就这样稀里糊涂地掉入了陷阱。

第四，网上购物要小心。美国的购物网站亚马逊（www.amazon.com）有点像我们中国的淘宝网，网上购物甚是方便。我曾经给Lake网购过衣服、书籍和电脑配件，整个交易流程很便捷。不过，有一天我突然发现自己的广发银行信用卡里有一笔亚马逊的扣费79美金，扣费时间为10月25日。我当时已经有两个月没用过这张信用卡啦，到底怎么回事？账单上注明是亚马逊Prime扣费，还留有电话号码。我给美国的亚马逊客服打电话过去，详细说明情况，服务人员说79美金是我加入Prime的会员费。我说自己并没有成为Prime会员的打算，10月份整整一个月也没有上过亚马逊的网站，没有入会的必要。客服人员的态度很好，立马道歉，并同意退款。后来我收到了他们的反馈邮件，款倒是退了，不过因为我曾在亚马逊网上购物，最终只退66.7美金。所以在网上购物的时候，一定要小心，鼠标不要瞎点。一定要妥善保管信用卡，经常查查往来账目，小心钱财在你不经意间就溜走了。

第五，和邮局打交道要小心。美国的邮局也提供快递服务，有时送货上门时，家里没人，工作人员通常会将货物放在门口，也有更负责任的工作人员，就会将货物重新归仓，下次再送。两次送货不签收的，邮局就会发通知单别在门上，让你主动联系他们。你可以选择重新送货，也可以选择上邮局自己取货。到这个关口就要注意了，有的快递公司重新送货是免费的，有的则不然，重新送货是收钱的。所以要先问清楚，再做决定。

第六，购买教材要小心。美国和中国不一样，我们中国的教材是统一发放，美国的教材则需要自己购买。有的是新书，有的是二手货，不管是新书还是旧书，价格都很昂贵，一本书便宜的四五十美金，贵的一二百美金，到学期末，书还可以退回书店，很多大学的书店都有回收教材的服务。通常情况下，回收教材之时，书店会按照你购书价格的一半回收，但如果这种教材出现了新版本，教授要求下学期必须使用新版本的教材，那你就惨了，不管原先你购书时花了多少银子，书店回购时只会给你 2 美金。所以购买教材时，要提前问清楚，这种教材会不会有新版面世，也不妨到网上去淘淘，看能不能淘到便宜的。说不定到了期末卖给学校书店，还能赚点钱呢!

第七，ATM 取现要小心。在我们中国，只要是银联卡取现，通常不收手续费，但在美国则不然。有位中国学者曾经试着用中国建设银行的信用卡在 ATM 机上取现金，发现每取

100 美金，就会扣 40 美金的服务费。取钱的时候更要小心，看懂取款机上提示的每一步，再往下进行，不要稀里糊涂就给人家交了学费。如果急需现金，据说商业银行的卡在美国花旗银行的 ATM 机上取现没有手续费，可以去试试看！有些信用卡有紧急救援服务，你可以报称信用卡丢失，并且急需现金，银行方会送 2000 美金以供你使用。不过，那也不是免费的，需要征收 20 美金的服务费。

美国并非我们想象中的天堂，生活中确实有些不易发现的小陷阱，不仅中国同胞深受其扰，美国本地人也频频中招。有时你会感觉，美国利用各种制度、各种规定、各种法律，合理合法地将钱从你的钱包里掏了出去，而你对这种“乾坤大挪移”却无可奈何！尤其在每年年终之时，美国当地人会收到各种各样的账单，他们称之为 Bill Killer（账单杀手）。在美国生活的中国同胞一定看好自己的钱包，也要尽可能了解美国的各项金融制度，防止自己掉入各种陷阱！

30. 形形色色美国人

来美国四个月，认识了不少美国当地人，对美国人多多少少也算有了一些了解。

约翰 · 福克斯是语言学院的系主任，46 岁，他的韩国太太康卜心在学校的图书馆工作。约翰 · 福克斯高大英俊，身高超过 1 米 9，面色白里透粉，他的头发原本金色的，后来几乎接近灰白，估计是当系主任操心所致。他 15 岁之时，父母离异，他被判给了父亲。约翰一年到头都穿各种条纹的体恤或衬衫，下面一条西式短裤。他从不怕冷，曾经在寒冬随夫人去韩国，韩国当地人身穿羽绒服还直喊冷的时候，他却热得流汗。他对亚裔人很好，英语说得很慢很清晰，总是为国际留学生安排很多的短途旅行活动，只收取很少费用。

玛丽蓓尔是约翰·福克斯的助手，26 岁。她是墨西哥裔，说一口标准的西班牙语和英语。她当时正在攻读佐治亚西南州立大学的文学硕士，男朋友在梅肯的一所大学攻读法律硕士，她就住在男朋友家里。在阿梅里克斯镇购买一套别墅只要 7 万美金，相比中国的房价，简直低得无法理解。有一次我问她是否要自己买一套房子，她说她才不呢，买房子是男朋友的事情，不是她的事情。她经济上也不是很宽裕，经常和我们提起汽车的油费太贵了，都加不起油了什么的。所以每次她送我们出去，也都是事先说好价格，说好给她多少钱油费。有一次她忽然抓起我的手腕，看着我的手表说："你的手表好漂亮啊，多少钱啊？"我给她折算成美金，说："大概是 2000 美金吧，是先生送我的礼物。"她一脸羡慕，好像我是个富婆。她说："我男朋友从来不送我这么昂贵的礼物，40 美金就是一关。"她抬起手让我看她的手表："你看我刚买的手表，45 美金，我都觉得好贵啊！"我这下尴尬了，连忙解释："我先生也不是总送我礼物，这块表是我的生日礼物，他也是下了很大决心才买的。”印象中玛丽蓓尔的车总是又脏又乱，到处是各种瓶瓶罐罐和杂物。

凯文是个有着阳光笑容的大男孩，也是约翰·福克斯的助手，交了个韩国女朋友。凯文很会玩，曾经遇见他玩 Painting Ball 回来（Painting Ball 有点像我们中国的真人 CS），非常尽兴；我也见他滑过冰，水平也相当不错。他的车干净整洁，简直像女孩子的车。他爱打枪，车后备箱里总放着仿真枪，但他内心却无比善良而柔软。他说不忍心开枪打小动物，只打靶，连看见小动物，内心都有种保护它们的欲望。

茹斯曾经是一名数学教师，89 岁，虽年事已高，但精神矍铄，但凡有时间就会坚持游泳。她还有两个哥哥，一个 93 岁，前不久在密西西比去世了；还有一个 96 岁，人已中风，住在密斯斯比的老人院里。看来茹斯家是有长寿基因的。茹斯的老伴早已过世，她一个人住在阿梅里克斯小镇。我曾经去过她的家，家里很温馨，有一架很有年代的木制钢琴，客厅里有很舒适的布面沙发，墙上挂着许多家庭照片，还有她自己做的十字绣。不过，这位老太太开车实在让人操心。她喜欢边开车，边说话，一路上嘴里叨叨不停，还不时扭过脸看着你，吓得我这名乘客心惊肉跳！

马克大叔，白眉毛，白胡子，像极了圣诞老人。我猜不准他的年龄，应该在 50 岁以上。他总是穿一身遍布油点的工作服，口袋里插满了各种工具和手册，戴着一顶蓝色工作帽。

他没有家庭，没有孩子，孤身一人，是名垃圾搬运工。据他说，每天早晨4点钟起床，开车一两个小时来上班，晚上还要上夜校，学习空调修理，他打算毕业之后就换份工作。只要有人问他 How are you doing？（你好吗？）他的回答永远是 I am very busy！（我忙着呢！）

弗莱德，26岁，黑人，在佐治亚西南州立大学读商科，是大四学生。他生活得很艰难，也很窘迫。他没钱交学费，向学校申请每学期2000美金的经济资助（Financial aid），运气好的话可以拿到2500美金。实际上这种补助是一种助学贷款，年利率15%，工作以后是需要还的。除去1500美金的学费，剩下的就是他一学期的生活费用。期末时，他通常已经身无分文，只能四处借钱。我还和他不太熟时，有一天他突然来访，落座之后，他支吾了半天，终于开口说他欠了电话费，手机要停机，要向我借50美金。当时我很惊讶，也很害怕，脑子里竟然浮现了黑人半路打劫的画面，当时家里只有我和 Lake 两个人，一个是11岁的男孩，另一个是手无缚鸡之力的女人，真遇到了坏人连呼救都来不及。我故作镇定，一边和他聊着家常，一边大脑高速运转着。我并不了解这个人的底细，但为了自己和儿子的安全，这钱还是借吧，但我也要说明自己的难处，免得以后麻烦。拿定主意后，我告诉弗莱德，我们刚到美国，钱也很紧张，我可以借给他40美金，他也不用还了，他听后很高兴，连声称谢。我后来听说，他早已债台高筑。我有次问他借别人的钱怎么还，他说他正在找工作，找到工作之后就会还钱。感恩节前，我们几个访问学者想去亚特兰大购物，我就问弗莱德愿不愿意开车带我过去，给他 60 美金的汽油费，他高兴地同意了。有次闲聊时，他告诉我美国有很多像他这样的穷人，虽然他一直在找工作，也投了很多简历，但一直没有消息。即使找到工作，每个月工资扣完税之后也只剩 800 美金左右，还不够他还债呢。

像弗莱德这样的人，在美国很多。他们不是坏人，也不想犯罪，但如果生活这样继续下去，他们连吃饭都成问题，汽油费也付不起，电话都用不起。如果再找不到工作，在没有任何希望的情况下，他为了生存，也只有一条路可走了，那就是抢劫，那就是犯罪。后来，弗莱德成了我的司机。我没有车，他有车。我需要司机，他需要工作。最关键是我必须保证自己在阿梅里克斯的安全，同时我也不想让一个原本不想成为坏人的人，被生活所迫，堕落成罪犯。就这样，我和弗莱德一拍即合。他做我的司机，我用他的车，负责给他的车加满油，另外按照路程给他工资，同时负责他在路途中的饮食。有了弗莱德这位司机兼保镖，我在这个小镇期间，安全就不成问题了。

30.1 我在小镇时的司机弗莱德。

31. 人虱大战

初到美国时，我曾和一位美籍华裔房产中介闲谈，说到中美两国的环境。她认为美国自然环境远远好过中国，并用美国家庭里有老鼠、蟑螂，孩子身上长虱子为佐证，支持自己的观点。当时我觉得她的话滑稽可笑，虱子怎么能和好环境扯上关系呢？此事我在《梦回故乡》一文中曾经提及。

恰恰是这篇文章，引发了一场人虱大战。一日婆婆闲来无事，坐下静读我的这篇文章。读到头虱那一小节，婆婆若有所思，说道，“妮妮（我的侄女）最近总说头痒痒，我还看到头发丝上有好多白点点，不会是你说的头虱吧？”“不会，不会，怎么会有这个呢？文章是文章，现实是现实，不能瞎联想。”我虽这样说，但还是留了心，并告诉了弟媳。

第二天早上，弟媳过来找我，手心里有一只小生物，说是在枕头上发现的，让我辨识，看是不是就是所谓的头虱。我睁大眼睛，看了又看，揉揉眼睛，再看，这分明是一只成虫虱子的尸体。验明正身之后，全家大乱。有的拼命挠头，有的上网查资料，有的撤床单、换被罩。冷静，冷静，我一边挠着头，一边稳定军心。先检查都是谁有，再上网查消灭办法。我把妮妮叫过来，拨开她美丽的卷发，果然发现白色的虱幼虫。怎么办？负责查资料的人说，没什么好办法，最好的办法就是剃光头。

情况严峻，我们将找寻虱虫的战场从屋里转到后花园。当时后花园里正是繁花似锦，桃花杏花李子花正开得此起彼伏，柠檬树也被满树的果实压弯了腰。暖暖的阳光斜照在绿草地上，晚春初夏的风儿卷着飘啊飘的落花。美景之下，我们一家人，却在彼此的头上仔细查找虱子的踪影，像极了神农山上在太阳底下捉虱子的猴子。最后排查的结果，我弟妹和 Lake 中了彩。Lake 头上有头虱是我万万想不到的，弟妹可能是受到妮妮的影响，Lake 一头短发，怎能藏得住虱子呢？家里一群博士硕士，研究来研究去，最后认定，Lake 的头虱应该是来自他们学校的游泳池，Lake 最近有游泳课，班里其他同学肯定头上有，就这样被传上了。Lake 听后也恍然大悟，怪不得班里有几个同学，突然之间都理了光头，原来是因为这个小东西！

查定之后，小弟拿出理发工具，剪掉了妮妮美丽的卷发，妮妮，转眼间成了俏丽的奥黛丽·赫本，Lake 几乎被剃了光头，弟妹也去商场的理发店剪了短发，并买回了灭虱药。在美国，这种药很好买，看来，美国长头虱的不是我们一家呀！

隔天，听见弟媳和韩国邻居聊天。

韩：你怎么剪发了？

妹：我女儿头上发现了头虱！

韩：我儿子头上也长过，好多次！

我翻译给婆母听，全家大笑！我挠挠发痒的头皮，拉过婆母："妈，你再给我查查，看有没有！"

32. 我在美国就医的故事

美国的阿梅里克斯小镇，位于著名小说《飘》的背景地佐治亚州，有着无边无际的棉花田，成片成片的树林，杂乱无章的草地，还有多到数不清的小松鼠。这个地方人烟稀少到不可想象的地步，走在小镇的大街上，难得见到个人影，只是偶尔会有车辆快速驶过。这样的地方，没有出租车，没有公共汽车，没有任何一种你可以想得到的公共交通工具。

我在此地访学一年，当时每周需要去见我的医生体检一次。美国的医生不像中国的医生，我们中国的医生大多隶属于医院，是医院的职工，美国医生却独立于医院，其运营模式更像我们中国的律师，成立医生会所，有自己的护士，和多家医院或者某个医院签订合同，是合作关系。

我的医生芬妮森，是一个当地有名的妇科医生，她的会所离当地的医院很近，那是当地唯一的一家医院。但医生会所和医院距离小镇却非常远。没有公共交通工具，我又没有私家车，除了走路我别无他法。先是在家里查好谷歌地图，用笔将每个路口记下来，拿着路线图，一边走一边找路。所经之路没有人行道，道路两边都是杂草树木缠绕在一起的树林，我只有走在树林边狭窄的长满杂草的泥土地上，行走很艰难，这样的路大约需要走 1 个小时。

美国的医生需要预约，提前几天说好是几号的几点，到时候准时到达。有时候预约的时间是早上 8 点，为了提前 10 分到 20 分到达，我天不亮就出发了。登记过后就静等叫我的名字进入检查。我坐在候诊室等着，预约时间到了，以为会进去，却没有，接着等，两个小时就这样在等待的煎熬中过去了，终于叫到我了。这样的情况，我以为是偶然的，是医生和护士有事耽搁了，在心中给他们找了种种违时的理由，个个都很充分，深信准时的美国人，他们的不准时一定是手头有不得不处理的紧急事情，不得已而为之。

这样违时的事情发生了很多次以后，直到有一天医生和护士把我叫到办公室，我才突然明白事情真实原因，不是不得已，而是有意而为之，是特别经营出来的一种恶意怠慢。叫我到办公室，不是为别的，而是为了盘问我的保险。在美国，先看病，后买单，账单会随后寄到家里，医疗费用极其昂贵，如果没有保险，即使当地美国人就医，也是不小的经济压力，不靠保险，不靠其他医疗福利政策，能在美国看得起病的人，那才算是真正的土豪。我是第一个在这个小镇就医的中国人，我是国家公派的访问学者，每个月有国家 1700 美金的资助做经济保障，我购买了中国大使馆推荐的最好的保险，每月保险费用高达 1000 人民币左右，即使这样，我在这里遭遇到了怀疑和轻视。他们怀疑我所购置的保险的信用度，他们说，他们在网上查不到我的保险信息，而这种怀疑起始于我就医的第一天，这么多天他们一直用一种怀疑的心态在对待我，而我却不知道。盘问过程持续了将近一个小时，这一个小时，充斥着怀疑、轻视、不信任，我感到无尽的屈辱，这种屈辱积聚着，积聚着，形成一种向外的张力，撑得胸膛几近爆炸，想大喊，想咆哮，压抑无比，煎熬无比。最后这场闹剧以一个电话而告终。他们给我的保险公司打了电话，了解到我的保险是非常好的保险，保险公司为了保护客户的个人信息不外泄，才没有把资料输送到网上。当他们客气地把我送出门的时候，对他们来说，事情结束了，但对我却不是。

他们怀疑轻视的不是我，不是因为我是谁谁谁，也不是因为我做了什么，他们怀疑轻视的是我背后站着的那个国家，我深爱着的祖国，中国。

我冲出医院，站在无人的旷野中朝空中大声呐喊，企图发泄掉胸中的郁闷，但那只是徒劳。空中白云悠悠，小鸟自在飞翔，无人理会我是否高兴还是悲伤。所有的屈辱和郁闷又化作无尽的委屈，我站立不住跌坐在草地上，放声大哭，我要尽情地哭，为我们中国人一大哭，为我们的中国一大哭。那天的哭是酣畅淋漓的，那天的哭是惊天动地的。“凭什么呀凭什么？”我问苍天，苍天不语，我问大地，大地无声。那一天，哭泣的不应该是我一个人，应该还有那些在中国文化奔流不息的大江边，屹然而立的文化巨人，老子，孔子，墨子，嵇康，李白，杜甫，王维，苏东坡，颜真卿，王阳明，曹雪芹……那是怎样的一群人呀，随便一个人站出来，都能掀起一次震天动地的文化巨浪。当我看到背后站着的这一群人，我是不孤独的，我是骄傲的，也是自豪的，同时也有了无穷力量。这一哭，对我而言，意义非凡，它给我指明了前行的方向，就像徘徊在旷野中的夜行人，突然看到了远方的光亮，原来那是太阳即将升起之时所放出的一束曙光，让一直在迷路中的夜行人突然明白了哪里是东方。我擦干眼泪，站起身来，我知道我下面的路该怎么走。目前看来，一个人的力量虽然是单薄的，但我相信，我的发声，里面透射出的文化关怀和民族大义，所引发的回声应该是宏大的，持久的，也是深远的。

TRIPLE
Yahtzee
PROBE
Chinese Checkers
32 PLASTIC
Chess
Men

寄宿家庭见闻录

Life is not a race, but a journey to be savored each step of the way.

人生不是一场竞赛，而是体会每一步的旅程。

没有经历过寄宿家庭（Homestay）的生活，就不能算是真正深入体验过美国的家庭生活，美国访学难免会流于形式。感谢国际圣诞之家提供的宝贵机会，让我体验了半个月的寄宿家庭生活，这也是我游学的一项重要内容。我用16篇日志，将每天的生活像记流水账一样记录下来。每天都忙忙碌碌，日志中的内容也难免琐碎，但随着时间的流逝，我反而更喜欢翻出来浏览一番。所谓文化，所谓生活，不正是融入在点点滴滴的琐事之中吗？希望通过我的眼，我的笔，能够描绘出美国家庭生活最为真实的一隅。

33. 第一日：奔赴寄宿家庭

寄宿家庭（Homestay）计划是国际圣诞之家（Christmas International House）安排的文化交流项目。我们可以利用圣诞假期，选择住在美国人家里，并与他们共度圣诞，以便充分了解当地文化。可供我们选择的家庭位于美国三个不同的州，分别是弗罗里达州、宾夕法尼亚州和密苏里州。最后，我、Lake和俊英同时被宾夕法尼亚州的哈里斯堡（Harrisburg）录取。我和Lake总共是125美金的报名费，俊英是100美金，往返机票每人420美金。我们可以在寄宿家小贴士：寄宿家庭，Homestay，stay at home，顾名思义就是住在当地人家中。外国留学生在缴纳一定费用后，可以住在当地人家中。寄宿家庭根据情况提供住宿、饮食和清洁服务。而我们的这个寄宿家庭，则是完全免费的。

庭生活半个月的时间，从 2012 年 12 月 18 日到 2013 年 1 月 2 日。

中中 12 月 15 日放寒假，我们马上开始收拾行李，准备宾州之行。机票早已订好，从哥伦布出发，到亚特兰大转机，再飞往宾州的哈斯堡。12 月 18 号早上 8 点，玛丽蓓尔早早地开车接上我们，驱车去哥伦布机场。

我们到达哥伦布机场是 10 点钟左右，哥伦布市是一个很有军事味道的城市，美国内战时期这里曾一度是战场，即便是现在，穿着迷彩服几乎光头的士兵也是处处可见的。哥伦布机场是一个小得不能再小的机场。我们一走进大门就感觉到一派萧条气象，除了我们三个乘客，再也找不到其他乘客的踪影。我们三个人在机场的亮相，吸引了几乎所有工作人员的目光，估计是平时的服务对象实在太少，有几名工作人员一起迎了上来，问我们去哪？几点的飞机？态度殷勤至极。服务人员告知我们，需要等很长时间才能办理登机手续。我们将要乘坐达美航空公司（Delta Air Lines）的航班，柜台现在也是空无一人，要等到下午 3 点才办理手续。我们的飞机下午 5:30 起飞，只有耐心等待了。

哥伦布机场里唯一的饭店，也是空无一人，冷冷清清，连服务人员都找不到。好不容易服务人员出现了，我们抓紧时机点了午餐。我们坐在餐厅里，一边聊天，一边等待下午 3 点钟的到来。实在等得不耐烦了，我就到大厅外边的太阳底下散散步，绕着停车场一圈一圈地转着，大脑里什么也不想，蓝蓝的天，如雪的芦苇花静静地在微风中摇摆，心里静得，一切一切都浮在了白云之外。

下午 3 点，我们到柜台办理登机手续。我们这次不太走运，碰上了一个糊涂蛋。那是一位黑人女子，她可能是刚上班不久，业务非常不熟练。我告诉她乘机人的姓名，请她出票，她却告诉我们必须修改回程机票的时间，因为有些航班已经取消了。她给了我们两个时间让选择，我选择了一个时间之后，她忙碌了近一个小时，却还没有办理完毕。她又是打电话，又是找人帮忙，三个人的飞机票她足足出了一个半小时，期间她反反复复，甚至把刚递到我手里的机票要了回去，撕了重新打印，真不知她搞什么鬼！我心想，就这种业务素质，要是在中国估计早让她下岗了。最后她给我的机票，航班名称和起飞时间完全对不上号，从哥伦布到亚特兰大，一张机票上的起飞时间是 5:30，另外一张机票的起飞时间是 7:10，到底哪个时间是对的呢？她只是轻描淡写地说了一句“航班晚点了！”我的天啊！这样一来，8:07 分才能到亚特兰大，但我们还要赶 8:40 飞往哈斯堡的航班，只有半个小时的转机时间！我问她该怎么办？她回答得倒是痛快，就两个字“跑呗！”她甚至给我写出了转机航班的登机口：“你们从 C46

跑到 C37，肯定来得及！”鬼知道是否来得及啊！

谢天谢地，后来情况的发展并没有那么惊心动魄。我们的航班不到 6 点就起飞了，45 分钟的航程，不到 7 点就抵达亚特兰大。我们也无需短跑冲刺一样去转机，虚惊一场！

我们乘坐的飞机非常小，只有 48 个乘客位。不允许将随身携带的箱子（carry-on bags）带入机舱，所有行李都必须放到飞机的行李舱中，下飞机的时候记住取箱子就可以啦。

转机后，我们于 10:30 乘飞机准时到达哈里斯堡。我们寄宿家庭的妈妈万达·海瑟（Wanda Heise）和他的爱人格伦·海瑟（Glen Heise）早早地等在接机口，两个人看起来都在 60 岁左右，和蔼可亲。在此之前，我已经多次和万达通过邮件交流，彼此之间多少有点默契。

万达和格伦以为我们有很多的行李，特意开了两辆车过来，他俩的车里面干净整洁，这可是我在美国见过的为数不多的，可见他们还是比较注重生活品质。我和俊英坐上万达的车，Lake 坐上了格伦的车。万达开车如同开飞机一般，速度飞快，15 分钟的路程，我们很快就到了他们的家。

万达的家是一栋三层的大别墅。万达把顶层租给了一个年轻人，年轻人的父亲是来自香港的印度尼西亚人，因为中风刚刚去世，周四就是他的葬礼。万达邀请我们参加葬礼，也想让我们见识一下美国的丧葬礼仪文化。可惜，我们当天要参加国际之家安排的“哈里斯堡城镇一日游”活动，时间上有冲突，只好谢绝了她的邀请。

万达的家又大又舒适，一进门，就让人感到温馨可人。我当时迷迷糊糊地以为第一个房间是客厅，后来才知道那是厨房。厨房非常整洁，旁边有个供大家喝咖啡、聊天的小区域，里面有几把藤椅，藤椅上铺着软软的垫子，一只名叫“Didi”的老猫总是占着一席之位，Didi已经14岁了，她可是万达的最爱。

再往里走，就是客厅和餐厅。客厅里有沙发，有摇椅，摆放都很随意。沙发和摇椅都不大，虽然摆放得有些凌乱，但坐上去很舒服。客厅的装饰到处流露着“家”的温馨，万达喜欢猫，也喜欢收集猫咪形象的各种摆件，壁炉上面的小平台上就摆放着形态各异的猫。最令我印象深刻的是一只在

33.1 万达喜欢猫，壁炉上摆放着各种猫咪摆件。

33.2 这是只石头上的手绘猫，眼神里面似乎有故事呢。

石头上手绘出来的猫，这也是万达的最爱，是她在一次工艺品展览会上得到的。壁炉上的猫咪配色丰富，形态各异，非常可爱。闲暇之时，我总是趴在壁炉上反复地玩味、欣赏着这些可爱的猫咪摆件，每件都那么生动活泼，令人爱不释手。

我们被安排住在一楼，实际上就是一个有很多房间的、很大的地下室。地面铺着厚厚的地毯，周围的几个书架上摆满了书。房间里有电视，有沙发，像自己家一样舒服。Lake 一眼看到了一副国际象棋，马上向我一一介绍："这是皇后（Queen），这是国王（King），这是马（Knight）……"搞得我是一头雾水，我完全不知道 Lake 什么时候学会下国际象棋了。格伦好像遇到了知音，马上和 Lake 摆好国际象棋，不顾夜已深，对战起来。

我和 Lake 同睡一张大床，床很舒服，软硬适中，不同于我在阿梅里克斯小镇的床，那张床软得我天天晚上在床上翻烧饼，睡不好觉。

所有这一切都让我满心欢喜，非常开心能有一次这样的机会，亲自到美国当地家庭中生活，深入了解他们的文化。

33.3 我们住在负一楼，这里有大大的床，还有满屋的书。

34. 第二天：自己砍伐圣诞树

一夜无梦。

第二天早上，我和中中 7 点多钟起床，8 点钟准时到楼上吃早饭。万达早已在厨房忙碌着。

她平时 6 点多就起来了，美国人非常重视运动健身，她每天早上都去健身中心健身半小时。万达的婆婆已经 87 岁，她的父亲 96 岁，现在都住在教堂赞助的老人院（retirement house），类似中国的养老院，但老人院并不是免费的，且收费还挺高。根据提供服务的不同，养老院的收费也有所差异，万达的婆婆有收入，所以选择比较高档的标准，每月需要支付 2000 美金。她的父亲收入不高，就可以申请政府补贴或者私人资助。美国长寿的人很多，大部分人都会早早攒钱，以备将来养老之用。

万达看我来到了厨房，就教我做美式早餐。美国人吃饭很简单，万达通常会把一天的饭都做出来，冻在冰箱里，需要吃的时候再热一下就可以了。早餐我自己做了三明治，煎了个鸡蛋，面包片里夹上西红柿片、黄瓜片，一杯牛奶，一顿早饭很快搞定。中午，万达为我们做了一种汤，里面放着火腿肉片，还有大青豆，万达叫作“火腿青豆汤（Ham and bean soup）”，可以搭配各种饼干吃。晚餐是奶酪牛肉白米饭，还有一份蔬菜乱炖，不加盐，煮好后原汁原味地端了上来。万达自制有蘸料，可以蘸着蔬菜吃，还算美味。

吃完早饭，我、俊英和 Lake 一起出去散步，熟悉一下环境。我们也不敢走远，怕迷路。万达再三交代我们不要往左手边走，几个街区以外的地方住着很多吸毒者，时常发生抢劫，很危险。外面并不是很冷，Lake 滑着他的滑板车（Scooter），很快就出了一头汗，他毫不客气地脱了鸭绒衣，让我拿着。

哈里斯堡是个有山有水的地方，环境宜人，很适合老年人居住。这里的交通非常方便，乘火车两个小时就可以到达费城，乘汽车两个小时就可以到纽约，三个小时可以到达华盛顿。我们出门没多远，就看到一座山，当地人把这儿称为“公园”。山上有一座雕像，一名女子脚下踩着个似龙非龙的东西，手上好像在放飞一只鸽子，又好像不是，我实在是搞不清楚这是什么创意。

34.1 万达家门前的广场雕塑，我完全看不懂它的创意。

街上行人不多，我们一直散步到10:30。我想起万达的话，实在不敢逛太久，再加上肚子也有点饿了，就打道回府了。到家之后，万达说要带我们去一个地方，砍一棵圣诞树回来。我起初以为树是免费的，其实不然。到了圣诞节，美国几乎家家都要准备圣诞树，没钱的人家，或者不想在这上面浪费钱的家庭，就买一棵塑料的圣诞树，每年都可以反复使用，家境富裕的人家就会买一棵真正的松树。真树也有新旧之分，有的松树早早地被砍伐了下来，叶子都有些发干了，放进屋里叶子很容易掉下来，这样的树大约是15美金到25美金一棵不等。松树的价格也要看尺寸，自然是树越大，价格越贵。万达决定，今天要带一棵新鲜的松树回家。

我们驱车大约35分钟，就来到了一个松树农场。我长这么大，直到今天才知道，松树也分很多种，有冷杉

34.2 松树也分很多种，你想自己砍伐，只能选择那些有价签的松树。

（Concolor Fir）、道格拉斯冷杉（Douglas Fir）、迦南（Canaan）、弗雷泽冷杉（Fraser Fir）、苏格兰冷杉（Scotch Pine）、白松（White Pine）等不同品种。冷杉的松针（needles）要比道格拉斯冷杉更粗一些，万达也比较偏爱冷杉。她先是让Lake挑了一把锯子，Lake估计也是第一次能用锯子锯树，十分兴奋。我们满怀期待向松林出发。

挑松树也是有讲究的，松树树冠上的树枝一定是直直的才好，而且树的整体感觉要丰满圆润，才能挂得住各种圣诞装饰物，当然，松树的尺寸也要合适，树太大了进不了家门，树太小了就显得有点小气。我们穿梭在松林间，万达手上拿着一个卷尺，一会儿量量这棵，一会儿量量那棵，精挑细算。她好不容易看中一棵满意的，Lake和俊英立刻行动，用锯子一来一回地锯起来，俨然是两名

34.3 有的松树上挂着白条，上面写着松树的名字和价格，这样的松树就可以选择砍伐。

尽心尽力的伐木工人。

松树被伐倒之后，我们轮流抬着松树往回走，一路上感觉好有收获。农场上有两台机器很吸引人，把松树放在一台机器上之后，机器就开始不停抖动，把松树上的灰尘和枯叶全部抖掉。另外一台应该是“包装机”，把松树放进去之后，松树会钻过一个洞，出来的时候已经被绑好了。我们选的这棵松树最后的价格为 48.89 美金。由此可见，只要有需求，就有市场。这种“松树农场”要是开在中国，估计过不了多久就会破产。

34.4 这是一台修整松树的机器。

34.5 松树修整过后，经过这台机器就被五花大绑起来，方便装车运输。

下午，万达带我们去了购物中心。马上就是美国传统的圣诞节了，正是商场的打折季，商场里人很多。我心里想着万达对我们这么好，让我们免费吃住，心里很是过意不去，总想着送她件礼物略表谢意。万达非常喜欢猫，家里的老猫Didi已经陪伴她十几年了，Didi身材胖乎乎的，终日里懒洋洋地趴在沙发上，好不自在。万达家的壁炉上摆了很多猫的摆件，形态各异，材质不同，但每个都活灵活现，生动可爱。万达平时还喜欢佩戴猫咪形象的耳饰和项链。于是，我在礼品店里精心挑了一个猫的摆件准备送给她。这个摆件含税26美金，只有一个原装的盒子，并不提供免费的外包装，这多少让我觉得有些“美中不足”。

34.6 自己砍的松树，再累也要抬回去啊！

我不由感慨，美国文化和中国文化的差异其实就体现在不少细微之处。我们中国有着那么悠久的礼仪传统与文化沉淀，尊尚礼尚往来，重情重义，我们的文化自然也更有人情味一些。

35. 第三日：哈里斯堡一日游

今天我们要参加圣诞国际之家安排的活动：哈里斯堡一日游。通知我们 10:30 在宾州博物馆前门集合。万达开车送我们去集合地点，10 点准时出发。出门前，我看了一下温度计，室外温度大约 2 摄氏度，万达一直在强调“外面好冷、好冷啊！”吓得我们穿上厚衣服，戴上帽子，裹上围巾，“全副武装”地向目的地进发。

到了博物馆门口，主办方已经有人在等候我们。参加这次活动的人组成了一个“国际纵队”，其中我们三人来自中国，还有一位日本女孩，一位斯里兰卡姑娘，其他人都是韩国人。有两名导游，男导游名叫吉姆，他的脚不是很方便；女导游叫辛迪，40 岁左右。导游事先准备了名签，上面有我们的名字和国籍，我们把名签贴在外衣上，方便互相认识。

宾州博物馆有 4 层楼。导游带我们匆匆走过一楼和二楼，直接来到三楼。三楼的展厅展出了印第安人的遗迹，以及印第安人在不同时期的生活方式。其中有些展台是一些真实生活的模拟场景，非常逼真。这些场景中有印第安妇女生孩子的场景，有印第安人打猎的场景，有治疗箭伤的画面，甚至有印第安人葬礼的场景。这些场景反映了印第安人生活的方方面面，非常真实。三楼还有一个美国内战展馆，用各种图示反映了内战全貌，看后让人感觉到战争的残酷和普通民众的无奈。另一个展馆则是用真实的车辆和机器，反映科技的发展历史。博物馆的四楼是生物馆、地质馆和天文馆。我们还走进天文馆，观看了一场天文球幕电影（The Planetarlum），超级震撼而精彩。博物馆里有很多孩子，在老师的带领下逐一参观各个展馆。这种“体验式”的教育，真是一种非常好的学习方式。

哈里斯堡拥有诸多历史遗迹，其中州政府大楼被称为“国会大厦（State Capital）”，这里是游客们一定要参观的地方。我们从博物馆出来就走进著名的政府大楼。一进门就被它恢弘的气势镇住了，高高的圆形穹顶，一下子拓宽了人们的视野，四幅巨型壁画镶嵌在拱形穹顶上，画面分别展示了宾州在19世纪，工业、煤炭、石油开采和钢铁冶炼的场景。大厅四周的墙壁上也都挂满了反映宾州民众生产、生活的巨幅壁画，画面色彩绚丽，建筑磅礴气派，给人以庄严肃穆之感。

我们从州政府出来，没走几步就到了草莓广场（Strawberry Square）。我原本以为广场都应该是露天的，就如同我们的天安门广场、胜利广场一样，到了才发现这个草莓广场实际上就是我们中国那种集餐饮、娱乐、购物为一体的

35.1 草莓广场里，吃喝玩乐，应有尽有。

商业大厦，这可与我心目中的广场相差甚远。

下午 3:30，我们结束了哈里斯堡城镇一日游，万达来接我们回家。我和俊英决定大显身手，给万达和格伦做了一顿中国大餐，素炒茄子，肉炒蘑菇，肉炒花菜，再配上米饭，吃得宾主尽欢。

晚饭之后，格伦把圣诞树从露台（Porch）搬到了屋里来，准备开始装饰圣诞树。他们有一个底座（Christmas Tree Holder），先用几个螺丝把树卡住，让圣诞树直立起来。他们还用一根管子给圣诞树浇水，防止枝叶过早枯萎。万达搬出了很多箱子，里面有她多年来珍藏的圣诞装饰品和灯饰，其中很多饰物都有很多年的历史了，甚至有它们自己的故事。万达和格伦每年圣诞节都会把这些珍藏的饰物拿出来，也会怀念一下那些背后的故事。格伦为人很幽默，他很喜欢 Lake，他和 Lake 时不时地趴在地上，甚至钻到圣诞树下面去固定底座的螺丝。他笑称，他和 Lake 是两名圣诞树工程师。

收工了！我说了句“Knock off（中止工作）”，格伦说这是美国俚语，还告诉我赝品也叫 knock-off，我又学会一种新的表达方法。万达今天去参加房客父亲的葬礼，回来后给我讲述葬礼的过程。她提到棺材用了 Casket，我问她为什么不用 Coffin 这个词。她说这两个词还是有区别的，Coffin 指那种非常粗糙的棺木，而 Casket 则是指那种豪华而气派的棺材。看来，不知不觉中，我的英语知识也有所长进啊！

美国人的幸福感很高，也很热爱生活，他们的家里常有很多装饰品。万达家里有两个挂钟，一个是布谷鸟挂钟，每到半点或整点，布谷鸟都要出来“布谷——布谷”地叫两声，大家每次都不可遏制地大笑。还有一个挂钟，挂钟表面上的每个整点上都是亲人的照片，万达提前将亲人说的话录制下来，到了整点，挂钟里就会传来家人的声音，整个设计充满温情。万达每次听到挂钟里的声音，就会解释说，这是我的什么什么人，他说什么什么！满脸幸福。

36. 第四日：走马观花看费城

费城是一个充满故事的城市，这里曾一度成为美国的首府。我曾经看过一部电影《费城故事》，就是以费城作为背景地拍摄的。影片中有一个象征着自由和独立的钟，虽然残破不堪，却让我印象深刻，也让我对费城充满了向往。

我们今天要去的目的地就是令我仰慕已久的费城，8点准时出发。路上活动的负责人邦妮告诉我们，在费城，本杰明·富兰克林几乎无处不在。这到底是什么意思？她却不再解释，想给大家留下一点悬念。

进入费城，铁架桥如飞龙一般横空而立，地面上的铁轨向四面八方伸展而去，给人一种冰冷的感觉。这里高楼林立，道路狭窄，身处其中，总让人不由自主有种找个出口“透透气”的需求。整个城市的风格分明就是我们中国的大上海，古老的建筑和时尚的摩天大厦交替融杂在一起，让游人在历史和现代之间来回穿越。

36.1 费城街景。

我们坐在车里，穿梭在费城的大学城中。车子穿过南大街，到达一个商厦，据说这里可是供学生们吃饭、休闲、购物的好地方。远远地看见店门口都排着长长的队伍，走进才发现是商家在举办“年终大促销”，学生们乐此不疲地排队抢购。原来，全世界的人对“促销、打折”这样的商业噱头，都没什么抵抗能力啊！

我们的车慢慢驶在费城的大街上，道路两侧不时冒出来满墙的壁画，色彩绚丽，强烈冲击着我们的视觉。费城果然是一个艺术气氛浓厚的城市，那些色彩斑斓的壁画总是让人眼前一亮，而他们也在不经意间，为这座钢筋水泥铸成的城市注入了蓬勃的生命力。我想，这可能就是艺术的魅力所在吧。

36.2 色彩绚丽的街头壁画。

36.3 街景。

36.4 费城街头的大幅壁画。

在费城这座城市里，富兰克林果真是无处不在。为了纪念本杰明·富兰克林的非凡成就，富兰克林科学研究所于1824年在美国宾夕法尼亚州费城建立，而富兰克林科学博物馆是富兰克林科学研究所最富盛名的机构，更是宾夕法尼亚州访问量最大的博物馆。不仅如此，费城的街道两旁不是富兰克林的雕像，就是他的画像。

36.5 费城的象征——自由钟。

我原以为被人们广为传颂的“自由钟”应该是一座颇有气势的大钟，结果亲眼见到，真是令人大失所望。“自由钟”分明就是一个破旧的小钟，身高还不到一米。别看自由钟其貌不扬，它可是费城这座城市的象征，更是美国自由精神的象征，在美国历史上占有非常重要的地位。走近自由钟时，可以明显看到钟体表面上的裂缝，钟面上刻着《圣经》上的名言：“向世界所有的人们宣告自由。”美国人把自由钟视为珍宝，如果想近距离接触这座钟，需要经过非常严格的安检。

费城的意大利街有点像我们中国的闹市，道路一侧是临街的菜市场，另一侧是各种小吃店和小商店。好多小店的门前都排着长长的队伍，听说排队的人都准备购买当地的奶酪。我们也找了家店，品尝了一下本地著名的奶酪，美国人说美味得不得了，我们中国人和韩国人吃着直觉得反胃。费城的奶酪汉堡（Cheese Burg），举世闻名。还有一种美食叫费城牛肉芝士三明治（Philly Cheesesteak），就是长条面包夹着煎熟的碎牛肉和融化的奶酪，再加上煎洋葱、煎蘑菇之类配料的三明治。这种三明治

36.6 费城的意大利街有点像中国闹市，吃穿用度，一应俱全。

36.7 这就是传说中的费城起司汉堡，外表看起来有点像我们焦作的肉夹馍。

制作过程简单，但却美味可口，加上分量充足、价格亲民，很受费城市民的追捧。当地流传着这么一句话：如果有人在点 Philly Cheesesteak 的时候说“给我一份加洋葱的 Philly Cheesesteak”，那这个人肯定不是费城本地人，或者他是第一次吃，因为正宗的 Philly Cheesesteak 都是自带洋葱的，无需特别说明。为了不虚此行，我们决定品尝一下。这种费城

36.8 费城街头的圣诞村。

36.9 爱心广场。

36.10 蜂蜡做成的产品。

本地的起司汉堡，其实就是一个大汉堡里夹上了洋葱和牛肉，有点像我们焦作本地的肉夹馍。你别说，味道还真不错，起码比我们吃过的其它西餐美味多了。

接下来，我们又去了市政厅。费城人多，路窄，停车位

36.11 各种美食。

36.12 琳琅满目的美食。

36.13 货架上陈列着一袋袋好吃的，各种各样。

紧张。我们的车只好绕着市政厅转了几圈，远远地过了过眼瘾。附近有个叫圣诞村（Christmas village）的小市场，又叫爱心市场（Love Market）。市场里有很多简易的房子，这是一个专门卖礼品的市场。因为市场里有一个 LOVE 形的红色雕塑，所以得名“Love Market”。

最后去的市场是个“美食广场”，里面有各种美味食物，看得人直流口水。不过，我们因为中午吃了太多的费城芝士汉堡（Philly Cheesesteak），实在是吃不下任何东西了，否则肯定又能一饱口福了！

下午 6 点钟返回出发地，万达和格伦来接我们。带着我们去吃比萨自助餐（Buffet），各种各样的比萨，Lake 吃了很多很多。万达说像他这样大的孩子，正是能吃的年龄。大家都说这么大的孩子有着一个 Hollow Leg（原意是“空心的腿”，形容酒量大，或者饭量大）。

37. 第五日：华盛顿之游

人人都说，华盛顿是美国的心脏，到了美国，华盛顿是必去的地方。CIH（圣诞国际之家）组织我们去华盛顿一日游，每人 55 美金的费用。在项目申报通过之后，我就通过银行汇票（Money Order）把钱早早汇给活动负责人邦妮，其中包括去纽约的 75 美金，去兰卡斯特 40 美金，我和 Lake 总共支付 340 美金。

闹钟从早上 5:30 就开始响个不停，我们计划 6:00 从家里出发。万达就像妈妈一样，出门前细心地为我们每人准备了一个早餐包。三个牛皮袋，每个袋子里都有两个鸡蛋，一个苹果，两块点心，还有一次性使用的小叉子和餐巾纸。我每次手捧着弥漫着爱的味道的早餐包，心里都感到无比温暖，也不免有些惶恐，不知自己该如何回报这份爱的关怀。万达把我们送到集合地点，正好是 6:15，一辆大巴早已停在那里等候。这次同行的共有 14 人，除了司机，CIH 派了 3 名领队，安排得十分周到。

从哈里斯堡到华盛顿有两个半小时的车程，大家都起得很早，司机体贴地关闭了车里的灯，车窗内外漆黑一片，大家都开始闭目补觉。

9 点左右，我们的车顺利驶入传说中的华盛顿。华盛顿给我的感觉确实不一样，如果说费城有些像旧上海，华盛顿就如同我们中国的大北京，整个城市显得庄严而肃穆。

城市里的建筑似乎都是用很结实的花岗岩铸成，尤其是在国会大厦附近的建筑，更给人庄严肃穆之感。这里的建筑似乎坚不可摧，似乎能够屹立万年而不倒。

站在华盛顿市中心的国家广场，以华盛顿纪念碑为中心，东侧是国会大厦，南侧是杰斐逊纪念馆，西侧是林肯纪念馆，北侧是白宫。华盛顿纪念碑与林肯纪念馆之间是“二战”纪念碑和倒影池，倒影池的南侧是韩战纪念碑，北侧是越战纪念碑。

37.1 满墙的星星，每颗星代表的都是 100 个鲜活的生命。

37.2 自由的代价。自由墙上有 4048 颗星，每颗星代表着在战争中死亡或失踪的人 100 个。美国“二战”中死亡和失踪人数 405,399，仅次于美国内战死亡和失踪人数 620,000。

我们先来到“二战”纪念碑前。这是一面镶着很多很多金光闪闪的星星的墙。我看过介绍才知道，墙上的每颗星代表100位在“二战”中牺牲的战士，“二战”中美国牺牲了40多万人。我转念一想，中国在“二战”中死亡的战士和平民何止这个数啊！站在美国“二战”的纪念广场上，我为在“二战”中死亡的中国同胞默哀了三分钟。同样是宝贵的生命，谁来为那些逝去同胞的生命负责？谁来为中国人民承受过的战争痛苦买单呢？

“二战”纪念广场旁边就是越南战争纪念广场和朝鲜战争纪念广场。越南战争纪念广场上有一面刻着战争中死亡战士名字的墙，那是一面长长的墙，墙上有数不清的人名，每一个名字背后，就是一条鲜活的生命。美国对生命的尊重让人不得不叹服，前几天美国发生了校园枪杀事件，为此全国下半旗表示哀悼。我忽然想起这样一句话，“这世间除了生死，哪一件不是小事。”生命的价值和尊严，高于一切。

朝鲜战争纪念广场，其实是一群美国大兵在朝鲜战场上的雕像，他们每个人表情各异，形态也各不相同。雕像前面摆满一束束鲜花，地面上镌刻着几行字“为纪念那些应招而去保卫陌生国度和国民的士兵！”纪念广场旁边飘着美国国旗和韩国国旗，韩国学生纷纷走上前去，扯着他们的国旗合影留念。只要有战争，就会有流血牺牲，有家破人亡。战争是残酷的，战争是没有理性的，战争里没有真正的赢家！

我们一行来到了林肯纪念堂。林肯端坐在纪念堂正中央，

37.3 朝鲜战争纪念地。

37.4 林肯纪念堂。

据说林肯的雕像是用亚特兰大石头山上的花岗岩铸成，坚硬无比。林肯雕像比我想象中的小很多，印象中《博物馆奇妙夜》里的林肯可是比我眼前的林肯伟岸高大多了。

我们眺望着远处的国会大厦和白宫。国会大厦是一座乳白色的建筑，有着一个圆顶主楼和相互连接的东、西两翼大楼。美国国会参众两院都在国会大楼里办公，大楼的圆顶在阳光之下闪闪发光，庄严而肃穆。我们没有走进白宫参观，只是从远处观看。不过，白宫的颜色真的很白，远远看去有一种高贵的气质。我们也不清楚当时奥巴马总统是否就在白宫，也不知他在忙些什么，也许他正在为几天前的枪击案黯然神伤！

国会大厦对着的大街两边，就是史密森尼博物馆（Smithsonian Museums）。这其实是个非常庞大的博物馆群，总共有 18 座博物馆，里面保存着一亿多件艺术珍品和珍贵的标本。据说，几乎每位美国人平生都会参观这个博物馆至少两次，第一次是在自己年幼的时候来参观，另一次是带着自己的孩子来参观。我们先走进了自然历史博物馆，这里有恐龙、各种昆虫，还有各种哺乳动物的标本，还有对这些动物生存环境的介绍。接下来我们去了美国历史博物馆。美国历史其实很简单，对内有一场独立战争、一场南北战争，也称“美国内战”。对外无非是第二次世界大战、越南战争和朝鲜战争。两大著名的法律文书，其中之一是《独立宣言》，另外一个是《废奴法案》；还有两位最著名的总统，华盛顿和林肯。与中国的悠久历史相比，美国区区两百年的历史能有什么积淀呢？最让 Lake 兴奋的是航空馆，在那里我们竟然看到

37.5 博物馆里骷髅多。

了“阿波罗二号”，还有各种型号的飞机，不是模型，是真飞机！甚至还有航空飞船呢！Lake 总觉得眼睛不够用，时间不够用，他穿的鞋不太舒服，即使脚疼难忍，他依然是趋步如飞，恨不得多看些飞机。我们最后参观的是美国印第安人博物馆，我心想，印第安人难道和中国人有什么渊源吗？他们和中国人有着几乎一样的面庞和肤色，也有着相似的文化构建。我们穿行在各个博物馆之间，听着解说员 Lake 同学一一介绍。我觉得现在的孩子真是见多识广，也不知他什么时候了解这么多知识。Lake 不时会向我提出几个问题，我的答案总是模棱两可，颇感尴尬。

时间太仓促，我们的精力也有限，从早上 9 点钟下了车，我们就一直在不停地参观，甚至顾不上吃饭，一路狂奔。一整天下来，怎一个“累”字了得。不过，虽然疲惫，我们每个人都觉得收获颇丰。我隐隐约约地感到，这才是真正的游学。

38. 第六日：教堂，饭店，生日

万达和格伦是虔诚的基督徒，他们每餐之前，都会坐在餐桌前祈祷，这个祷告的过程是绝对不会省略的。两人彼此手拉着手，低下头，口中低声念出餐前的祷告词，感谢上帝赐予美好的食物，态度无比虔诚。

今天是礼拜天，万达要带我们去她的教堂，教堂的名字是“Brethren-In-Christ”，意思就是天下基督徒都是兄弟姐妹，是一家人。在美国，我见识过许多教堂的礼拜活动。有的教堂气氛严肃，有的教堂气氛活泼。这家教堂的礼拜活动非常活泼、有趣，大家要一起唱圣歌。台上的人分工明确，有伴奏的，有领唱的，有主持的，台下的人唱到忘情之处，手舞足蹈，一片欢快的气氛。

这间教堂也很重视孩子，鼓励孩子们一起参加合唱。孩子们能唱的就唱，不能唱的就站在台上亮相。接下来是孩子们最喜欢的故事时间。一位专业是“学前教育”的大学教授，坐在台前，邀请所有的孩子围着他坐一圈。他开始给孩子们讲故事，身后的大屏幕上播放着故事的画面。无论这个故事有多长，台下所有的信徒都静静地听着，非常有耐心。

眼看到年底了，礼拜活动中多了一个环节，感觉有点像“牧师表彰会”。所有牧师都走上台来，其中有两位是黑人牧师，一位来自非洲，还有一位是女牧师，身患乳腺癌。美国的牧师都是好口才，说起话来，个个都是滔滔不绝，妙语连篇，他们在台上侃侃而谈，信徒在下面听得认认真真。这个环节其实就是让大家有机会对牧师一年的服务表示感谢，有人早有准备，把牧师们的优点和贡献逐一指出，现场气氛很令人感动。

在圣餐（Communion）环节，大家一起分享饼干和葡萄汁。格伦向我们介绍了这个传统的来历，他提到埃及王子摩

38.1 牧师表彰会。

西，摩西本是犹太人，后被埃及王后收养。犹太人曾是埃及人的奴隶，摩西在上帝的指示下，解救犹太人，犹太人吃羊羔的肉，喝葡萄酿成的酒，就可以得到上帝的庇护。饼干就象征着基督的肉，葡萄汁就是基督的血。格伦说基督信徒吃了基督的肉，喝了基督的血，也同样可以得到基督的保护。

38.2 圣餐环节。

教堂活动让信徒们心有所属，也让他们都很有归属感。信仰的力量可以约束人们身上邪恶的一面，鼓励人们追求真善美。我联想到在中国深入人心的佛教，其教义也是博大精深，鼓励信徒“一心向善”的。如果在忙碌

38.3 教堂活动中总会出现孩子们表演的节目。

的生活和工作之时，佛教的机构也能举办一些平民活动，进行真正的佛教教义的宣传，通过信仰的力量为我们的心灵减压，鼓励人们重新追求“真、善、美”。由此，除了各种法律法规的明文规定，人们心中更会多了一层对道德的尊重，对信仰的敬畏。这该是一件多么美好的事情啊！

中午，我们来到一家名叫“特克萨斯路屋”（Texas Roadhouse）的餐厅吃饭。这是一家非常有特色的连锁餐厅，餐厅里飘扬着悦耳的乡村音乐，屋顶上挂满了圣诞袜子，每只袜子上都写着员工的名字，看来员工们都等着老板给发礼物呢！墙壁上悬挂着不少动物标本，地上有个大木桶，里面装着满满的炒花生。这个饭店所有的服务人员都必须会跳舞，就是典型的乡村舞蹈，每年各家店之间也举办一次舞蹈大赛，优胜者会得到重奖。我们碰巧赶上两名客人过生日，服务人员骑在木制的马上，头戴西部牛仔的帽子，一边跳着舞，一边大叫着："One，two，three"。所有的客人都大叫："Nihao"，发音像极了我们中国的"你好"，一片欢笑。每张餐桌上都摆着一小桶免费的炒花生、几片面包，配上一种带有香料的酱，味道好极了！说实话，在美国难得遇见真正的美味，我一下吃了两个面包。正餐还没开始，我都快吃饱了。依然是各点各的菜，我点了两个 Sides（副菜），一个名叫 Chili，一种牛肉和洋葱拌成的碎肉汁，非常美味。另外一个是蔬菜，主食是烤鸡肉。不过菜量是太大了，实在吃不完，最后只能打包带走。

今天是格伦母亲洛伊思 87 岁的生日，洛伊思住在养老院（Retirement House），养老院名叫"弥赛亚村（Messiah Village）"。Messiah，弥赛亚，有救世主的意思。洛伊思可以生活自理，所以一个月只需要 2,000 美金的护理费。她的房间很温馨，陈设布置和家里一般无二。万达的父亲已经 96 岁了，也住在同一个养

38.4 饭店里装满花生的木桶，客人可以自行取用。

38.5 服务员们开始跳舞了。

老院。因为他生活已经不能自理，每月的费用大约是 4,000 美金，他只需要负担自己能支付的一部分，其他的费用由国家和赞助者交付。养老院的走廊上有一面墙，墙上面全部是人名，下面镶着小星星，一颗星表明该人捐款 1,000 美金，两个星表示捐款 5,000 美金，三个星表示捐款 10,000 美金，四个星是捐款 25,000 美金，五个星是捐款 50,000 美金，六个星是捐款 100,000 美金。万达父亲生活的区域，给人一种暮气沉沉的感觉。所有的房客都是白发苍苍的老人，他们坐在轮椅上，垂垂老矣。我不由在想，这些垂暮之年的老人，是什么支撑着他们走完人生最后的旅程呢？是亲情，是回忆，还是别的什么？

格伦的弟弟一家也过来给洛伊思过生日。他们有五个孩

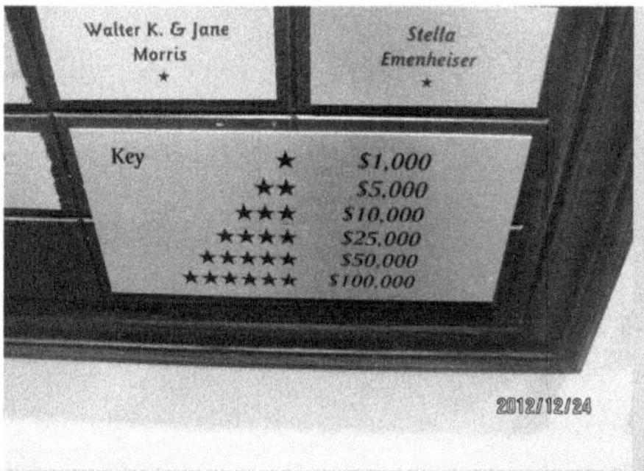

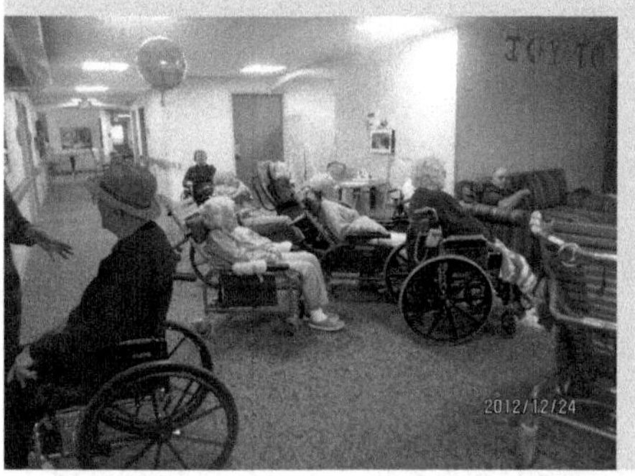

38.6 捐助者的人名后面刻着小星星，根据星星的数量，可以计算出捐助的额度。

38.7 耄耋老人眼望着青春少年，眼中满是祖辈的关爱。

38.8 这里住的几乎都是年过百岁的老人。

38.9 Lake 和昆汀开始了国际象棋的拼杀。

子，最大的和最小的是男孩，中间三个是女孩，最小的男孩昆汀（Quintin，含义是排行老五），是个 12 岁的中国孩子。昆汀是他们在中国桂林收养的孩子，当时昆汀一岁多，原本的养父母（Foster Parents）被发现已经有了一个 16 岁的女儿，就不再具备收养资格，最后只好忍痛割爱。格伦的弟弟一家一直和昆汀的中国养父母保持联系，还打算近两年之内带着昆汀去中国探望。

他们家五个孩子都很活泼，吃饭的时候笑声不断，其乐融融。最大的男孩艾伦教了我们两个身体语言，第一个手势是将两手的食指和中指分别竖在身体两边，做向前打钩的手势，这就表明你现在所说的话都要加上引号，都是反话；另外一个手势是用手抓头顶，这是表明："你真傻，真笨。"

生日晚会，他们一家洋溢着浓浓的爱意。这让我更想家了。

格伦1951年出生，当时已经61岁了。虽然格伦和万达两人已经结婚41年了，但他们看起来还是像一对年轻情侣般恩爱甜蜜，伉俪情深。在教堂的时候，为了方便给我们做讲

38.10 生日会。

38.11 格伦母亲在养老院的家，温馨可人。

38.12 万达和格伦40年如一日，恩爱如初。

解，他们两人分开坐在我们身边。唱歌的时候，我分明看见了他们在深情相望，那种眼神，满是宠溺，满是甜蜜，真是把我醉了。开车的时候，我又看见他们两手紧紧相握，情意绵绵。我不由在想，这近半个世纪相守，是什么让他们相爱如初呢？

39. 第七日：白色的平安夜

鹅毛般的雪片洋洋洒洒从空中飘落，我们在这个特殊的日子——圣诞节，遇见了来美国之后的第一场雪，不知道是不是圣诞老人特意送给我们的惊喜。我喜欢雪，Lake 更喜欢雪。他看见雪花飞舞，顾不上穿外套，穿着单衣就冲出门去，在漫天大雪中欢呼着，跳跃着，张着嘴，迎接着雪花，品尝着雪的味道。不大一会儿，地上已经覆盖了一层薄薄的雪，Lake 兴奋地在雪地上一步一步走过，留下了一串串新鲜的脚印。

圣诞节是美国人聚会的日子。明天，万达的很多家人都要来做客。万达早早准备了很多饼干，用盒子分门别类地装好。下午，我们跟着万达学做曲奇（Cookie），万达早就做好了面团，放在冰箱里冷冻起来，万达收集了很多造型可爱的曲奇模具（Cookie Cutter），有松树的，铃铛的，小鹿的，星星的，她用模具将面团脱出各种样子，然后在上面撒上各种颜色的糖霜和巧克力碎末，再放到烤箱里烘烤，家庭自制的

“爱心牌”曲奇饼干就出炉了。我们几个一起上去帮忙，虽然弄得浑身面粉，却也干得热火朝天。自己动手烤的曲奇饼干，确实味道不一般，好吃得很呢！

晚上去教堂是必须的。平安夜的教堂和平日没有多大的不同，大家一样唱歌，祈祷。还有一个小品，是万达的一个邻居领衔主演。万达和格伦，与周边的邻居感情都很好，像这样的活动，大家一定要来捧场的。

从教堂回来之后，Lake 看着厚厚的积雪，忙着堆雪人。万达和格伦神秘兮兮地在客厅忙碌着。雪人堆好了，我们回到房间，格伦告诉 Lake，圣诞老人在他堆雪人的时候来过了，给他带来了礼物。我们迫不及待地要看礼物，三个饱满的圣诞大袜子。我们三人每人一个，里面塞满了很多礼物。我的

39.1 Lake 在跟万达学做圣诞节 Cookie。

39.2 Cookie 可以进烤箱了。

39.3 椅子上，三个圣诞袜，里面满满的，是万达和格伦送给我们的圣诞礼物。

39.4 Lake 打开圣诞袜，满满的礼物，开心中。

39.5 堆个雪人玩一玩。

39.6 难忘的平安夜。

是红色的袋子，哇，好多礼物啊，里面有袜子、手套、一个美丽的杯子、口红、曲奇模具、巧克力。万达和格伦看着我们惊呼着，欢叫着，满脸开心。Lake 的袜子里面，有小汽车、扑克牌、小游戏，很多好玩的东西，都是 Lake 想要的。Lake 用英语表示了感谢，而且还说没有给他们俩准备礼物，他感觉内心很愧疚。一个懂得感恩的孩子，他在长大！

40. 第八日：快乐圣诞

圣诞节也是美国人合家团聚的日子，亲人们会从四面八方赶回家，与家人共度圣诞节。每逢佳节倍思亲，圣诞前夜，当我看到万达和格伦的亲人们聚在一起欢声笑语，那种温暖的亲情时时刻刻都在感动着我们这些来自远方的外乡人。

同我们中国一样，美国人过圣诞节时，家里最忙碌的是妈妈。妈妈永远是那个为所有人准备美食，不停忙碌的人，

40.1 圣诞节是要吃火鸡的，火鸡的肚子里装满了洋葱、芹菜和面包块。

而年轻人都乐得一边享用美食，一边嬉戏玩耍。万达一直在厨房忙着准备平安夜大餐。主菜是烤火鸡，万达把面包块、芹菜、洋葱做成填料（Stuffing）塞进火鸡肚子里，准备放入烤箱。配菜也很丰富，土豆也早早切成块，等着做成土豆泥（Mashed Potato），甜薯泥（Sweet Potato Yam）上撒满各种坚果碎，吃的时候用微波炉加热即可，长豆角也切好了，稍后入锅烹煮。

布置好的餐桌摆放在客厅的正中央，12 把餐椅已经摆放整齐，餐桌上铺着漂亮的粉色方格桌布，还有万达女儿亲手做的桌旗，餐桌中央摆着鲜花环绕的烛台，分外雅致。12 个餐盘依次放好，每个盘子里都摆着客人的名签（Name Plate），餐叉、

40.2 格伦精心布置餐桌，等待客人的到来。

汤匙、餐刀也都摆放就绪。一切看起来都是那么温馨可爱。

万达是非常有生活情趣的人，她尤其重视各种餐具的使用。她有风格各异的餐盘和各式各样的杯子，不同的食物搭配不同的餐具，不同的饮品搭配不同的杯子，甚至不同颜色的食物搭配不同颜色的餐盘，非常讲究。美丽的搭配凸显了万达的品位，生活也由此平添了很多的趣味。每次走进万达的厨房，都让我下决心改造自己在中国的领地。我的厨房里也要有一台洗碗机（Dishwasher），一个雅致的吧台，一台音响设备，漂亮的桌布一定要多备几块。我也要有漂亮的烛台、各式各样的餐具，厨房里要有一个收纳柜，最好还有一个书架和一个舒适的小沙发。这么温馨的画面，想想都觉得幸福。

万达姊妹三人，约好在万达家共度平安夜。小妹妹格温从家里带来了蔬菜沙拉和面包，我们先在吧台吃了一盘沙拉，品尝格温的手艺。格温用一个精致的小竹筐装面包，竹筐里铺了一块美丽的布，把面包放进去，再用布包起来，一切都有种艺术的美感。万达大妹妹温妮有一儿一女，儿子27岁，智商偏弱，他有美国驾照，可以开车，也有一份工作。在美国，很多政策都会鼓励公司向残障人士提供工作机会，越是有残疾的人，反而更容易找到工作。女儿艾米去过中国，她曾在拉萨的一个学校学习，还去过中国的昆明、成都等地，对中国很有感情。温妮的爱人瑞恩的家乡是举世闻名的巧克力之乡——宾夕法尼亚州的好时镇（Hershey），那里号称是全世界最甜蜜的地方。格伦从养老院接回了老母亲，一起过圣诞节。格伦和老母亲一次次拥抱，一次次亲吻，母子情深，溢于言表。

开饭之前，和往常一样要做祷告。大家手拉手，低头不语，由格伦说祈祷词。格伦感谢上帝让家人们相聚在如此美好的平安夜，享用丰盛的美食。此后，圣诞大餐就开始了。首先登场的是美味的甜奶酪，然后就是主菜烤火鸡和各种配菜。大家依次将餐盘传过来，每人取用一些。餐后甜点是万

40.3 我的圣诞礼物。

40.4 其乐融融过圣诞。

达自制的冰淇淋，比市场卖的还好吃。用完餐，大家可以自行取用摆在旁边的咖啡、茶和各种饮品。休息片刻后，大家将餐桌抬走，客厅一下子变得很宽敞。大家在客厅里随意坐下，由温妮弹钢琴，大家唱起了圣歌。随后艾米为大家读圣经，全家人再次手拉手祈祷。在美国，基督教的影响已经深入到人们生活的方方面面。

大家落座后不久，就是礼物大派送的时间了。令我颇感意外的是，我们三人又收到了很多礼物，美国人的热情好客，细心体贴，让我倍感羞赧。我们中国是一个礼尚往来的国度，可我事先并没有为他们准备圣诞礼物，一下子拿到这么多礼物，让我感觉欠了人家很多。

41. 第九日：雪中的圣诞假日

听当地人说，圣诞节之后的第一天才是各大商场搞促销的大日子，尤其是那些圣诞物品，都会在今天降价出售。有些美国人为了图实惠，甚至会在这一天把全年所需的物品都买齐。对今天的购物，我们期待已久。

早上起来，窗外仍然飘着密密的雪花。万达提醒我们一定要早去早回，否则路面结了冰，会非常危险。万达把我们送到附近的商场（Shopping Mall），约好一小时后来接我们，就赶去养老院看她的老父亲去了。一个小时的购物时间，还真是蛮紧张的。在宾州购买衣服、食品免税，平日里就能吸引不少顾客，再加上圣诞节后的大促销活动，好多店都在打折，商场里早已是人满为患。不过我仔细一看，Gap 店的商品打五折，Express 店打四折，比起前几天的价格，确实有些优惠，不过促销力度也并没有想象的大。Lake 一心想买台游戏机和 mp3，正好有家店销售 mp3 在做活动，原价 59.99 美元现价 39.99 美元。不过结账时我发现被多收了 13 美元。服务员解释说商家有一种特殊服务，顾客可以在两年之内再申请一台同款 mp3。我又询问手续是否复杂，服务员说只要登陆网站，输入机型就可以，非常方便。我心想，这就相当于多花 13 美元，买两台 mp3，挺划算的啊！不过后来证明，这 13 美元算是白交了，因为登录网站以后的步骤非常繁琐，我尝试几次，都没成功，最终还是放弃了。所谓“买家没有卖家精”，在美国购物，真要随时留意这种陷阱。

回家的时候，雪还是下得洋洋洒洒。道路很滑，万达开车很小心，一直和大车保持着安全距离。我们对面的车道上发生了车祸，停满了消防车和警车，后面的车一直堵了 5 英里之远。万达说在这样的极端天气被堵在路上，非常可怕，车里的人没吃没喝，甚至无法上厕所，苦不堪言。我们很幸运，虽然车开得缓慢，但我们的车一直在移动，最终平安到家。

晚上格伦回家后，兴致很高，非要和我们一起玩牌。他教我们一种美国的扑克玩法，叫作“打红桃”。从全套扑克牌中挑出大小王不用，每张红桃算 1 分，黑桃 Q 算 13 分，其它的规则和我们的“双升”很相似，得分少者为胜利者。我们玩了几局，最后以 Lake 胜利告终。随后，Lake 开始教格伦打中国的“斗地主”，格伦玩得兴趣盎然，甚至夜深了，他还闹着不让大家睡觉，要继续玩下去。看来打扑克也是一种别样的文化交流啊！

42. 第十日：世界上最甜蜜的地方

这段时间，我们三人住在万达和格伦的家里，不仅免费吃住，还收到了新年礼物，他们还费时费力地送我们去附近各地观光旅游，对我们就像家人一样好。这一切都让我们这些身在他乡的异乡客，感到非常温暖，我们深感这份情谊的分量，却不知何以为报。

“好时镇之旅”也是万达和格伦为我们早早策划好的。世界最甜蜜的地方——好时镇，距哈里斯堡只有 20 分钟的路程。人们一来到好时镇，就会不由想起曾经看过的一部如巧克力般甜蜜的家庭影片——《查理和巧克力工厂》。

好时镇的名字源于他的创始人密尔顿·好时先生（Milton Hershey），正如宾州（Pennsylvania）的命名源于舰队总司令小威廉·佩恩（William Penn）、哈里斯堡（Harrisburg）的名字来源于在此地建立据点的英国人约翰·哈里斯（John Harris）一样，美国有不少地名都和其创始人、建立者或捐助者有着密切关系。好时镇本是密尔顿·好时先生的出生地，1894 年他在此地建立了一流的巧克力工厂。据说，这里曾是荒凉无比的牧场，密尔顿先生凭着他智慧的头脑、精明的商业眼光将这里变成了世界上最甜蜜的地方，一个弥漫着香甜巧克力味道的糖果王国。

好时镇上的居民曾经都是巧克力工厂的工人。据万达讲，由于美国经济不景气，巧克力工厂曾一度计划移地到墨西哥，墨西哥的劳动力价格低廉，也有很好的可可豆。但当地的工人们却不愿意，好时镇的居民不愿意，因为一旦工厂搬家，他们就会失去赖以生存的经济来源。经过谈判，新工厂一半建在墨西哥，一半还保留在原地。即便如此，此举对当地经济也有很大打击，好多人处于失业状态。

巧克力王国的经营者很有商业头脑。他们非常清楚巧克力是很多孩子的最爱，于是就用好玩儿的游乐场、绚丽的色彩、美丽的童话故事来吸引孩子们。他们还充分利用独特的互动方式，向来访者生动地展现好时镇的历史。游客们坐上一部游览车，途经巧克力原料——可可豆生长的热带雨林，再跟着可可豆穿过模拟工厂，一步步经历巧克力的生产过程。清洗（Bean Cleaning）、混合（Bean Blending）、烘烤（Roasting）、粉碎（Breaking）、研磨（Milling）、一般混合（General Blending）、烘干（Drying）、精炼（Refining）、模塑（Moulding），生产整个过程弥漫着巧克力的美妙气息。我们的参观之旅也变成了集合了视觉、触觉、听觉、味觉享受的巧克力大餐。最后经过精美包装，Hershey’s，Kisses，Kitkat，Reeses 等各种品牌巧克力应世而出。

走进巧克力商店，一下子就被五彩缤纷的巧克力吸引了。我和 Lake 平时都不太爱吃甜食，但还是抵不住眼前形态各异、口感各异的巧克力的诱惑，不知不觉中装满了购物筐。

晚餐则在国际之家大聚餐。我们早早做了准备，到中国超市采购各种原材料，回来后我和俊英大显身手，为国际之家带去了红烧茄子、红烧肉、金针菇炒肉、西红柿炒鸡蛋。这些菜在中国是最寻常不过的家常菜，到了美国却成了我们中国的招牌菜。当然，我们也品尝到了来自韩国、日本的特色美食。大家一边品尝美味佳肴，一边逐一站起来做自我介

42.1 参观巧克力工厂。

42.2 购物筐里装满了巧克力。

绍，发表一下在寄宿家庭的感言。我在发言中谈到，当我们身在异国他乡，是国际之家给了我们一个家，万达和格伦更是给了我们家的温暖。寄宿家庭的生活经历是一段爱的经历，是一段充满着温暖的经历。我们欣然接受了万达和格伦给予我们的关爱，也会把这份爱带回中国，并将这种爱传递出去。希望这种爱如星星之火，温暖更多海外学子的心。

43. 第十一日：美国的阿米什人（Amish）

想象中的阿米什人（Amish）仿佛生活在我们中国的世外桃源，他们远离俗世喧嚣，平静安详的生活宛如一首淡雅的田园牧歌。晚霞斜阳缓缓没下，袅袅炊烟冉冉入云，如诗如画，没有世俗的凡烟尘嚣，没有科技的喧嚣杂乱。鸟语花香晕染中，一本心仪的书，一杯清甜的香茗，一把晃啊晃的摇椅，心，静得如一滩明澈的湖水。哇，美哉，美哉！

没有网络，没有手机，没有汽车。对我们这些生活在快节奏时代的现代人而言，避秦人的生活方式，简直难以想象。这，只是一个梦，一个美丽的却又无法实现的梦而已。

而美国的 Amish 人就过着我们梦中的生活。他们大多是德国人的后裔，由于宗教迫害，远离故土，现分布居住在美国的宾夕法尼亚州、俄亥俄州、印第安纳州以及加拿大部分地区。他们有着自己的宗教信仰，过着自律简朴的生活，拒绝使用手机、电力、汽车等高科技产品，认为这些东西会影响人与人之

43.1 代表 Amish 人的玩偶娃娃。

间的亲密关系。他们主要以农耕为主，但是近些年来，由于人口增长急剧，20 年翻了一番，农业土地紧张，有些 Amish 人开始从事家具作坊，他们手工打的家具颇受欢迎。

他们的衣着，颜色简单，主要以黑白黄为主，女子服饰单调统一，全部为没有扣子的裙子，腰间系着一个白围裙，头上戴着一顶白色或黑色的帽子。男子单一的衬衫配着一条襻带裤，一顶草帽。更绝的是男子的胡子，结婚后的男子一律都是大胡子，不过只留下巴上的，唇上的胡子是不留的。

阿米什人使用风力（Wind Mill）、太阳能取得能源，也用煤气（Propane Gas Tank 是用来储蓄煤气的罐子），冬日取暖

43.2 如诗如画，这就是 Amish 人居住的地方。

使用的东西如同我们中国农村的土暖大炉子，很暖和。好多家自己有储水罐（Water tank），也有自己的谷仓（Corn Crib Storage Barn）。他们日出而作，日落而息。问了一下，大致上是晚上九点钟休息，早晨四五点钟起床。想想，我们那个时候在哪里，在干什么？不比不知道，一比吓一跳，真是不一样的生活。

他们属于再洗礼宗教，没有教堂，做礼拜是到家里去的，Amish 家庭轮流做东主持宗教仪式。孩子们没有学习压力，Amish 人认为孩子没有必要受过多的教育，上到中学 8 年级就可以了，只要会养牛，会种植，懂得宗教，就达到了教育的目的。Amish 的学校很多，因为没有校车，孩子需要走路，或者骑着滑板车（Amish Scooter）去上学，学校太远了是不行的，所以学校星罗棋布，到处都是。学校只有一个教室，几个年级的都有，是混杂式教学。一个学校只有一个老师，一二十个学生。Lake 听了介绍，羡慕不已，没有学习压力的生活也是他的梦想。这个梦他一直做了很多年，直到今天他依然沉浸在梦中不愿醒来。

43.3 Amish 人拒绝使用现代交通工具，出门用的还是马车。

43.4 Amish 人行走的代步工具——滑板车。

43.5 Amish 人拒绝使用洗衣机和烘干机，Amish 人的院子里会看见一根绳子上晾晒的衣物。

阿米什人出行，没有汽车这样的现代化交通工具，在美国这样一个“No Car，No Life（无车，无生活）”的国度，我已经深深体会到了没有汽车的不便和难受。但 Amish 有他们自得其乐的生存方式，他们有他们自己的代步工具，那就是马车（Horse and Buggy），具有中古味道的马车和现代味十足的汽车交相辉映在大道上，是一道很有趣的景观。

Amish 人和其他美国人的房子是交错而建的，你要有慧眼，才能识别哪些是阿米什人的家。有汽车的肯定不是，有电话线和电线的肯定不是。那么有马车的，院子里长长的绳子上晾着衣服的，有风车的，有粮仓的，有水塔的，没有窗帘的，一定就是啦！

下午 3:30，我们享受了一顿地道的 Amish 晚餐。一般来说，Amish人不愿向外人公开自己的生活，他们拒绝外人照相和摄像。但是我们去的这一家，可能颇有商业头脑，经营方式如同我们中国的农家乐。Amish女子脚步轻快，轻言细语，她们一直在厨房忙碌着，不时交谈几句，有时用的是英语，有时用的是德语，有时用的是荷兰语，颇具语言天赋。Amish的家，简单朴素，没有过多的装饰，像极了我们中国中等经济水平的家庭。

43.6 Amish人采用的还是比较原始的农耕方式。

实际上，我国的好多农村，过着和阿米什人一样的生活，只是我们没有开发挖掘出来罢了。但是令人担心的是，一旦这些原生态的地方给开发出来，可能山不再依旧，水也不再依旧，人也不再依旧，一切都将会失去它们原有的本色。

44. 第十二日：雪雨兼程游纽约

电视剧《北京人在纽约》里面有一句经典的台词："如果你爱他，带他来纽约吧，因为这里是天堂；如果你恨他，带他来纽约吧，因为这里是地狱。”来美国一趟，不去纽约，一定会感到遗憾。来到纽约，只有去过自由女神像和归零地，才能算是不虚此行。

CIH（国际圣诞之家）组织大家去纽约，我们三人立刻报了名，每人交了 75 美金报名费。可真到纽约，才发现旅游车只停在时代广场，导游让我们自由活动。CIH 负责人已经来纽约很多次，她们的兴趣完全在购物上。但对我们初次来纽约的人来说，又只有 6 小时的活动时间，时间宝贵，绝对不能浪费在购物上。我们仨商量，决定脱离组织，买了三张环城双层旅游大巴的票，开始了纽约一日游。

上了双层大巴车，Lake 感觉很新鲜，坚持要上顶层。车上还配有导游，给我们每人发了一件雨披（Poncho）。我们穿上雨披，兴冲冲地爬上大巴的顶层。雪片洋洋洒洒地飘落，大雪中的纽约有种冷峻的气质，四周高楼林立，道路也显得

44.1 双层巴士的上层，寒风刺骨，雪越下越大。

44.2 圣保罗教堂的介绍。

拥挤。我甚至觉得眼前灰蒙蒙的一片，非但没有现代化大都市的风采，倒有几分老上海的神韵。我们坐在车顶上，顶风冒雪，不一会儿就冻得浑身发抖，赶忙走到大巴的下层，虽然身体感到暖和了，却看不到什么风景了。

“9·11”归零地是必去的景点。旅游大巴的第9站，就是“9·11”纪念馆，我们排队领票。虽然票是免费的，但遗憾的是当天下午6:30才能组织参观，我们时间上来不及，只好远远地看看作罢。不过附近的圣保罗教堂，让我们心有所慰。这座教堂见证了华盛顿的就职演说，经历了1776年的美国大火，同那棵9·11幸存树一样，它也历经了9·11恐袭事件而幸存了下来。在雨雪交加的天幕下，圣保罗教堂显得分外的

44.3 在码头等候乘渡船去看自由女神像。

庄严肃穆。老天爷似乎要挑战我们三人的极限，也似乎刻意让纽约之行在我们心中留下难以磨灭的记忆，不停地展示着威力。

三站之后，我们在印第安人博物馆附近下了车。博物馆前面就是华尔街那头闻名遐迩的公牛，很多游客排队留念。博物馆后面，就是由曼哈顿通向斯塔滕岛（Staten Island）的免费轮渡，每小时往返一次，中途就能看到自由女神像。虽然我们的船离斯塔滕岛有点远，雨雾中的自由女神显得更加神秘而飘渺，但我们毕竟看到了传说中的自由女神像。

我们坐在观光大巴车上，欣赏道路两侧的风景，导游也不停地为大家讲解。这一路上，我们看到了帝国大厦、SOHO办公区、市政厅、中国城、东河、布鲁克林大桥、洛克菲勒中心，都是纽约最具特色的地方。

虽然天气恶劣，我们也只是乘坐观光巴士，走马观花地逛纽约，但我们毕竟去了最想去的地方，看了最具纽约特色的景致，总算不虚此行。

45. 第十三日：Lake 结交的新朋友 DJ

今是星期天。星期天的日程安排毫无悬念，我们十点钟准时出发，跟着万达和格伦去教堂参加礼拜。教堂的礼拜活动一如既往，大家唱圣歌，牧师布道，发表演讲，宣传基督教的教义。美国人的语言表达能力普遍不错，我想可能是他们在教堂的活动中得到锻炼的缘故。我还感觉当地人的音乐修养都很高，每次教堂活动中唱歌的人，乐器伴奏的人虽然总有变化，但都颇具专业水准，好像人人都有成为著名歌手和音乐家的潜质。

我们在教堂遇见了 DJ，前几天 DJ 曾和 Lake 一起玩儿。今天再次见面，DJ 就邀请 Lake 去他家玩儿。我和 DJ 妈妈交流了一下，约好下午 2:00 送 Lake 过去。Lake 写的日志，简单描述了他在 DJ 家里玩的情况。当时孩子 11 岁，我鼓励他通过日志记录自己的生活。下面这篇日志是孩子写的原文，我一字未改。

和 DJ 一起玩儿的一天

12 月 30 日，DJ 在教堂活动之后，约我去他家里玩，下午 2 点钟的时候格伦就送我去了。

DJ 有两个妹妹，大妹妹叫瑞纳，小妹妹的名字叫哈宝。我把 iPad 带过去了，刚开始的时候 DJ 玩了一会儿 iPad，我没有玩，因为我已经玩腻了。玩完 iPad 之后，他说电脑上有一个游戏，很好玩，这个游戏就是让我们创造一些游乐设施。这个游戏有很多小人，只要你建好游乐场，这些小人就自动去玩了，你还可以换成小人的视角来进入游戏，可以感受玩过山车的惊险刺激。

玩完电脑之后，DJ 的妈妈教我们一种新的游戏，就是把废报纸团成球球，当做雪球来玩打仗的游戏，我们玩得很疯。后来玩累了，最后大家都累趴下了，全部躺在了地上。休息片刻之后，我们把废报纸都收了起来。我看见瑞纳有一个电动机枪，我就问 DJ 能不能玩，DJ 说他也有一把，我们就打算玩一场枪战。于是，我们就上了二楼，我们拿了一个箱子，当防护墙，就开始了激烈的枪战，玩了一会儿，DJ 不想玩了，我们下楼。

DJ 的妈妈拿出一些小圈圈，可以把这些小圈圈放到模板上，做成你想做的形状，做好以后，再放到微波炉里烤一下，把它拿出来以后，所有的小圈圈就融合到一起了。我做了一个 Delta 飞机公司的标志。

后来，我们下到地下室，去玩大球砸人的游戏。我们玩了很长时间，后来越玩越累。刚好在这时，DJ 的爸爸叫我们上去吃晚饭，我不想在人家家里吃饭，所以我就在旁边等着。等了一会儿，就听见门铃响了，万达和妈妈来接我了。

45.1 Lake 和他的美国新朋友。

今天真是一个丰满的一天。

46. 第十四日：除夕夜：爱需要表达

寄宿家庭的生活为我们提供了中美文化交流的平台，我们更深刻地了解了美国的饮食文化。万达是个理家好手，她喜欢用可爱、独特的小饰品来装饰自己的家，让家中充满了温馨暖人的芬芳。她的厨房也非常美丽舒适，她很重视厨具、餐具的使用，不同的食物搭配不同的餐具。她也非常在意饮食的料理，各种美味的食物像魔术一样从她手里变幻出来。我本不太喜欢美国的食物，可是万达的手艺让我爱上了西餐。

每天的早餐，基本都是自助餐。我们通常会把面包片在烤面包片机（Toaster）里烤一下，涂上奶酪、果酱，再喝些牛奶、果汁。万达通常会吃点红柚，喝牛奶泡的麦片粥。中午万达通常会熬点肉粥，美味可口，她还会把饼干泡在粥里吃。

晚餐是万达比较重视的一顿饭，她经常会换着花样做。我们曾吃过一次墨西哥餐（Taxi-mexi），有点类似我们中国的烙饼卷菜，用薄饼把碎肉、生蔬菜、奶酪、酱汁卷在一起吃，很美味。吃完正餐之后，还会有餐后甜点，一般是冰淇淋或起司蛋糕什么的。

如果家里来客人，有些客人会带些食物，面包、曲奇、特制的果酱，送给女主人当礼物。他们用来装食物的东西都非常别致，有时用漂亮的餐布裹着食物，有时会把食物装进精美的食盒里带过来。餐前会吃些蔬菜沙拉，然后才是正餐、甜点，咖啡或茶，最后摆上各种各样的小点心、小坚果和饮品。用餐后大家通常会坐下聊会儿天，想吃什么自己去取就行了。美国人的朋友聚餐和中国不同的是，我们几乎是逢聚餐必有酒，而美国人则不同，他们以品尝美食、聊天为主，很少喝酒。大多数美国人只在特别的节日才喝酒，而且也多是葡萄酒或不含酒精的饮料。一般用餐完毕，在大家聚会闲聊的时候，还会有人弹琴唱歌，客人离开时会互相拥抱告别，并对主人的款待表示感谢。

今天是元旦前夜，万达早就约好了朋友在家里聚会。客人是四对夫妇，他们都曾是万达和格伦的大学校友，已经与万达夫妇有多年的感情，而且每年都会相聚四次。这些朋友中的一对夫妇，先生在非洲的医院工作，经常和艾滋病人打交道。另外一对夫妇有个残疾儿子，但儿子也顺利结婚生子，他们夫妇开心得很。我和俊英早和万达商量好，要为他们做一顿中国大餐。其实我并不经常下厨房，在国内又有婆婆和妈妈做饭，养成了饭来张口的习惯。不过这次，可真要赶鸭子上架，由“吃货”变身为大厨了。

上午万达带着我们跑了三家超市，总算把我们需要的食材采购齐了。回家后不到两点钟，我们就开始做各种准备。中国菜耗时耗力，仅是做准备，就需要摘菜、洗菜、切菜各种忙活，再通过煎、炒、烹、炸各道工序，才能呈现一桌美味佳肴。好在有俊英帮我打下手，经过三四个小时的努力，终于大功告成。仔细一看，也是色香味俱全。可乐鸡翅、糖醋排骨、凉拌金针菇、素炒茄子、素炒豆芽、豆瓣包菜、西红柿炒鸡蛋、蘑菇炒肉、凉拌木耳、香菜西红柿、芝麻酱汁，主食是米饭和烙饼，所有的菜都可以用烙饼卷来吃，也可以配米饭吃。客人们对我的厨艺大家赞赏，几乎所有的菜都被他们席卷一空，嘴里还不停地说“Yummy，Yummy（美味）。”让我这个大厨无比开心！

客人们吃完饭，就坐在客厅聊天，气氛很热烈。戴安娜是一位有传奇经历的女子，当时她已经65岁。她母亲在20岁的时候，对一位男子一见钟情，一夜情之后，就有了她和她的双胞胎弟弟。但60多年来，她不知道自己的亲生父亲是何许人，只知道生父的姓氏（一个很特别的姓氏），她也一直试着寻找自己的生父。无巧不成书，戴安娜的丈夫在邮局工作，有一天在一封邮件上发现与戴安娜生父相似的姓氏，其他亲戚又通过网络帮忙查找，终于找到了她的生父。她的父亲就生活在距哈里斯堡不远的立缇斯小镇（Litis），曾经是一位热爱舞蹈的城市警察。遗憾的是，他在当年4月份已经因病去世了。不过，戴安娜的生父后来成家立业，还有好几个孩子。就这样，戴安娜找到了生父的下落，还一下子多了很多兄弟姐妹。对她来说这也是很大的收获，是一种无可替代的惊喜。

晚上，哈里斯堡为迎接新年的到来在草莓广场举办庆祝活动。万达和格伦带着我们于晚上11:30驱车抵达广场，广场周边的部分街道已经戒严了。因为会有烟花表演，消防车、警车、救护车早早停在广场周边，还有三家电视台正忙着录像，进行现场直播，好不热闹。

一颗巨大的草莓悬挂在楼房上，草莓上写着 Happy New Year 的字样。楼房前面就是一个舞台，有歌手在唱歌，舞台下面聚集了很多观众，都跟着节奏边唱边跳，气氛热烈。万达和格伦已经 60 多岁，格伦从后面环腰抱着万达，两人亲昵地跳着舞，好温暖的画面。这使我不由想起自己的父亲母亲，公公婆婆，他们的年龄比万达夫妇大不了多少，但我从未见过他们有如此亲密的举动。我们中国人的情感总是内敛而含蓄的，并不像美国人这样张扬开放，但我相信他们的情感同样是真诚而美好的。

明天就是新年了，想想自己一年来的生活，内心百感交集。我相信“一切都是最好的安排”，也真心希望自己和儿子在美国一切顺利。

47. 第十五日：新年随笔

2012 年就这样划上了句号。曾经被传得沸沸扬扬的“末日”谣言，也随着 2013 的新年钟声随风远去。

时间飞逝，我感觉自己在经过各种历练之后，内心正在逐渐成熟，人也慢慢长大了。我开始领悟到自己最需要的是什么，什么才是一生中最宝贵的、最值得追求的东西。不是金钱，不是地位，不是名誉，而是真的心，真的情，真的善，真的美。当我悟出这些道理，已然错过了很多岁月。我开始思考，人到底为了什么活着，什么才是真正的幸福和快乐？我也带着诸多疑问，自己去寻找答案。

婚前，我努力寻找真爱。婚后，我为了真爱而活。有了家，有了儿子以后，家庭、儿子、老公就成了我生活的全部。家人成了我永远的牵绊，他们的幸福和快乐就是我的幸福和快乐。

家庭中，我一直要求自己做最好的女儿，最孝顺的儿媳，想为妈妈和婆婆多做些什么。可是回想起来，总是妈妈和婆婆在为我忙碌、为我操劳。她们没有太多爱的表白，我却总能感受到她们对我的关爱。岁月无情，我的两位爸爸，两位妈妈，已然日渐苍老，而我又能为他们做些什么呢？唯有努力给予他们更多的关爱，因为他们的健康和幸福就是我的幸福和快乐。

工作中，我一直努力做位好老师，能成为学生的良师益友始终是我的梦想。但我后来发现，实际上在某些方面，不是我在影响着学生，而是学生在影响着我。学生们在教我怎样长大，在教我怎样做人。我唯有努力工作，尽心尽力，因为学生们的成长和进步就是我最大的快乐。

生活中，我挚友不多，知己唯有几人。我伤心落泪时，他们给我温暖支持；我开怀大笑时，他们真心为我喜悦、为我祝福。他们是我的朋友，我们同甘共苦，彼此支持。朋友们的快乐和幸福就是我的幸福和快乐。

新的一年，新的开始，一切祝福，送给我爱的人和爱我的人，希望大家平安，健康，快乐！

48. 第十六天：重历匹兹堡内战旧地

明天就要踏上回佐治亚的归程了。我们离家已半月有余，真有些想家了。

今天也是在寄宿家庭生活的最后一天。我们曾在教堂认识一对美国夫妇，希奥顿和玛丽塔。他们都已经 60 多岁了，曾在台湾旅居 40 多年，对中国有着非常浓厚的感情。希奥顿的中国话说得很好，妻子玛丽塔可以说一些台湾普通话。他们知道我们来自中国，就好像看到了远道而来的亲人，倍感亲切，热情地邀请我们去他家吃午饭，时间就定在元月二号的中午。

早上见到万达，她又给了我一个意外的惊喜。她列出了几个午后活动方案供我们选择：一是再去一趟哈里斯堡州立博物馆；二是去购物；三是前往匹兹堡重温美国内战旧战场。

我毫不犹豫地选择了匹兹堡。出门游学，就是要多跑一些地方，多看一些人文和历史景观。我早就听说过匹兹堡之战，这是美国内战中最血腥的一场战役，也是美国内战的转折点。匹兹堡还因为林肯总统在此次战役之后的著名演说而闻名于世，这样的地方岂容错过？

12点钟，我们先来到希奥顿的家。我是第一次见到美国的公寓住宅，同中国一样，整个公寓楼有坚不可摧的防盗门，访客需要和主人对话，并经过主人允许才能打开门。公寓楼里公共场合很宽敞也非常洁净，整个公寓楼不高，大概四五层左右，装有电梯。希奥顿的家在二楼，走道里铺着厚厚的地毯。走进希奥顿的家，眼前出现了非常温馨的布置。素色

48.1 中式化了的美国家庭。

的地毯，舒适的布艺沙发，墙上梅、竹、荷、菊四幅中国画，雕花的家具，中国丝绸桌布，青花瓷台灯，中国传统瓷器，房间虽是美式的布局，但中国的气息扑面而来。隔窗而望，就是著名的哈里斯堡河，波光粼粼，景色怡人。

希奥顿的女儿当时还留在台湾工作，因为多年不育，她收养了一位台湾男孩，不过后来自己又生了一男一女。他们家的饮食比较中式化，一大份的炒米饭，一锅玉米甜粥，饭后喝中国茶。全家人都使用筷子，就连两岁的外孙女，筷子用得也是出神入化。我们边吃边聊，吃完饭已是两点多钟。我们约上 Lake 的好朋友，9 岁的 DJ 和 10 岁的博拉尔，换乘上 DJ 父亲的中巴车，向匹兹堡进发。

匹兹堡距哈里斯堡一个小时的路程。一路上看到很多地名，许多都是用 burg 结尾。万达解释说，burg 在德语中是村镇的意思；还有的地名以 vile 结尾，那是法语；如果地名用 town 结尾，那才是英语。我们先来到国家烈士公墓，白雪皑皑，覆盖着满地的英灵。我们迈进公墓，放轻了脚步，唯恐惊醒了浴血奋战，而长眠于此的地下先烈。他们一样有父母妻儿，是什么召唤着他们抛家弃子，为了所谓的正义之战，献出自己的血肉之躯和宝贵的生命呢？Lake 问我，美国内战是否是一场正义之战？谁输谁赢？我内心纠结万分，难以回答。在我看来，战争无论正义与否，都充斥着血腥，遍布死亡与伤痛，饱含着亲人的泪水。一场战争中，谁是战败的一方，谁又是真正的赢家？我难以回答。

1863年12月19日，林肯就是在这个公墓，面对着先烈的英灵，发表了著名于世的匹兹堡演说，他提出了“民有、民治、民享的政府，不会灭亡”，他的演说词也被镌刻在林肯纪念堂的墙壁上。匹兹堡一战，历经三天，从7月1号打到7月3号，死亡50000多人，南方军阵亡23000人，北方军阵亡28000人，战争以南方失败而告终。我们乘车，按照战斗的进程，慢慢行驶在战场旧地。满地的大炮，厚厚的白雪难以抚平战争的沟壑，百年前的硝烟似乎仍然弥漫在眼前，血腥味混杂着泥土的味道，扑面而来。我站在Little Round Top上鸟瞰，脚下是一片美丽的山谷，斜阳渐下，残云如血，层次不齐的树木，如骄兵，似健将，顶着白花花的

48.2 匹茨堡内战纪念馆。

雪团，如同初春白花开满的木兰，黄色的土地，褐色的山石，有积雪散落其中。这绚烂的色彩在夕阳的映射下，宛如一幅炫彩的油画，但眼前的山谷却有着不同寻常的名字——“死亡谷”。这里色彩斑斓的风景令人沉醉，但那冰冷的名字却令人不寒而栗。

无论如何，匹斯堡战场的遗址就这样被美国人保留了下来。在这样的历史遗迹面前，任何抽象的文字描述都显得苍白无力。

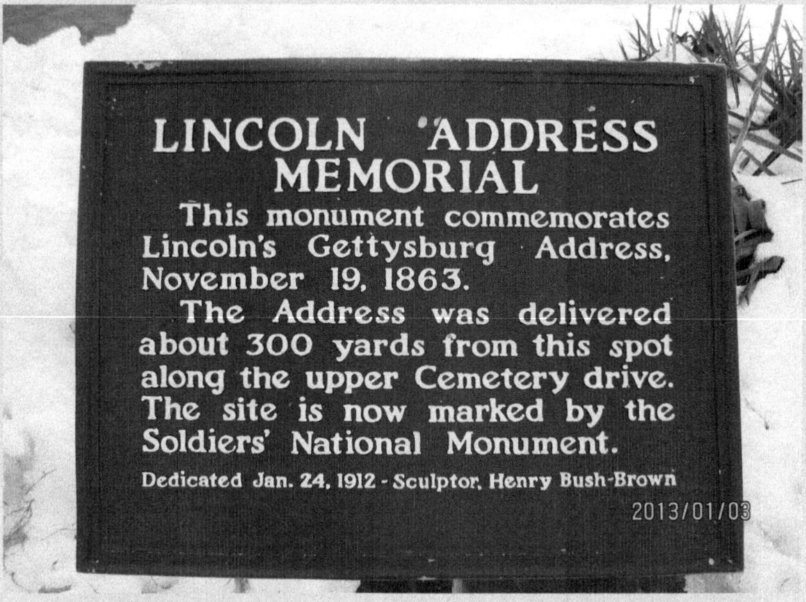

48.3 林肯演讲说明。

48.4 内战旧址。

48.5 死亡谷的说明。

48.6 死亡谷，残阳如血。

Lake（中中）求学记

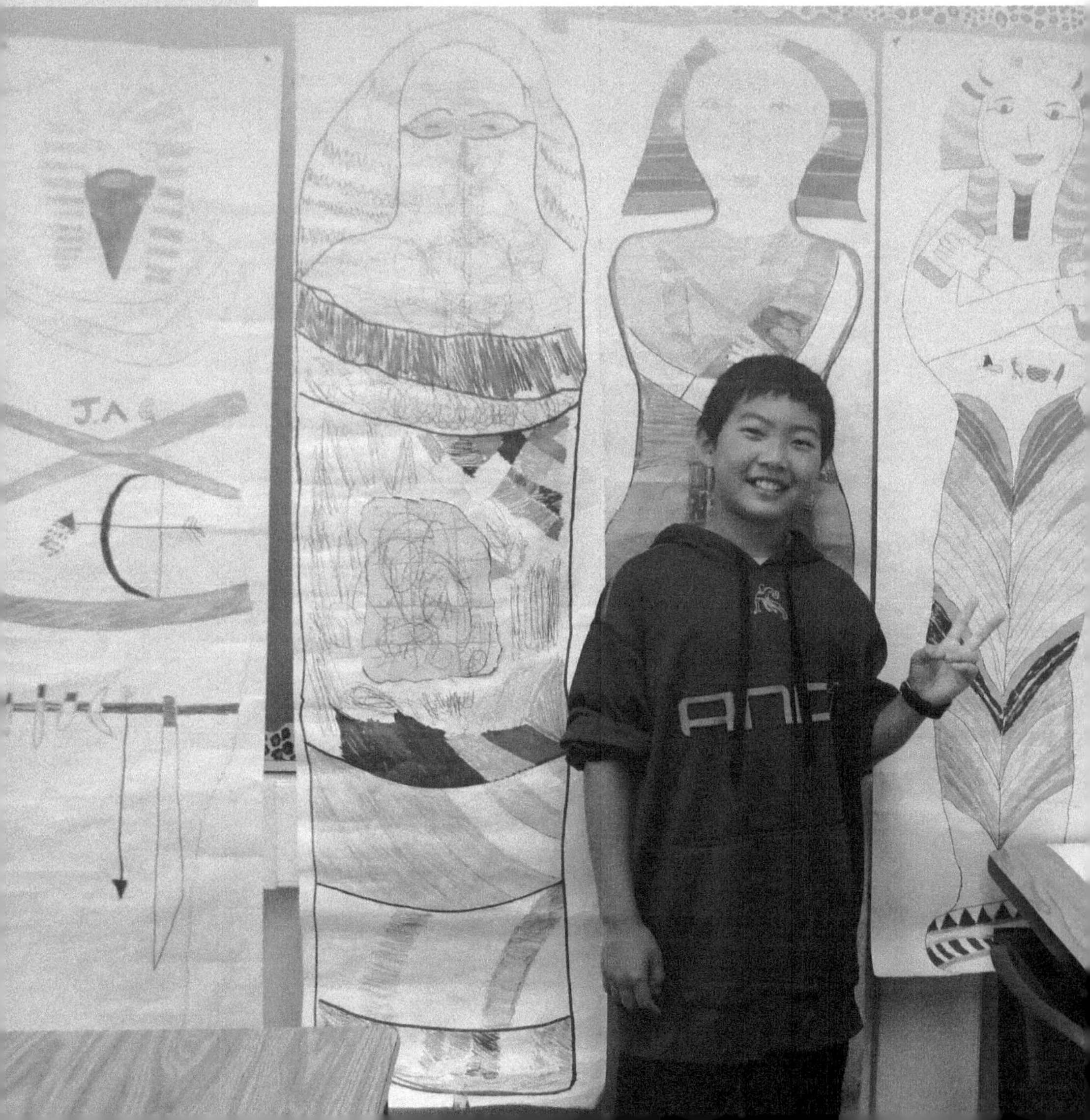

Life is a journey to experience, to learn and to enjoy.

生活是不断经历、学习和享受的旅程。

49.1 中中和他在萨姆特县中学的班主任。

49. 中中入学篇

孩子上学是大事，我一分钟都不敢耽误，一到美国就和校方再三强调孩子的上学问题。赴美之前，美国校方也通过视频和儿子中中进行了简单的交流，算是面试。他们也想了解一下孩子的语言程度，是否有英语基础。一般来说，前往英国、美国、日本访学不用太担心孩子的随行问题，因为这些国家通常认为，孩子和父母，尤其和母亲长期分离是不人道的，也不利于孩子的身心成长。来得早不如来得巧，我们到美国的时间 7 月底 8 月初，正值美国的开学季。

我们母子刚刚安顿下来，把冰箱塞满食物，熟悉了我要访学的州立大学校园的周边环境，就赶紧着手处理中中的上学事宜。一天早上，我正吃饭的时候，玛丽蓓尔打来电话，说今天要带我们认识一下中中的学校，办理入学手续。我准备好入学资料，这些资料事先在国内做好功课的，我问了同事，也咨询了美国校方，把所需资料一项一项记录下来，精心准备，所有文件除了原件之外，还做了英文翻译。这些资料包括中中的出生证明、户口本、疫苗证明、护照、租房合同、原学校请假证明及中中父亲的委托书，一应俱全。早上9:15，我们坐上玛丽蓓尔的车就出发了。

车子一路开过去，我不知道方向，只感觉已经驶出了市中心，直奔郊外。实际上，这个小镇也无所谓市内郊区，在我看来处处皆旷野，大片大片的农田，成片成片的树林，一望无际的棉花田，每当看到这开满白花的棉花时，我都会想起电影《飘》中斯嘉丽和父亲站在橡树下，望着无边无际的棉花田的场景，就好像是《狮子王》里的辛巴和他的父王，在审视他们的王国一样，充满着骄傲，还有责任。

好不容易眼前才看见一所学校，孤零零地矗立在不远处，学校周边都是树林或旷野。玛丽蓓尔把车开进停车场，四下看了一下，又开出来，她摇摇头说："错了，不是这个学校。"我充满了疑问，问她："这个学校看起来最近，为什么不是这所呢？"她一脸迷糊，说："我也不知道为什么，应该是另外一个学校。"美国人给我的最大印象就是糊涂，所有的事情好像都是稀里糊涂的，他们好像也不想把事情弄清楚。

我们又继续沿着公路向远方开去，依然是树林、旷野、棉花田。最后终于到了。这所学校并不大，好像只有一栋教学楼。离家这么远，我又没有车，很担心中中上学的交通问题。中中在国内应该上小学六年级，而在美国需要上中学一年级，也叫初中六年级。美国的小学是五年制，1 到 5 年级，初中是 6 到 8 年级，高中是 9 到 12 年级。这个中学叫作萨姆特县中学（Sumter County Middle School），缩写 SCMS，学校里处处都有 SCMS 的标志。

49.2 萨姆特县中学的标志，在学校里无处不在。

接待我们的老师非常热情，她给了我厚厚的一沓表格，让我填写。然后拿走了我事先准备的所有文件，说是要复印。我填表的时候，才知道他们有校车接送，这才稍稍放下了一点心，将表格交了回去。很快出来了一个黑人，30 多岁那样，高高的个子，壮壮的，他一边走，一边伸出手和我们握手，满脸笑容，非常热情。他自我介绍说是该校的校长。我心里暗想，他看起来倒不像校长，更像一名篮球运动员。校长见到中中后非常亲切，又是拍肩，又是握手，又是拥抱，像多年没见的好哥们。他向中中表示不用担心，不用害怕，凡事有他罩着呢，有什么困难可以直接找他。中中很腼腆，嗯嗯啊啊地答应着。看见校长那样，我悬着的心，又放下了一点。

校长刚一离开，中中就像撒了欢的小兔子，无比兴奋，跑到学校这里看看，那里瞧瞧。这所学校从外面看只有一栋楼，似乎不大，但里面的空间着实不小。楼里有图书馆、餐厅、教室，各种功能齐备。最后学校发了一张单子，让我们按要求给孩子购买制服，并且通知我第二天开学。当天晚上，学校还有一个开学典礼（Open House），也是开学前学校和家长的碰头会。

时间紧迫，返回的路上，我们直接去了沃尔玛，给孩子购买上学的必需品。沃尔玛在开学季，会专门为学生们准备一个架子，上面插着所有学校的购物清单，不同的学校有不同的要求，不同年级也有不同的要求。穿什么样的制服，买什么样的本子等等，样样细细列出。我和玛丽蓓尔找到中中

49.3 学校里面很大，正对着的是餐厅。中中右手边是办公室，左手边是图书馆。

学校的购物清单，按照要求买了笔、本子、夹子、尺子还有衣服、裤子、皮带，衣服有颜色和样式的要求。白色上衣，黑色裤子，咖色腰带。我心里纳闷儿，这么紧身的衣服，体育课上孩子怎么能活动得开呢？

回到家，俊英正在做饭，炒了鸡蛋和西红柿，晚餐打算吃面。我留玛丽蓓尔一起吃晚餐。吃面条对玛丽蓓尔来说还真成问题，她不会用筷子，中中教她用筷子卷着面条吃。一边吃饭，中中和她一边看 mp5。中中还向她介绍了几位中国和韩国的歌星，俩人聊得不亦乐乎，很

49.4 中中的校服，买到家，迫不及待就上了身。

快成了要好的朋友。我和俊英都在惊叹中中的大胆，才来美国几天呀，这英语已经是溜溜的了！关键是他敢说，说英语确实是需要胆量的。

眼看着中中要上学了，他还没有英文名字。我想他姓“胡”，“胡”“湖”同音，就起名 Lake 吧。说给玛丽蓓尔听，玛丽蓓尔举起大拇指，说不错不错，她很喜欢这个名字呢。

中中的开学日期是 8 月 1 号，我原计划 8 月 4 号到 8 月 18 号去圣何塞，我没想到中中开学这么早，但是小弟已给我们买了机票，计划无法更改。看来，刚一开学，就要请两周的假，已经是无法避免的啦！

下面是中中每天的课程安排。

2012-2013 每日课程表

时间	六年级	教室
7:30-7:45	早餐	
7:45-8:55	地球科学	118
8:55-10:05	社会学习	116
10:05-11:15	语言艺术	115
11:15-11:40	午餐	
11:45-12:55	数学	114
12:55-13:45	电脑英语课 ESOL	
13:45-14:35	ELT	

50. 妈妈比儿子还紧张

昨天晚上 6 点到 8 点的开学会，真是人声鼎沸，这是我来到美国见到人最多的一次。校外停满了车，真不敢相信，平常一个人影都难见到的阿梅里克斯小镇，竟然也有停车位紧张的时候。

我先是从布告栏里找到了中中的信息，中中的负责老师叫萨哈拉。我找到了中中的班级，登记注册。然后就来到孩子们吃饭的大厅，大厅里有很多人，有不少俱乐部正在招新生。中中参加了两个俱乐部，马术俱乐部和射箭俱乐部。孩子们还要在校车处报名，并核对校车信息，明天早上 6:30 会到家门口去接孩子上学。我还领了一张单子，上面列着一星期的伙食，看着蛮丰盛的，有各种三明治、鸡腿、米饭还有意大利面。学生们的早饭和午饭都在学校吃，而且全免费，“免费的午餐”原来就在这里。

孩子就要上学了，我这当妈妈的，不知为何，却紧张了起来。我担心早上误了 6:30 的校车，赶紧将手机闹钟调到了 6:10，又嘱咐中中在本子上记好课程表，各科老师及对应的教室，记下我的电话号码，我还一次一次地问他，妈妈的英文名字叫什么，是哪个学校的访问学者，在哪儿住，看他说的对不对。我心想万一孩子迷路了，走失了，还能找人帮忙送回来呀。我还再三叮嘱他，饭虽然我们没有掏钱，但一定要吃，不但要吃，还要吃饱。我从小教育中中，不能吃人家免费的饭，不是咱的东西坚决不能要，学校有“免费的午餐”，我反倒担心孩子觉得自己没掏钱，不好意思吃饭，白白饿了肚子。查看课表，发现吃饭时间很短，又赶紧交代中中，吃饭一定要快。我想到中中在家的时候，吃饭总是磨磨蹭蹭，心里不免担心。学校里没有其他中国孩子，只有两个韩国的。孩子在学校说中文，没人能听懂他的话。但以他现在的英文水平，不知是否能对付一天的学校生活。想到这里，不免又平添几分忧虑。我又嘱咐中中，吃饭的时候一定跟着人流走，人流去的方向就是食堂，下课的时候，人流去的方向就是厕所。我都嫌弃自己怎么如此唠叨，可就是放心不下啊！

皇帝不急太监急。一晚上我睡得不踏实，脑子里杂七杂八想的都是中中上学的事儿。第一天，孩子会不会不知道在哪里坐返程校车？会不会坐错校车回不到家？孩子要是在美国丢了，怎么办呀？翻来覆去一直到凌晨 5 点，我索性起床，傻呆呆地坐着静等 6:10 的到来。6:10 叫醒中中，拿出准备好的校服，看着孩子穿上。我不知道孩子是否明白，开学第一天他将面临怎样的挑战。

中中说：“妈妈，这衣服我穿着一点都不帅。”

“怎么不帅？”我问。

他在我面前转了一圈，说：“妈妈，你看，这衣服显得我跟小屁孩似的，看着我很小。”

我说：“你以为你多大呀，本来就是个小孩子嘛。”

他辩驳道：“不对，妈妈，我已经是个中学生了。”

我眼睛发酸，一下子将中中揽入怀中，紧紧地抱着他，抚摸着他的头。我的宝贝呀，小小的年纪，就跟着妈妈到陌生的国度经历这么多挑战，和妈妈共同经历成长。孩子啊，在这异国他乡，有很多事情，妈妈都不能陪在你身边，你必须自己去经历，去面对。妈妈只能将满心的祝福默默地送给你，希望你开学第一天顺顺利利，平安归来。

我同中中一起出门，外面还是凌晨前的漆黑一片。天上下着雨，忽大忽小。我们站在小区门口的核桃树下，翘首以盼，焦急等待。6 点半，校车没来。7 点啦，车还没来。我们不能再干等下去了。我给学校办公室打电话，没人接，接着再打，无数个电话之后，终于有人接了。我着急地询问：“校车怎么到现在都没到？”他不慌不忙地说：“开学第一天都这样。”然后就把我的电话转给校车办公室，还是没人接。一起等车的其他孩子，都已经放弃，家长自己开车送孩子上学去了。我没有办法，我没有车。孩子拍拍我的肩：“没事儿，妈，别急。”我怎么能不急？已经是 7:13，学校 7:30 到 7:45 是吃早饭的时间，再晚孩子就赶不上吃饭了。第一天开学就遇见这样的事，难免让我心烦意乱，但我也没有办法，只能等待。7:30 一辆校车款款而来，看见我们，黑人女司机打开

50.1 早晨六点多，天黑漆漆的，整个小镇还在沉睡中，没睡醒的中中，必须站在我们小区门口等校车。

了车门。我告诉她孩子叫Lake，要去萨姆特县中学，她又是点头又是说Yes。中中上了车，我止步。眼看着校车带走了中中，我的心好像一下子被掏空了，只有无尽的挂念。

51. 一日惊魂

以前和日本人有过长达半年的接触，发现日本人做事情有其固有的一套程序，事无巨细，完全按照程序进行，有板有眼，严谨规范。我原以为美国人也是这种行事风格，但事实证明，我错了。

刚把中中送上校车，我想想不对，校车上怎么没写学校的名字，万一他坐错校车了怎么办？昨晚我让中中在他的笔记本上写好家庭住址，他也没写，课程表也没带，糟了！他可能不知道他的学校名字，这个怎么办？就他的英语，怎么能对付，当地人的英语带着浓重的黑人口音或南方口音，他也未必能听懂。想到这里，我惊魂未定。本来打算再睡个回笼觉，但人躺在床上，脑子里却乱得很，怎么也睡不着。

好不容易等到 10 点，终于见到了玛丽蓓尔。

我就像落难的人见到了亲人，一连串的问题脱口而出：“玛丽蓓尔，你确定我儿子不会在美国走失吗？你确定他不会坐错校车吗？”

她看着我那着急失魂的样，感觉好笑，调皮地眨眨眼睛，说：“别担心哦，我确定不会，看来你好紧张哦。”

我说：“你知道不知道，我们等了一个小时，校车才来，孩子上车之后，没有见人询问学生的姓名。校车完全不准时，也没有人负责接送孩子，一切怎么都这么不正常呢？”

玛丽蓓尔看我急成这样儿，觉得更好笑了，她说：“美国就是这样，今天是开学的第一天，一切都乱如麻，以后也有可能这样，习惯就好了。”

天哪，第一天就让人受不了，以后还有可能这样，这还让人活不活了。我看着她气定神闲的样子，心里不免生气，中中不是她的儿子，她当然不着急了！

回到家里，俊英要烙饼准备晚饭，我在一旁帮忙。我心里慌慌的，眼瞅着到了 3:10。我说，不行，我要去小区门口接中中。外面骄阳似火，我坐在花坛边上，路面反射的光线刺得人睁不开眼睛。车过了一辆又一辆，都不是中中的车。早上起得早，这个时候大太阳晒得我满脸困意，我趴在膝盖上眯了一会。每次一听到车的声音，我都赶紧抬头看，不是，一次次失望。4:10，校车还没到。我决定不在这里等了，每一秒都是一种折磨，一种煎熬。回家吧，也许干点其他事，还能分散一下注意力。回到家，我把窗帘都打开，可以直接看到大街上，双手合十，祈祷上天保佑孩子平安无事。

5:30，视线里出现了中中的身影，我和俊英一起冲到门口，天哪，小祖宗，你终于回来了。

我问中中："这一天，都发生了什么事？怎么回来得这么晚？学校都学些啥？"我们一连串的问题，问得孩子不知道该怎么回答。

中中说："妈妈你知道不知道，我坐错校车了。"果不其然，尽管我再三对黑人女司机强调中中要去萨姆特县中学，尽管她满口 Yes，Yes 地答应着，但还是出了岔子，这实在是太不负责任了。

中中接着说："人家问我是哪个学校的，我说不知道。后来不知怎么回事，8 点多的时候，我们学校的老师来接我，把我接回了学校，不过我错过了吃早饭的时间。中午的时候我吃了一个大比萨饼，太好吃了，还吃了一个苹果，喝了一杯牛奶。"我心想，再饿你俩小时，馒头都会当山珍海味。

中中说："前几节课我都听不懂，像呆子一样，人家点名的时候，我还特意非常认真地听，点到我的时候，我愣是没听出来。"

孩子很兴奋，一天新奇的事儿太多，喝了几口水润润嗓子，接着讲："后面有一堂电脑课，玩得不错。还有一堂 ELT（针对外国孩子开的英语课），只有三个人，我教老师好几句中文。"

中中还说："对了，吃饭前，需要输个号，我不知道我应该输什么。前面的同学输的数字我看见了，就给记住了，我就把他的数字重新输了一次，我就进去了。后来才知道，吃饭需要输学生编号，我有我自己的学生编号，老师给我啦，不过我不知道那是什么。"

听着孩子绘声绘色地讲着一天的经历，悬着的心终于放了下来。一日惊魂，不管怎么着，儿子总算平安回来了！

52."压力山大"

多次来过美国的公公这样评价美国："美国是个绿色的监狱。"对那些语言不通，又没有交通工具的人而言，美国无疑就是个硕大无比的"监狱"，也是个走不出去的"流放地"。还有人说，美国是儿童的天堂，年轻人的战场，老年人的地狱。我还没到美国之前，就已经听到这样的评价。想想中国孩子们面临着巨大的求学压力，不仅学校里不轻松，课外时间也被占得满满的。小小年纪就背着厚重的书包，累得像直不起腰的小老头，在名目繁多的培训班之间赶场，奥数，新概念英语，作文，钢琴……孩子的忙碌程度甚至超过了成年人。于是，我在心里想象着美国孩子自由、快乐、没有负担的童年生活，心里无比向往。在中国现有的教育体制下，教育资源有限且分配严重不均衡。作为母亲，我同其他无数的爸爸妈妈一样，望子成龙，望女成凤，希望孩子不输在起跑线上，希望孩子有快乐幸福的人生。我也只能狠下心来，把孩子扔进谁也无力摆脱的学习漩涡里，无奈地看着自己心爱的孩子在庞大的求学大军里抗争，拼得一席之地。

尽管无力摆脱现状，我仍然努力为孩子找寻正确的求学之路。语文教育，我让孩子背诵《论语》《诗经》《老子》《大学》《中庸》，用心感受中国国学的魅力，领悟中国经典的内涵。英语学习，孩子有着得天独厚的优越条件，从小到大身边都有位当大学英语教师的妈妈陪在左右，孩子也一直有着浓厚的学习兴趣。每天早晨一睁开眼，中中就会听见循环播放的英语歌曲、英语小故事。每天睡觉前，我还会给儿子讲英文故事，和他一起阅读英文绘本。中中的英文语感非常好，英语单词记忆速度非常快，应该和他平常的英语环境是分不开的。根据孩子自己的意向，我帮他选择了奥数、快板、钢琴、长笛培训班，所有老师都到家进行一对一授课，奥数每周两次，每次 3 小时，钢琴每周 1 小时，快板每周 2 小时，长笛是有空闲时间就学就练。Lake 每天的时间安排得非常紧凑，就像个不停旋转的小陀螺。我看着儿子每天那么忙碌，难免心疼。有一次我问他：“你幸福吗？你快乐吗？”Lake 不假思索地说："我很幸福，我每天都很开心呀！"听他这么说，我紧绷的神经总算能放松一些，不管孩子是否真能领悟"幸福"的内涵，至少他能用"幸福"和"开心"这么美好的词汇形容目前的状态，我已经心满意足了。

带孩子来美国，我心里很忐忑，也很矛盾。我一方面考虑美国有着轻松的学习环境，孩子借此机会可以调整一下，也能从国内激烈的竞争环境中解放出来；但我一方面又担心，孩子在美国的学习太过放松，回国后会跟不上国内的学习进度，不能适应国内的学习压力。

等到了美国之后才发现，事实和想象之间不仅存在差距，而且差距很大。先看一下 Lake 的课程表，7:30-7:45 是早饭时间，在 15 分钟之内，孩子要解决完吃饭、去厕所、到储物柜存东西等所有事情；7:45-8:45 上第一节课，Lake 的课程是《地球科学》；8:45-9:45 是第二节课，Lake 的课程是《社会学习》；第三节的时间是 10:05-11:25，Lake 学的是《语言艺术》；第二节课和第三节课之间大约 20 分钟休息时间，老师会带着全体学生排队上厕所；11:25-11:45 是大约 20 分钟的午饭时间；11:45-12:55 上第四节课，Lake 的课程是《数学课》；12:55-2:35 为第五、第六节连在一起的大课，Lake 的课程是 ESOL（注：English For Speakers of Other Languages，为母语不是英语的人设置的英语课程，听 Lake 介绍，这是用一门用电脑软件学的课程。）；2:35-3:10 上第七节课，Lake 学习 ELT（注：英语学习课程）。

不难看出，课程设置与中国的太不一样啦！从周一到周五,一天 7 节课，每天的课程都是一模一样。所有课程之间几乎没有课间休息，在中国，孩子们是在固定的教室里等老师，在美国孩子们要根据课程安排去不同的教室上课，同一年级，情况不一样的孩子，课程安排也是不同的。Lake 的课就和其他孩子的不一样。Lake 有 ESOL 课，其他孩子就没有。

Lake 是学校里唯一的中国学生，除了英语，没有人能够和他用其它语言来进行交流。陌生的环境，陌生的面孔，不熟悉的语言，像一道道路障一样，傲娇地横在了儿子面前。Lake 每天从学校回来，我都问他同样的话：“今天的课听懂了吗?” Lake 的回答也从来没有变过：“没有。”“没事儿，很正常，妈妈现在好多课也听不懂。”我赶紧安慰他。我深知听不懂课的滋味，但即使听不懂也要坚持听，第二天还是听不懂。心就如同漂浮在无边无际的大海中，没有灯塔的引导，也看不到方向，不仅安全感逐渐消失，连自信心也严重受挫。

Lake 很要强，要求自己每天写家庭作业。他每天都把课本背回来，每本书都像两块砖头并排放着那么大、那么厚，每天要背三四本，书包实在太重了。我拎了一下儿子的书包，根本拎不动，估计得有 40 斤重。书包重得实在背不动，Lake 就自己抱着或者我俩抬着。

Lake 有一门课是《地球科学》，我打开书辅导他写作业。我的天啊！内容实在太专业了，生词难词偏僻词一大堆，晦涩难懂，有蒸发（evaporation），凝结（condensation），降水（precipitation），有沉淀物（sediment），压井（artesian well），碎石（gravel），含水层（aquifer），波谷（trough）等等，这些词汇别说是中小学生，就是对我们中国的大学生而言，也绝不轻松。我打开电脑帮儿子查生词，看完10页书才能完成两项练习，课文的阅读难度至少达到了中国大学英语六级水平。仅完成这门课的作业，就至少需要一个半小时。除了《地球科学》，还有《语文》《数学》《科学》，每天晚上，我们娘俩都要埋头苦学近三个小时。学完这些，Lake又拿出国内的《语文》《数学》课本，开始自学。我觉得孩子的学习压力实在太大，就劝他先暂时放一放，国内的课程等他适应美国的学习以后再说，Lake同意了。

夜里，孩子已经深睡，嘴里却依旧嘟囔着："Baseball，baseball，棒球，棒球"，我的心久久难以平静。我悄悄把从国内带来的书收了起来，心里也愈发忐忑，儿子能尽快适应这儿的学校生活吗？万一他跟不上美国学校的进度，回国后又跟不上国内学校的进度怎么办？越想越担心，又是一夜无眠。

谁说美国是孩子的天堂，至少我并没有看到天堂的影子。实际上，美国的孩子并不如大家所传言的那样，轻松没有压力。美国一样分精英教育和大众教育，那些想考进名校的孩子，想成为精英的孩子，学习压力一样很大。而对那些只想接受普通义务教育的孩子，生活自然很轻松。所以走遍天下，道理都是一样的，没有人能随随便便成功！

既然压力就在眼前，我们母子无法逃避，就只有坦然面对了。

53. 一份耕耘，一份收获

当初带孩子出国，我内心万分纠结，唯恐耽误了孩子的学业。我们将面对未知的异域文化，未知的教育理念，未知的生活环境。Lake 在国内应该上六年级了，正是最关键的时候，如果我的决定是错误的，肯定会耽误孩子的学业，到时候哪里有后悔药啊?!

现如今，到美国已经四个月了。当初的惶恐不安随着四个月的生活已经逐渐消融，内心的忐忑不安也在一点点平复。Lake 在美国的成长带给我巨大的惊喜和安慰，我亲眼看到儿子的变化。他的进步虽然不能说是突飞猛进，但是他就像一株小树，趋着阳光，不断地向上生长。

语言的进步是显而易见的。到美国三个月的时候，Lake 告诉我："妈妈，我发现英语比汉语简单多了，有的时候，觉得说汉语费劲，不如说英语轻松啊！"那个时候我就意识到，他的英语已经上了一个台阶。当我带他到教堂时，他大方地和周围的美国人用英语聊天，一聊就是一两个小时，虽然口语中还夹杂着语法错误，但是交流几乎已经没有障碍。当时我就意识到，Lake 的口语和听力已经开始上道了。到后来，他竟然主动要求我在亚马逊上给他购买 The Diary of Wimpy Kid（《小屁孩日记》），厚厚的一本书买回来，他如饥似渴地开始阅读，只用两三天就读完了。那时，我悬着的心总算放了下来，因为我知道再也不用担心 Lake 的英文阅读了。我早上送 Lake 去等校车，刚一出门，一股寒风扑面而来，我不由地脱口而出："It's so chilly." Lake 不经意地说："妈妈，chilly 还有'孤独'的意思，你知道吗？"我哑口无言。我并没有再去查证，但我相信 Lake 说有，就一定有。那时我知道，他对英语的感知已经非常深入了。客观地讲，Lake 取得的进步和学校老师对他的培养，以及他自己的努力是分不开的。

开学四个月以来，Lake 带回来了三个荣誉证书，一次"当月之星"的认定。

第一次期中考试，他 ESOL 是 100 分，ESL 是 98 分，数学是 98 分，其它的（语言艺术、地球科学、社会学习）都在 70 分到 80 分之间。学校向他颁发了两个荣誉证书，并举办了隆重的颁奖仪式。我没有车，也没找到合适的朋友开车送我去，如果步行前往不仅需要近一个半小时的时间，更要途经荒凉无比的郊外，最终未能参加 Lake 的颁奖仪式。Lake 很遗憾，伤心地哭了，甚至拒绝上台领奖。这也成了我一生难以忘怀的憾事。

第三个荣誉是 Lake 在 ESOL 课上获得的。自 SCMS

53.1 Lake 的获奖证书（一）。

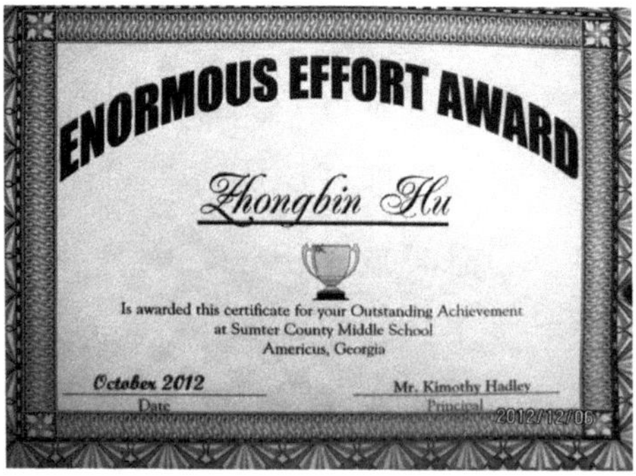

53.2 Lake 的获奖证书（二）。

（Sumter County Middle School）建校以来，只有 14 个学生获此殊荣，Lake 是唯一的外国人。这种荣誉是由电脑进行测评，自动形成结果，非常客观公正。Lake 获奖后非常激动，学校老师们也很惊喜，他们甚至将获奖证书打印出来，存入了学校的档案馆。

第四个荣誉叫作“当月之星（student of the month）”，是根据孩子的成绩和学业表现由老师们评选出来的。被评上的学生，照片会登到学校网站上，学生家长也会受到邀请，和孩子在学校共进早餐，这是件荣耀无比的事情。这次我不能错过，克服一切困难，也要准时参加。我给 Lake 的校车服务公司打电话，希望能坐他们的校车一起去学校。但他们却答复说：“为了孩子的安全，不允许家长和孩子一同乘坐校车。”没有办法，我只好求助

53.3 Lake 的获奖证书（三）。

弗莱德，给他油费，让他开车带我过去。我甚至做好了思想准备，实在不行的话，我就是步行也要准时参加，再也不能让自己遗憾，让孩子失望。

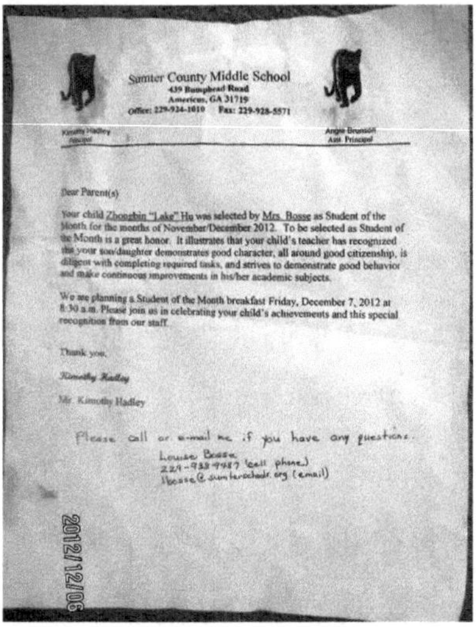

Sumter County Middle School
439 Bumphead Road
Americus, GA 31719
Office: 229-924-1010 Fax: 229-928-5571

Kimothy Hadley, Principal
Angie Brunson, Asst. Principal

Dear Parent(s)

Your child Zhongbin "Lake" Hu was selected by Mrs. Bosse as Student of the Month for the months of November/December 2012. To be selected as Student of the Month is a great honor. It illustrates that your child's teacher has recognized that your son/daughter demonstrates good character, all around good citizenship, is diligent with completing required tasks, and strives to demonstrate good behavior and make continuous improvements in his/her academic subjects.

We are planning a Student of the Month breakfast Friday, December 7, 2012 at 8:30 a.m. Please join us in celebrating your child's achievements and this special recognition from our staff.

Thank you,

Kimothy Hadley

Mr. Kimothy Hadley

Please call or e-mail me if you have any questions.
Louise Bosse
229-938-9987 (cell phone)
lbosse@sumterschools.org (email)

2012/12/06

53.4 当月之星的通知单。

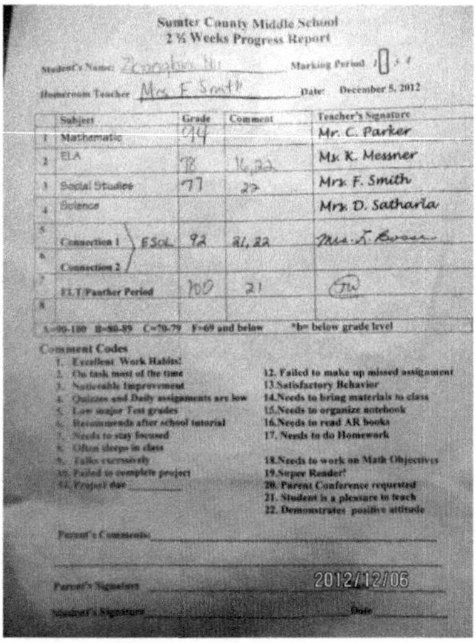

Sumter County Middle School
2 ½ Weeks Progress Report

Student's Name: Zhongbin Hu Marking Period 2
Homeroom Teacher: Mrs F Smith Date: December 5, 2012

	Subject	Grade	Comment	Teacher's Signature
1	Mathematic	94		Mr. C. Parker
2	ELA	78	16,22	Ms. K. Messner
3	Social Studies	77	22	Mrs. F. Smith
4	Science			Mrs. D. Satharla
5	Connection 1 — ESOL	92	21, 22	Mrs. L. Bosse
6	Connection 2			
7	ELT/Panther Period	100	21	
8				

A=90-100 B=80-89 C=70-79 F=69 and below *b= below grade level

Comment Codes
1. Excellent Work Habits!
2. On task most of the time
3. Noticeable Improvement
4. Quizzes and Daily assignments are low
5. Low major Test grades
6. Recommends after school tutorial
7. Needs to stay focused
8. Often sleeps in class
9. Talks excessively
10. Failed to complete project
11. Project due ______
12. Failed to make up missed assignment
13. Satisfactory Behavior
14. Needs to bring materials to class
15. Needs to organize notebook
16. Needs to read AR books
17. Needs to do Homework
18. Needs to work on Math Objectives
19. Super Reader!
20. Parent Conference requested
21. Student is a pleasure to teach
22. Demonstrates positive attitude

Parent's Comments: ______
Parent's Signature ______
Student's Signature ______ Date ______

2012/12/06

53.5 Lake 的成绩单。

上面是 Lake 另一份成绩单，反映的是第二阶段的学习成绩。语言艺术 78 分，社会学习 77 分，已经远远超出了我的预期。除了学习和语言能力有所进步之外，Lake 在其他方面也有不小的进步。

运动能力在提高。刚开始 Lake 没有体育课，有一次开家长会，我向他们校长要求给 Lake 增加体育课，每天学业那么重，不锻炼一下身体怎么行。校长基莫斯·哈德雷（Kimothy Hadley）爽快地答应了，将 Lake 每天最后一节课，全部换成了体育课。美国孩子很有运动天赋，Lake 学校的孩子大多数是黑人，长得人高马大，Lake 说他们的篮球水平都很专业。Lake 觉得篮球这项运动很有挑战性，每天下午回来，就拿个篮球在院子里练运球、投篮，一天天在进步。黑人的舞蹈跳得也很好，Lake 就偷偷模仿，有时候还跳给我看，感觉还真不错。夏天，公寓门口就是游泳池，Lake 每天都去游泳，游泳技术也是突飞猛进。

生活自理能力有所提高。中国孩子课业负担重，家长通常会替孩子洗衣服。到了美国之后，孩子们放学较早，学业相对轻松，Lake 也就养成了每天晚上洗漱完毕后，自己洗衣服的习惯。出门在外，他也越来越注意礼仪，为女士开门扶门，俨然是一位小绅士的样子；平日里，他也总是干些力所能及的事情，为妈妈分担家务，已经成了一个小男子汉。他的性格也越来越开朗，结交了不少好朋友，每次出门都和浩航哥哥有说不完的话。

亲子关系更加紧密。在中国时，通常是全家人围着一个孩子，孩子得到的爱是扇形的。人在美国，家里只有妈妈和孩子，妈妈和孩子之间是一对一的，妈妈为孩子所做的一切，孩子都看在了眼里，记在心里。他知道你的辛苦，他懂得你的付出。两个人，在异国他乡，彼此依赖，共同分享苦与乐。有一天睡觉前，Lake 看着我忙来忙去，突然间抱着我：“妈妈，我真的很爱很爱你。”我的眼眶有点潮湿，这个孩子比较像他爸爸，不善于表达内心感情，能做出这样的表白，需要多大的勇气啊！还有一回 Lake 吃饭磨蹭，我有点生气，对他发了脾气后，就独自上了楼。过了一会儿 Lake 走了上来，他给我搬了一个凳子，让我坐下，朝我跪下，说道："妈妈，我错了，我改，妈妈都是为了我好，别生气了。"我一把拽他起来，搂他坐在我的膝盖上："干吗呀你，男儿膝下有黄金，知道不知道？"Lake 哽咽着："男儿可以跪天跪地跪父母啊！"我有点心疼："别哭了，男儿有泪不轻弹呢！"Lake 马上接着说："只是未到伤心处啊！"Lake 也比以前更懂事了，看到好吃的，他总是说："妈妈，你也吃。"就这样，我的儿子在不知不觉中长大了，又善良又懂事，让我心里感到很欣慰。

孩子有了更多的自由时间。美国孩子周末没有作业，假期也没有作业，这样，孩子就有了更多的空闲时间，可以做他们自己喜欢的事情。Lake 有一段时间迷上了周星驰，把周星驰所有的片子看了一遍，有些精彩片段甚至反复看，连经典台词都背了下来。他还看了许多周星驰的访谈节目，对周星驰的生平事迹以及各个阶段出演的影片，如数家珍。又过了一段时间，他迷上了《武林外传》，也是反复看了几回。英文版的《查理成长日记》《小屁孩日记》都是他百看不厌的作品，我还去图书馆给他借了一些光碟，他都看得不亦乐乎。孩子愿意涉猎这些领域，我都表示支持。我希望他从小就能拥有独立的思想，独立的判断能力和选择能力，并勇于研究、探索未知领域。

总的说来，孩子在美国的收获还是很大的。"失之东隅，得之桑榆”，虽然他在国内的学业受到了一些影响，但在美国一年的经历，使他经历了同龄人未能经历的挑战，也取得了许多收获。而过程中经历的种种考验，对孩子而言，更是一生的财富。

54. 转学篇

日子过得真快啊！在我们去图书馆查资料、上课学习、四处旅游、满地捡核桃的忙碌脚步里，半年时间很快就过去了。俊英在佐治亚西南州立大学访学半年，马上就到了离开美国的时间了。我申请的国家资助项目是一年，但阿梅里克斯小镇地处偏僻，工作生活也多有不便，而我老公的弟弟在美国加州圣何塞工作，有车有房，会为我们的生活提供极大的便利。于是，我在佐治亚期间就申请了加州圣何塞州立大学的访学，这样就可以在美国南部待半年，在美国西部待半年，体验美国不同地区的生活。Lake 也可以跟着我体验两地的学校，接触不同的同学。对孩子，对我，应该都是一个不错的选择吧。就这样，我和俊英选择在同一天离开佐治亚州。

元月十七号是我们离开佐治亚州的日子。那是一个阴雨绵绵的午后，海伦开车来接我们三人去机场。车的后备箱里塞满了我们的行李，连后座上也塞进了一个硕大无比的行李箱。俊英学成归国，她的心早就飞回了中国，飞回了她那温馨的小家。我要去的地方是加利福尼亚，那里也有着我的亲人，也有着一个温暖的家在等着我。

在机场和海伦拥抱告别，恋恋不舍，纷纷飘落的细雨洗涮着我们的离愁，平添了几分对新生活的期盼和热望。

5 个半小时的航程，飞机稳稳地着陆在繁华的圣何塞——美国高科技浓缩之地硅谷。

小弟已经在圣何塞买了房子，有了自己的家。那是一套平层的大房子，有四间卧室，两个大客厅，一个能容下两辆车的大车库，还有一个长着柠檬树的大院子。加州气候宜人，绿树葱葱，完全没有冬日的寒冷。

到了加州，一觉醒来，已是周五。马上给 Lake 转学是重中之重，不能让孩子成为美国的失学儿童啊。我一大早就和报名中心联系，中心的工作人员说在加州入学需出示肺结核检测证明（TB Test）。我和弟妹马不停蹄联系附近的儿科医生，这里的医生都需要预约，好容易预约到下周二，还要再等两天，也就是下周四才能出结果。美国的效率啊！不同的儿科医生，收费也不同，我们跑了相距不足 200 米的两个地方，一家收费 140 多美金，一家收费 25 美金。这就是美国，什么稀奇古怪的事情都可能发生，我们自然选择收费低的啦！

周四上午拿到检验证明，弟妹带着两个月大的孩子，开车送我们来到报名中心。我事先准备好各种材料，但还是在免疫接种证上费了些周折。我们中国的免疫接种证书上面没有英文翻译，Lake 在佐治亚州入学的时候，学校也只要了证书的复印件。但加州的学校非常认真，逐一审核免疫接种的记录，什么防疫针，什么三联针，我也有些搞不清楚，足足审核了两个小时，最后才搞定。根据家庭住址，Lake 被分到了 Bret Harte 中学，这是一所非常好的初中。当时小弟买的就是学区房，周边的初中和高中都非常好。我原想让 Lake 上小弟家附近的一所小学，走路的话也就 10 分钟，可是报名中心的负责人说什么都不答应。他们说，根据孩子的年龄，Lake 应该上初中一年级。我解释说 Lake 在中国应该上小学六年级，两个国家的教育体系不一样，而且作为孩子的监护人，我有权要求孩子降级上学。他们不同意，如果真想那样的话，需要经过考试评估，程序相当复杂，我也只好作罢。

由于我们家距学校只有 1.5 英里的路程，不符合坐校车的条件（这里乘校车的要求是家距离学校至少 3.5 英里的路程），下午，我和 Lake 拿着地图，打算去探探路，看看怎么步行上学，大致需要多长时间。当时下着密密的雨，我和 Lake 共撑一把伞，大约 27 分钟，我们走到了 Bret Harte 学校，沿途风景很美。到学校的时候，已经是下午 3 点多，学生已经放学了。好在办公室还有人，我们走进去，告诉负责人 Lake 是新学生。他们说明天直接来就行了，什么也不用带。回去的路上，我建议不看地图，凭感觉走了一段，结果迷路了。当地的道路都是斜的，非常容易迷路。我们还是乖乖拿出地图查看，最终顺利到家。

周五早上，小弟早早地送我们来到 Lake 的新学校，接待人员根据 Lake 的情况，安排了课程表。

课时	课程	教室	时间
1	科学	M1	8:05–9:02
2	数学	C12	9:07–9:59
3	零食时间		9:59–10:11
4	探索实践课	L13	10:11–11:03
5	体育课	GYMB	11:08–12:00
6	英语进阶课	C6	12:57–1:49
7	英语进阶课	C6	13:54–14:46

加州的学校和佐治亚的学校还是有很多的不同。佐治亚学校入学简单，直接到学校报名即可，加州这边要先去报名处登记，等待分配；佐治亚的校车免费，这里的校车需要付费；佐治亚学校的早餐和午餐免费，加州学校的早餐和午餐都收费；佐治亚的学校对校服有严格要求，加州学校对衣服没有什么特殊规定，只要求体育课换上统一的服装；佐治亚的学校只有 Lake 一名中国学生，同学大多是黑人或墨西哥人，加州的学校亚裔学生很多，黄皮肤黑眼睛的学生处处可见。

Lake 上了一天的学之后，感觉还不错。下午三点刚过，就到了家。我周日在沃尔玛给 Lake 买了一辆变速自行车，94 美金，一个头盔 21 美金，车锁 5 美金。周一又到 Bret Harte 学校指定的体育用品店给 Lake 买了一套短袖短裤运动服和一套长袖运动衣，合计 77 美金，还不用交税。到此为止，上学的东西样样均已齐备。

54.1 Lake 加州 Bret Harte 中学的教室。

54.2 加州学校的教室。

54.3 墙上挂的是Lake的　历史作业。

54.4 Lake在小叔家的车库里骑上自行车，上学走喽！

54.5 Lake身上穿的就是Bret Harte学校的校服。加州学校这边的校服宽松舒适，和佐治亚州完全不一样。

55. 暑期夏令营

有人说“美国是孩子们的天堂”，我在佐治亚州的时候对这句话充满质疑，直到来了美国加州圣何塞，才相信这话是真的。这里的孩子平日里家庭作业极少，甚至有时根本没有作业，即使有作业也基本上十几分钟就能搞定。也不知美国学校的老师们施了什么魔法，Lake 在这儿上学简直是如鱼得水，每天去上学都是欢天喜地，乐颠乐颠的。不过，快乐的日子总是过得飞快，这才 6 月 6 号，加州这边的学校竟然开始放暑假了。暑假刚开始没几天，Lake 已经觉得寂寞了，甚至开始想念国内的亲人朋友了，甚至埋怨我回国的机票订晚了。

偶然一次机会，我在 Almaden 社区图书馆（Almaden Community Center & Library）看到了一本暑假夏令营的宣传册。仔细一看，运动、舞蹈、编剧、游戏设计、电影编辑、乐高拼插，形形色色，什么主题的夏令营都有。我把宣传册拿回家给 Lake 看，他喜出望外，精挑细选了几个夏令营，把自己的暑期安排得满满的。

第一个夏令营是从 6 月 17 号到 6 月 21 号，名字叫 Wacky Robots and Widgets，也就是“疯狂的机器人 & 小器械”的意思。夏令营为期 5 天，每天从早上 9 点到中午 12 点，学费258美金。夏令营的第一天Lake就用塑料棍子和胶水，制做了一架桥；第二天，他在学习了杠杆原理之后，用木头和皮筋做了一个发射器；第三天，他手绘了一件工作衫；第四天，在掌握基础的光学原理之后，制作了一架太阳能小飞机，然后又改装成太阳能小汽车，极具创意；第五天，Lake学习一些器械知识，竟然用螺旋桨做了一辆四轮汽车。

第二个夏令营是从7月1号到7月5号，圣何塞的篮球夏令营（San Jose Athletics-Basketball）。夏令营的时间从每天早上9点到下午3点，孩子要自带午餐。来到美国之后，我们母子先到了美国南部，那里黑人比较多，Lake很快发现他们篮球打得好，这也极大激发了他打篮球的兴趣。到了加州之后，打篮球更成了他和他小叔最喜爱的健身运动之一。看见有篮球夏令营，Lake毫不犹豫地报了名。篮球夏令营其实总共4天，7月4日为美国独立日，全美休息，四天学费117美金。

55.1 Lake和他的朋友古奇。

第三个夏令营是从7月8日到7月12日，名叫发明创造营（Camp Invention）。这也是一个培养孩子发明创造能力和动手能力的训练营，历时 5 天，学费 258 美金。

第四个夏令营是从 7 月 15 日到 7 月 19 日，叫作少年休闲营（Teen Breakaway Session），这其实就是个旅游休闲夏令营。第一天的活动内容是游泳和团队建设（swiming/team building）；第二天是滑冰和激光追踪（ice skating/laser quest），激光追踪（laser quest）有点像我们中国的真人 CS；第三天的活动叫作科学院（Academy of Science）；第四天的活动是参观旧金山动物园（San Francisco Zoo）；第五天的活动叫作"六面旗帜发现王国"（Six Flag Discovery Kingdom）。总共历时 5 天，学费 269 美金。

中中连着参加了几个夏令营，整个暑假过得忙碌而充实，收获颇丰。美国的夏令营不仅培养孩子的兴趣爱好，更重要的是培养孩子方方面面的素质，培养孩子的独立思维能力、观察能力、动手能力、创新精神、团队合作等等。夏令营的生活与学校的生活相辅相成，共同塑造了一个阳光帅气，勇于创新，敢于接受挑战的中中。

56. 成年礼：给中中的一封信

从美国回来，忙忙碌碌间，已经五年。儿子中中在日本和美国的游学经历，对他而言，都是一种难得的体验，也是一种成长，在他的人生中将会留下重重的痕迹。有了那样的经历，才会有今天这样的他。2018 年 5 月 4 日，青年节，也正值春夏之交，万物争相蓬勃生长。沁阳一中（大沁中）选择这一天给孩子举办加冠礼，也就是成人礼。中中虽不到 17 岁，但成人礼这样的仪式对他而言，同样是一种经历，一种烙印，一种成长。我作为母亲，一位养育者，其中艰辛，难以言表。借着学校的这次活动，想给孩子送一份具有纪念意义的礼物，思来想去，还是写一封信，用一些话来表我心中一二。

中中：

我亲爱的儿子，爸爸妈妈心中永远的一块宝，你是大家幸福的源泉，也是我们不断向上的信心。你的健康成长是对爸爸妈妈最好的回报；你的自信和善良、你的所有表现，无论是优秀的还是稚嫩的，都是对爸爸妈妈最好的评价。想到你即将成年，妈妈心里成就满满、自豪满满。回顾这 17 年来的点点滴滴，妈妈百感交集，更有好多话想对你说。

2001 年 7 月 19 号，是一个好日子，也是一个特殊的日子。就在这一天，上天送给爸爸妈妈一个珍贵无比的礼物，那就是你。那一天所发生的、所经历的，妈妈终生难忘。记得 5 点钟那一刻，你一声响亮的啼哭，让妈妈撕心裂肺的产痛终于化作欣慰的泪水潸然而下。看着眼前小小的你，既亲切又陌生，怎么也不敢相信这就是妈妈创造的奇迹。妈妈不敢触碰你，也不知道未来该怎么呵护你长大。看着你，妈妈的眼泪只是忍不住地往下流。妈妈轻轻触摸你的小手小脚，万般感慨涌上心头。这就是妈妈身上掉下来的小肉肉啊，我们血脉相连，从今以后，你也将是妈妈永远的牵挂。妈妈轻轻抱你入怀，似乎觉得拥有了全世界。当时唯一的心愿就是希望我的儿子能够健康成长，幸福快乐。你诞生了，妈妈也感觉突然间长大了，知道自此身上有了责任。

时间过得真是太快了，眨眼间，你已经从一个襁褓小儿长成了七尺男儿，高大英俊，健康阳光。看着你，勾起了妈妈太多的回忆。妈妈是你的守望者，你却是妈妈的守护者。记得当时 3 岁的你在日本，漆黑的夜里我俩走在墓地边，小小的你信誓旦旦说要保护妈妈，让妈妈不要怕。而一声狗吠吓得你“滋溜”一下蹿到妈妈身上，紧紧抱住妈妈的脖子不敢丢手。但前几年我们母子在美国，早晨送你去坐校车，一样是漆黑，一样是突然间的一声狗叫，你冲到妈妈前面，把妈妈护在身后，面对恶狗，你举起了你的书包。当时，11 岁的你虽然身材还不够高大，但已经给了妈妈足够的安全感。

今天的你，奔跑在篮球场，娴熟运球，精准投篮；今天的你，在大沁中，埋头苦读，不畏艰苦；今天的你，抱着妹妹在怀，一脸灿烂，陪在妈妈身边，俨然一个魁梧的男子汉。

17 年来多少个日日夜夜，你在长大，爸爸妈妈也在学习如何为人父母，爸爸妈妈与你共同经历，共同成长。家庭相册里的照片，记录了你的全部。你会笑了，你会坐了，你会爬了，你出牙了，你会叫妈妈了，你上幼儿园了，你上学了，你有小胡子了，每一步成长都给爸妈带来惊喜和希望。记得那天，妈妈站在学校的碧荷亭宿舍楼下，看着你在大沁中的林荫道上走过来，一脸阳光、满脸正气、步履坚定，没和我说上几句话，又扭转头走进宿舍。我想起龙应台的《目送》，泪湿了眼眶。将来，你会越走越远，留给爸爸妈妈更多的将会是这个背影，越来越伟岸，越来越笔挺，越来越义无反顾。

你长大了，你成长的每一步，有多少人给过你陪伴，给过你帮助，给过你力量。爷爷、奶奶、姥姥、姥爷、老师们、同学们，数不清的人。没有他们，可能就没有你的今天。永怀感恩，忘却烦恼。记住大家对你的好，忘掉大家对你的不好，这样，你就会一直快乐！

3 岁时，你随爸爸妈妈留学日本，奋斗拼搏的日子在你记忆中留下了不灭的痕迹。不一样的经历，造就了你的简朴踏实，淳厚善良，这种品质难能可贵。11 岁时，你陪妈妈远赴美国，共同触及陌生，克服语言差异，承受异乡孤独，此中百味杂陈。庆幸的是，视野的开阔、困难的磨砺，促成了你真善美的正确三观。12 岁时，你有了妹妹，你真诚友爱，懂得分享，帮扶着妹妹共同成长。你对妹妹的宠溺，也是爸爸妈妈的一种欣慰。将来，你一定会用心呵护妹妹成长，共同面对人生。

想起你给妈妈讲生物基因，你所讲的内容已超出了妈妈所熟知的知识范畴。“后生可畏”是当时妈妈心头一直呼之欲出的一句话。如果把生活比作一段将理想“变现”的历程，爸爸妈妈已是一叠面额有限的现钞，而你却不同，你就是即将上市的股票，潜力无限，希望无限。你是个有理想、有抱负的孩子，激情和理想将如暗夜中的灯塔，引领你前进的脚步。

这是个怀疑信仰的时代，当名利成为唯一的价值符号，很多人把信仰、理想、道德当成交易的筹码和标榜的符号，人群浮躁再也没有静坐听雨、自问内心的静雅。在这样的人群中，看到的和听到的，经常会让人沮丧，会让人怀疑。怀疑规则能否战胜潜规则，怀疑学术是否等同于权术，怀疑学场是否无别于官场，怀疑风骨是否折腰于媚骨。的确，世俗过于强大，强大到我们几乎生不出改变它的念头和勇气。但正因为如此，那些陷于世俗车轮下的人，终将会被历史所唾弃所遗忘。而那些能够幸免的少数人，不是因为别的，而正是因为坚守。你一定要坚定前行的信念，小心呵护好你的激情和理想。记得你和妈妈一起看《无问西东》，其中有些话，直接触及你我内心，给我俩带来震撼。“这个时代缺的不是完美的人，缺的是从自己心底里给出的，真心、正义、无畏和同情”。真心、正义、无畏和同情，这是人之根本。儿子，咱俩约定，你努力做更优秀的耀祖，我一定做更坚定的耀祖妈妈。

读书，固然重要，但做人更重要。做人，已不易，做个对他人有用的人，更不易，需要付出更多，承担更多。做个有品质的人，品质越高，知识越多，你就越有底蕴，走路就越稳。不要怪爸爸妈妈给你压力，因为你是男人，你就必须有担当。为了这份担当与责任，就必须劳其筋骨，饿其体肤，空乏其身，行拂乱其所为，经常人难经之事，受常人难忍之苦。静坐听雨无畏，无问西东求真。选择坚守，选择理想，选择倾听内心的呼唤，才能拥有饱满无悔的人生。

这里，妈妈将崔卫平老师的话送给你，望儿子你放低底盘，踏实脚步，甩开膀子往前走：

无论中国怎样，请记得：你站立的地方，就是你的中国；你怎么样，中国便怎么样；你是什么，中国便是什么；你有光明，中国便不再黑暗。

永远爱你的爸爸妈妈

2018 年 4 月 26 日

57. 我和橙子的故事

后来，我和儿子去了加利福尼亚州的圣荷塞。其位于旧金山湾区南部，是加州第三大城市。圣何塞是圣克拉拉县的首府，而圣克拉拉谷地就是举世闻名的硅谷。世界知名大型高科技公司（Apple、Intel、Yahoo、Ebay、HP、FireFox、Google 等）云集于此。我在圣荷塞州立大学继续访学半年，儿子也随之就读于当地比较有名的 Bret Harte 中学。

一天下午闲来无事，眼看快到儿子放学的时间了，就沿着儿子放学回家的必经之路迎了过去。其中有一段路，很窄，是一条人行道和自行车道并在一起的路，一边是铁栅栏，一边是高高的围墙，墙那边就是一座座居家独栋别墅，一家后院里的橙子树，正是硕果累累的丰收季，上面挂满了黄灿灿的大橙子，挂着橙子的枝桠伸出了围墙，人行道的地上不知什么时候落下了 6 个大橙子。当时天气炎热，一路走来，我正是口渴难耐，看见橙子，没多想，捡起一个好的来，剥了皮，几口就给吃了，不够，就又吃了一个，橙子皮就顺手扔进了旁边的垃圾桶里，由于垃圾桶已满，橙子皮还有一点露出在外面。没有接到儿子，我就这样打道回府了。

我和儿子一前一后到了家。

儿子一进家，我就说：“看，我今天去接你了，也没接到你，就先回来了。”

儿子说：“哦，那路上的那个橙子肯定是你吃的啦？”

“你咋知道？我吃的可不是一个，是俩。”我比划着“2”的手势，蛮得意地说：“还不错，挺甜的。”接着又追问道：“你咋知道是我，不是别人？还知道橙子是我吃的，不是我拿走的？”

“肯定是你吃的了。”儿子分析道：“我早上上学的时候路上就有六个橙子，回家的时候成四个了。第一中国人捡的可能性比较大。第二，捡橙子的人没有把橙子全捡走，素质还不是很差。第三，你说你去接我了，路线和时间都对路。第四，看到路边垃圾桶盖上露出的橙子皮，肯定是当场吃了。”

儿子分析得头头是道，物证人证俱在，我心服口服。

儿子接着吩咐我：“妈妈，这次就算了。以后不要这样了，别人可以，你不可以。”

“为啥？”我问。

“因——为——你——是——中——国——人！”儿子一个字一个字地吐出这七个字，清晰而坚定。

“因为你是中国人”，字字如声声响雷，强烈地震撼着我的内心。听到年仅十一岁的儿子说出这样的话，我又欣慰万分。近一年的游学经历，个别中国人的不文明行为，中国人所遭遇的不公平待遇，国外对中国人的偏见，儿子亲眼看到了并也深刻感受到了，作为中国人，在异国他乡，从身边的小事做起，去维护中国人的形象是何等重要。不可以，因为你是中国人！不可以忘记付小费，不可以乱扔垃圾，不可以随地吐痰，不可以排队加塞，不可以口出恶言，不可以，不可以，不可以的事情很多很多，看起来都是身边似乎不值一提的小事，可关乎的却是一个国家颜面的大事。而这个国家，是个有颜有面的大国，中国！

作为中国人，应该是无比自豪的。四大文明古国，中国是唯一一个没有中断没有消亡的国家，她作为在文化长河中跋涉最久的老人，有着强大而旺盛的生命力，带着与生俱来的长寿基因，历经朝代更迭，历经战火频仍，她可能趔趄过，她可能摔倒过，但她没有永久倒下，她一直在前行。说她是老人，是因为她开启的文明最早，她走过的路最长，她遭遇过的苦难最多，她承载的文化最深厚。她比任何一个国家都要有经历，经历过辉煌，也遭遇过低迷，经历得多，阅历就多，就越有内涵，底盘就越低，走路就越稳。在文明历史奔流不息的长河中，她不是一个年岁不多的老人，恰恰相反，她是一个朝气勃发的弄潮儿，浑身上下散发着青春的光辉和力量。

作为中国人，背后站着这样一个国家，我们应该底气满满，不卑不亢，彰显大国儿女风范。我们一言一语一举动，一茶一饭一眉眼，都应该有着深厚的文化沉淀在里面，举手投足，悠然娴雅，浩然正气，处处透出中华文明凝结所成的君子之道。

我们是儿女，中国是母亲。我们不要再往她脸上抹黑，她已经承受了太多的误会、不公和屈辱。我们应该摆正她的衣衫，拭去她脸上的汗，携起手来，步伐一致，一起往前走！

再游日本篇

Happiness is a journey, not a destination.

幸福是一场旅程，不是终点。

58. 再赴日本

我对日本怀有复杂的情感。

中日两国隔海相望，一衣带水，在历史上曾经有很多交流，中华文化对日本文化更有深厚的影响。但在近代历史上，日本则是曾经发动侵华战争的国家，日本军人曾经在我们中华大地上烧杀抢掠，无恶不作；更让我耿耿于怀的是，战争结束多年后，日本右翼分子不仅不思悔改，甚至粉饰曾经犯下的滔天罪行，面对如山的铁证，他们甚至不承认“南京大屠杀”这样罪孽深重的暴行。我虽然没有亲自经历中日血战，但有关日本侵华的书籍、影视、展览看过不少。我先生的爷爷就是在抗日战争中，为了保卫沁阳牺牲在日本鬼子的炮火之中，牺牲时年仅 24 岁。慢慢的，对日本的这种“国恨家仇”已深入骨髓。

我个人直接和日本打交道，可追溯到 2002 年。那年先生东渡日本留学，一年之后，我也带着孩子来到日本陪读。自此，我对日本有了更深入的了解。在接触日本人的过程中，也产生了一种说不清、道不明的复杂情感，怨恨的同时似乎还有点其它感情。我原以为日本人都冷酷无情，但在接触中发现，日本人也不能一概而论。

日本人中确实有坏人，有变态的人，甚至有不人道的家伙。刚到日本时，我的自行车出了点小问题，想找修车的给看看。我来到修车铺，一位日本修车师傅二话不说，只是蹲下来拿小锤子在轮子上敲了两下，张口就要1000日元，当时合人民币80元。天价呀，关键什么也没修，这不是宰人吗？我们刚要辩解两句，这个日本老头站起来，横眉冷目地看着我，用毫无商量的语气说："1000日元"，那目光就像把刀子，闪着阴冷的光，当时吓得我出了一身冷汗，扔下钱推起车子就跑。我的妈呀，还是保命吧！

有些日本媒体也非常排华，这让我们华人的内心很受伤。日本的门窗一般都不安装防盗窗，有一天新闻里说有人破窗而入，发生了盗窃案。在没有任何线索的情况下，媒体竟然放言，嫌疑犯疑似中国人。那种傲慢、偏见与歧视令人气愤！

在日本还发生过一件令人发指的事情。按照日本的规定，老人过了60岁都会领到政府的养老金，年龄越大领的钱越多。为了能得到政府发的那几个养老金，有个日本人，在他的老父亲死了之后，竟然不报告政府，伪装成老父亲在家中养病的样子，整整三年任由尸体腐烂在床上。邻居闻到臭味，发现异常，报警之后才真相大白。这种人真是没有道德底线，丧尽天良。这种人为了钱，还有什么事做不出？

但是，在日本留学时我们也遇到过善良的日本人，有的人竟然和我们成了终生难忘的朋友。通过这些好人，我们也看到了日本人的独特之处。

日本人的工匠精神实在让人钦佩，有很多值得我们学习的地方。大多数日本人做事一丝不苟，精益求精，真正是把质量放在首位。日本制造的许多产品外观精致，美观耐用，有的甚至可以用一辈子。

日本社会的秩序性、规则意识比较强。所有的事情一旦找到最佳的操作模式，就会形成严格的规则。规则一旦形成，大家就会严格遵守。上电梯一定是先下后上，上公交车一定是自觉排队，公共场合一定是低声细语，垃圾一定是分类投放。这些规则与秩序已经融入日本人的日常生活，大家都会自觉遵守。

日本人的服务质量是我见过的最好的。服务行业的工作人员更是殷勤、主动地为客人提供一切服务。走到哪里都是见到服务人员的鞠躬致意和微笑服务，他们言语柔和，服务周到，让客人感觉宾至如归。

我们在留学期间还结交了几位日本朋友，铃木先生，森田女士，他们都曾给予过我们无私的帮助。

由此，我对日本的感情是复杂的，既有历史恩怨的痕迹，也有终生难忘的友情。

2017 年，我重新踏上日本国土，15 年前的记忆就如同泉水一样一点点地涌了出来……

59. 奔赴仙台，再会老友

飞机在东京成田机场一落地，我家先生的日语就开始一点点冒了出来，还能够正常交流，买票购物看来是不成问题的。

仙台是我们的故地，也是此行的目的地。15 年前，先生求学在位于仙台的东北大学，它的前身就是鲁迅曾经就读过的学府——仙台医学院。我们下飞机后第一站要去的就是仙台。

日本的交通我也体验过，当时的感觉就是，日本的发达之处就在于它的交通。新干线是贯通日本全国的高速铁路系统，也是世界上最先进的高速铁路系统之一。1964 年 10 月 1 日东京奥运会前夕，新干线开始通车营运，第一条路线是连结东京与新大阪之间的东海道新干线，每年约有 2 亿人次乘坐。日本境内有 8 条新干线路线，提供纯客运服务。2016 年 3 月 26 日北海道新干线开通，日本的新干线网由此几乎覆盖北海道至南部九州岛的整个日本列岛。新干线以“子弹列车”闻名，列车运行车速每小时可达 300 公里。

2003 年，我们中国还没有高铁，普通列车速度慢，设备差，而且非常拥挤。日本当时已经有了密如蛛网的快速铁路线。我体验过日本的 JR，10 分钟左右就有一趟车，而且速度非常快。铁路站台上有各种标牌提供明确指示，就连我这样一个日语不灵光的外国人，在这个铁路网里穿行也毫不费力，关键是乘客不需要长时间等，有足够的车，有足够多的线路，整个网络的运行忙而不乱。我当时设想，日本铁路发达的程度，我们中国至少需要50年左右才有可能赶超。然而，短短十几年之后，当我再次穿行于日本的交通大网中时，发现当时自己的看法是多么的幼稚，我真是大大低估了我们中国的发展速度和实力。十几年间，中国高速铁路的发展日新月异，而日本则一成不变，这么多

小贴士： JR是Japan Railways的缩写，是日本的大型铁路公司集团，属于国有资产。大家熟知的新干线只是整个系统中的一种。

59.1 日本东行服务中心，在这里可以购买日本国内交通票。

年过去了，几乎没有什么大的变化。

我们打算乘坐 JR 东线火车，前去仙台。JR 是东日本的一个交通运营公司，有巴士，有普通列车，有新干线等。出了海关，我们很方便就找到了 JR 东行服务中心。服务人员很热情，根据你的情况帮助你设计线路，出票员也能帮助你计算好中间的转乘时间，服务很周到。我家先生买的是五天之内不限次乘坐的票，每人 20000 日元，大约折合人民币 1200 元。

59.2 JR 五天不限次的车票。

59.3 动车内饰。

坐上列车已是傍晚时分，车窗外风景迷人，天边绚烂的晚霞，随着橘红色的太阳，晕染了树梢和远方。不时闪过的那些极具日本特色的民居点缀在旷野之间，煞是好看。

从东京成田机场到东京将近一个小时的车程，之后转乘新干线到仙台，又是将近两个小时的路程。我们一路奔波，带着往事的回忆和对未来的憧憬。

JR 线路上运营的列车很干净，车上的设备细微到极致。

59.4 美丽的景色，色彩浓郁。

有放大件行李的地方，甚至有密码锁。车上乘客很多，但一路上只听见车上的广播声，偶尔几声咳嗽声，整个车厢里很安静。日本就是这样，公共场合人再多，周围也是安静的，大家都是低声细语，像说悄悄话。

我们在车上买了便当，1300 日元，约 70 元人民币。便当下面有个小机关，把下面的一根线抽掉，便当就开始加热，很是高级，我算是开了眼。我家先生说我大惊小怪，说这种一次性饭盒我们中国也有，部队上用的就是这种，线抽掉后，饭盒底部的化学物质就开始发挥作用，起到加热的作用。

59.5 新干线上的快餐。

夜幕降临之时，我们到了

仙台。仙台车站，我先生十几年前打工的牛舌店就在这里，他内心掩饰不住地激动。而我，由于这里会说英语的人越来越少，异乡感越发强烈，心里无比依赖能说日语的先生。先生要去看看他打过工的牛舌店，让我守着重重的行李，我却紧抓他不放——若有休妻想法，回国再说啊！在这里语言不通，人地生疏，我又身无分文（日元全带在先生身上），你要抛下我，我可怎么办？先生说："那你可要听话哦！"他给了我 10000 日元，我赶紧放在兜里，心里踏实多了，这才松开紧抓先生的手。

我们的朋友丛姐和薛哥夫妇，一直就住在仙台，十几年前，我们在仙台一同打拼，互相照顾，结下了深厚的友情。当我再次见到丛姐和薛哥，心里激动万分，一下子紧紧抱住他们，心里是甜的，眼睛却湿了。13 年前，我们离开仙台以后和丛姐、薛哥失去了联系。我们到处打听，只要有一点线索就紧抓不放，终于在东北大学的校友微信群里打听到了丛姐的行踪，终于恢复了联系。

见到丛姐和薛哥，想说的话太多太多。我们有着共同的回忆，又有十三年离别的经历需要分享，我们之间的话啊，怎么也说不完。

我们在一家牛排店，享受了一顿晚餐，日本的美食让我们大饱口福！牛肉新鲜美味，先生和薛哥吃的都是半熟的，上面还带着血丝。盘子里有块烧热的火山石，可以把牛肉放在上面接着烤，各种蘸料，美味有趣。店里还有各种凉菜和饮料。汤也是免费的，不限量畅饮，想喝多少就喝多少。

59.6 烤牛排。看，有块刚刚烧过的石头，牛肉放在石头上烤着吃。

终于到家了。丛姐和薛哥的住处没有变，还在原来的地方，整洁而温馨，处处透着家的味道。我们又看到了日本独特的取暖设备，用油供暖的一个机器。还有我心仪已久的日式桌子，在来日本的路上，我还在向先生不停念叨。这种桌子也是冬日的一种取暖设备，腿脚伸在桌子下面，桌子四周用薄薄的棉被或毯子罩着，舒适又温暖，可用来和家人、好友品香茗，小酌几杯。在日本寒冷的冬日，真真惬意无比呢。

59.7 日本特有的桌子，冬日里，插上电，将腿伸到桌子下面，浑身上下暖烘烘的。

59.8 一种冬日取暖的油汀。

60. 雪国新泻

为了赶 9:10 去新泻的 JR 巴士，薛哥载着我们一路狂奔。多亏薛哥车技好，又对仙台的大小道路门儿清，才能在高峰期的堵车时段，让我们在巴士开动前，顺利上了车。

仙台到新泻，需要四个小时。车上人很少，25 人容量的大客车只坐了我们 8 个人。客车带有卫生间，暖气很足，阳光很好。路上的风景很美。雪是越来越多，白雪反衬着明媚的阳光，刺得眼睛难以睁开，可我还是舍不得挪开眼睛。眯缝着双眼欣赏着这北国风光，白雪和松树加重了山的线条，

60.1 日本雪景。

有时柔美，有时硬朗，黑白互相映衬，再加上蓝天白云的渲染，处处都是一幅注了色彩的水墨画，灵动而清雅。

在大自然的美丽面前，无论怎样华丽的文字都是苍白的，我只能静静地去感受，而无法把那种美的神韵表达出来。

间隔一个半小时，客车都会在服务站休息一下。服务站不大，但设施很全。有便利店、电话亭、卫生间，还有电动车充电处、残疾人停车处。卫生间里的马桶都是智能的。日本的卫生间干净舒适在全球应该是数得着的，没有丝毫异味，就这一点，还是应该给它点个大大的赞。

60.2 电动汽车充电的地方。

60.3 翻过一个山头，雪，一下子不见了。

60.4 路边正在施工。

大巴过了一个隧道，翻过一座山，雪，一下子不见了，一道道山也消失了，赫然到了一个不同的世界。一马平川，田地里也不知种了什么，已开始泛出些许新绿。

60.5 书包上挂了很多挂件。

日本的高速公路很窄，只有两车道。国土面积狭小，是日本的硬伤，它只能在有限的范围内把土地资源利用到极致。

顺利到达新泻，原来此时的雪国无雪。我们走在新泻的大街上，这里的冬天不冷，阳光明媚，走动起来，竟然微微出了汗。

先生在新泻办完事已经是下

午三点，我们饥肠辘辘，就找了个喝下午茶的地方，点了两份套餐，一份面，一份披萨。这个餐馆小巧温馨，里面坐了很多老年人。有的人点上一份套餐，在这里看看报纸，可以消遣一下午；有的人则约好朋友，在那里边吃边聊，好不惬意。过一段闲适、慢节奏的午后时光。日本已是一个老龄化的国度，所到之处，大小餐馆都在招收小时工，劳动力严重缺乏。简单的下午茶，合人民币 80 块钱左右，一个月 2000 多块钱的消费，我们中国老人恐怕不愿意花这个钱。

先生背了一个大背包，很重，早早想找个地方把行李放下。我们就近看见一个宾馆——大仓宾馆，外观豪华宏达，里面装修低调、奢华、有内涵，报价每晚 23000 日元，折合

60.6 我们住的宾馆。

人民币 1600 元左右。贵就贵点吧，就它啦。很期待进了房间，标准和国内三四百元的也差不多，忽然感觉日本的收费太高了。

晚上，先生打算带我好好吃一顿，说是附近有一家百年老店，在当地享有盛誉。我们一路导航，走进一条小街道，全是极有特色的小餐馆。街道很是狭窄，但还是不时有出租车挤进来接那些醉酒的客人。

这个百年老店位于拐角处，楼下坐的是散客，我们上楼用的是包间，榻榻米，日式传统风格。

先生先点了两份套餐，合计 16000 日元，一杯酒。菜是

60.7 新泻的小吃街。

一道道上，吃完一道，上一道，颇有仪式感。

60.8 第一道蟹子肉，量少，味道鲜美。

60.9 第二道生鱼片，虾正如介绍的那样，入口即化。

第三道鱼肉，配着萝卜碎，好吃得不得了。

60.10 第四道海带丝，不知用什么液体泡着，满口的胶原蛋白，是我最喜欢吃的一道菜。

60.11 第五道鸡蛋羹，里面放有鱼翅，蛋羹嫩得恰到好处，入口滑糯无比，这是我吃过最好的鸡蛋羹。

60.12 第六道生鱼片寿司，口感一般，取材新鲜。

60.13 第七道是一种粥，品不出来原料。

吃完这一道道菜，我们才有个半饱的感觉，先生又补点了几个菜。直到我们吃不动为止，总消费 26720 日元。不知是因为我们的消费足够高，还是别的什么原因，店里送了我们每人一道水果。

60.14 又续了几个菜，才勉强吃饱。

60.15 餐后水果。

酒足饭饱，先生已经微醺。我们走出餐馆，店员热情地送到门外，一遍又一遍深深地鞠躬，一遍又一遍重复着“撒要那拉”，我心想他们的服务这么好，是不是从来没见过像我们俩这么能吃的客人啊？

61. 新泻第二日

在日本入住宾馆还是第一次，这个大仓宾馆规模大，档次高，我们对它的早餐蛮有期待。我曾在北京参加过一次国家社科基金的申报会，当时入住的酒店打完折后 800 多元人民币一晚。那个宾馆的早餐大厅，金碧辉煌，极具奢华，播放着轻音乐，音乐声若隐若现地飘入耳边，恰到好处。餐台分区明确，餐食水果种类繁多，就餐区鲜花做成的花艺个个不同，清雅不俗。吃饭不仅是营养的供给，也是一种感官的盛宴。那么，在日本，这个合人民币1600元一晚的酒店早餐，又是怎么样的呢？

61.1 宾馆自助早餐面包区。

61.2 宾馆早餐自助，感觉平平。

8:30我们下楼吃早餐，感觉实在没什么特别的，也就是中档标准吧。也许是因为期待越高，失望越大。不过，酒店特意为儿童准备了托盘和餐具，还是蛮贴心的。喝了两碗热汤，吃了些水果，喝杯葡萄汁，尝了尝各种日本小菜，就完成了早餐。

退了房，走出酒店。外面下雨了，我们在伞架上找了一把没人要的大黑伞，就开始在大街上慢慢逛了起来，此时此刻，路上最无所事事的人应该就是我们了。

61.3 一个街角陈旧的图片在诉说着这个城市的过去。

61.4 处处都有文字图片，在告诉我们这是个什么样的城市。

61.5 大街上的摆摊人。

昨天下午来过的商业街，今天竟然这么热闹。路两边摆满了小摊儿，有卖农产品的，有卖水果的，有卖土特产的，有卖鲜花的，林林总总。不经意间，我们走进了一个类似我们中国百货大楼的购物中心，大厦有好几层，客人还真不少，衣服正在打折季。

61.6 衣服正是打折季。

61.7 日本百货公司。

61.8 学生上学必需品。

61.9 学生的书包。

日本人对花艺是颇有研究的，我有个同学开了一个花艺店，我就特别留心看了一下。日本的花店很多，鲜花也随处可见。小餐馆里，卫生间里，处处会发现新鲜的插花。日本的插花有的清新淡雅，有的妖娆风趣，有的热烈张扬，有的别致不俗。我也爱花，平时也常用不同的插花装点着每一个日子，美丽而特别，让我们的生活不仅有现在，还有诗和远方。我看到一位日本老奶奶在挑选着花束，那副认真的眼神让人着迷，也让人感动。历经世事沧桑，若到她的那个年龄，依然还有心劲儿用花去纯净自己的生活，该是多么难得可贵呀。

我还结识了一位卖烤鱼的大叔，他 20 年来用心经营着一家小店，看到他，我竟然想到了国内卖烤地瓜的小贩。虽然设备简陋，虽然生意小，但我要做到最好。就像一朵小花，即使花朵不大，花期不长，但我若开放，必是怒放，尽全力地怒放！就像袁枚写到的：“苔花如米小，也学牡丹开。”

雨越下越大，带着海风，我们冻得瑟瑟发抖。为了找个热乎点儿的地方，我们躲到了地下通道里。这里也别有洞天，中间是一个大厅，一排排的椅子可以用来休息，液晶屏幕在

61.10 街角的花店。

61.11 一家烤鱼小铺。

61.12 卖鱼的老大爷，人很健谈。

一遍遍播放着乘船乘车的信息。两边就是一家家商铺，有的卖纯棉布做的衣服，有的卖各种零食，我一家家看过，还挺有趣。

我们还体验了一次新泻的市内巴士，和国内城市的公交车不同。先生带我们上了车，投币之后，却发现不对头。乘客需要先取个号，根据号再投币，我反正不懂日语，一直处于晕菜状态。好不容易坐车来到新泻车站，打算回仙台，先生看着地图，研究怎么转车到仙台。问我意见，我不懂日语又是路盲，自然是不敢当家做主。我们购买了 JR 火车票，进车站找了一圈，也没找到我们要坐的车。先生下楼咨询，才得知我们要去的地方，一天就两趟车，下趟车要等好几个小时。我们只好退了票，改坐来时乘坐的高速巴士。

还算比较顺利，先生买到了下午两点半的车票。此刻正下着瓢泼大雨，距开车还有一个小时，我们找地方吃饭。日本这个地方很奇怪，一过饭点，饭店就打烊休息，我们找了

61.13 奔波的旅途中，只能站着解决一下温饱问题。

61.14 乘客在铁轨旁边等车。

几家都是这样。好不容易找到一个拉面馆，赶紧进去，外面风紧雨急，冷得很。

61.15 一对老人开的拉面馆。

这是个夫妻店，主人年纪已经不小，我没敢问他们的年龄，估计得有70岁。他们忙碌的身影给这个不起眼的小店平添了几分温馨。

62. 仙台故地重游篇之一

下午6:50，我们乘坐高速巴士顺利到达仙台。一天忙碌得像在打仗的丛姐，7点左右赶来接我们，回家路上，一路欢歌笑语。

丛姐原计划这次在日本待四天，四天的行程早已被她安排得满满当当。她和我们说起这一天的奔波，听得我是眼花缭乱。她要在宫城大学教授汉语，上午有课，下午有课，还要利用夹缝时间去处理社会保险问题，还要见学校负责人。而这些事情，都是需要从仙台东部跑到西部，再从西部跑到南部，如果遇到堵车，那就更让人抓狂。丛姐从早晨睁开眼就开始一直忙，薛哥全程星级服务，扮演司机加保姆的角色。时间不够用是硬伤，就把事情叠加起来，同一时间处理N件事情，忙得水顾不上喝，饭顾不上吃。说起她在宫城大学的汉语课，丛姐那个美呀，我也很为她得意呢，那个年级总共300名左右的学生，选她课的就有208个。丛姐是精英教师，相当优秀，讲课肯定是富有魅力的。

丛姐和薛哥来日本快30年了，15年前我们相识在仙台。缘分这个东西很奇妙，谁会在你生命中出现，又扮演着什么角色，似乎有个看不见的主宰者，在暗中操纵着一切。我们夫妻二人和丛姐薛哥一见如故，在那些日子里，一起打工，一起学习，共同生活，过程中有汗水，有苦恼，有挣扎，有拼搏，日子虽然过得辛苦，但也充满快乐；人虽然累，但不孤单，因为有他们。我难忘那因为长期洗碗打工而裂口渗血的手，难忘那共同品尝美食的沉醉表情，难忘那演讲台上丛姐的镇静与淡定。太多的难忘和回忆，我们相互扶持，共同谱就了一首岁月之歌。

打开家门，就闻到了扑鼻而来的饭香味，我们都饿了，薛哥做好了饭菜在等着我们。都说旅行的意义就是知道家的美好，的确如此。我们吃着，喝着，说着，谈着过去，聊着未来，分享着人生。酒不醉人人自醉，生活怎么可以这么美！

62.1 家里的味道。

小贴士：Do it yourself.
自己动手。

一觉醒来，已是太阳高照。丛姐和薛哥都忙他们的事儿去了，我们简单吃点早餐，就出门散散步。外面风大，看着阳光明媚，却感觉还是有点冷。走了大约两分钟的路程，就是一个很大的超市。我比较感兴趣的是超市二楼，一个卖布的区域，各种各样的布，各种各样 DIY 必备的配件，用布手工做成的衣服、手袋，都很漂亮。

62.2 百货楼里有好多 DIY 的材料。

等薛哥回来，我们就又出发了。第一站要去的是中古店。日本是一个物产并不丰富的国家，他们把东西都用到了极致。他们用东西很小心、很爱护，用不着的东西，有的就送到了中古店，还有的商店把倒闭之前的货品也会送到中古店。当然，这里的东西是比较便宜的，日本人对穿人家的旧衣服，用人家的旧东西，并不忌讳。中古店里什么东西都有，琳琅满目。贵的有钻石戒指、手表、LV 包包；便宜的有袜子、手套，真是应有尽有。

62.3 中古店。

62.4 すき家拉面。

从中古店出来，正好12点。大家都饿了，抬头也正好看见すき家，闻到香味就走了进去。它家的套饭特别之处，是有个鲜鸡蛋，自己需要把鸡蛋打开，倒在米饭里，味道很不错，比吉野家的好吃一百倍。

实际上，我家先生最想去的还是当年我们住过、生活过、学习过的地方。这么多年，他的内心最深处一直以来就有那么一个位置，珍藏着对这些地方的记忆，时不时会发酵。时

62.5 我们的桂庄。

间越久远，这个记忆如酒酿一样就越醇厚，越浓烈。这记忆就是一块勾魂石，让他在梦中飞回故地，徘徊寻觅，寻找着那份故土般的情。

我们住过的桂庄，破旧的小楼早已不再，代之而起的是一栋崭新的白楼。先生站在楼前，嘟囔着：没了，变了。眼睛紧紧盯着这座新楼，希望能从中发现旧楼的蛛丝马迹。当时的桂庄，房主是一个老太太，我只是偶然一次透过窗户看见过她的身影，形容枯槁，瘦骨嶙峋，如鬼魅一般。半夜有时会听见她如猫叫般的声音，尖厉又压抑，那是人之将死对痛苦的抗争，对死亡的恐惧，也夹杂着对生的渴求。听薛哥说，我们搬走之后，老太太也很快就去世了，这个地产别人就买走了，拆了桂庄，盖了新楼。

62.6 桂庄，勾动他多少回忆。

62.7 桂庄门前的庙宇。

桂庄门前就是个寺庙。日本的寺庙随处可见，不时会举办一些活动，很有民族特色，寺庙里安置了很多坟墓。

我想起十几年前我们经常买菜的那个地方，尤其是那个老太太，她的水果和菜又好又便宜。每次买菜，她还会送我一个西红柿或其它的什么。听薛哥说她还健在，店铺也在，我们很快就来到了这家店里。收银处坐着的还是那个老太太，样子一点也没变，15 年了，她看见我先生还能想起他当时的模样。

62.8 当年我们经常买菜的小店依然还在，老太太还是原先的模样。

62.9 国际留学生会馆的垃圾场。

国际留学生会馆也是我们当时经常去的地方，这是留学生的家。它变化不大，我先生好多回忆全对上了号。我特别去看了一下那个垃圾场，它还在那里，那是我们当时“淘宝”

的地方，会淘到床、餐具、被褥，只要你想要什么，关注一下，就会捡到你心仪的。

62.10 东北大学。

一路驱车到了东北大学，这条路，在我记忆中是深刻的。当时，我只能骑着自行车去上课，路很窄，行走很艰难，一会儿上坡，一会儿下坡，很多情况下，我只能推着车子走。我先生记忆中是他的经济学部，图书馆，还有他们用餐的餐厅，变化不大。但还是有变化的，毕竟15年了。

生活就是这样，人必须往前走，但过去的又怎能轻易忘却呢？

63. 仙台故地重游篇之二

阳光虽然明媚，但风却很大，感觉很冷。我们还是走出家门，打算去先生以前打工的地方看看。

从姐和薛哥去横滨看儿子去了。我们没有车，先生带我们走出家门。先生极有路感和方向感，我是出了门就分不清东南西北的路痴，只能傻傻地跟着先生，他说往东我就往东，他说往西我就往西，听话得很。先生这次带着我们坐巴士去国分町，国分町是仙台非常热闹的地方，有非常有名的红灯区。晚上是非常灯红酒绿的，路边站满了画着浓妆的女子，当然也有男的，手中拿着画册，在招揽着过往的客人。也有个有名的商业街——一番街，有商场，有专卖店，要什么有什么。这个商业街，是许多年前我和好友萨娜经常光顾的地方。当时我们骑自行车去，路途并不近。我也不知当时怎么那么大的劲头，到了商业街也不买什么，就是四处走走看看。在化妆品店，我俩总是会满脸涂上护肤品试用装，玩得很开心。

63.1 日本公交显示屏，告诉你需要付多少车费。

63.2 日本的公交车。

这个地方的巴士，上车之后右手侧取一张票，以上面的数字为依据，对着前面的显示屏，下车的时候交车费。

10 分钟的车程，我们就到了国分町附近。先生认真地看着，挖掘着内心深处的回忆。看到一条大街，若有所思，自言自语道："当年我好像扫的就是这条街。"路过红灯一条街，我也是不敢认识，当年先生在这条街上打工，曾带我来过。一切都是似曾相识，却又显得很陌生。我们沿着当年走过的那条路，重新走过，就像离乡很久的人，近乡情更怯，而真正处于其中，却发现早已物是人非。

我们徒步到仙台车站，这个地方也曾经是先生谋生的地方，他在这里擦过玻璃，刷过碗。凭着仅存的记忆，我们找到了先生曾经打工过的利久牛舌店。很多年前，先生曾在此挥汗如雨，卖力干活；也曾带着腿伤，坚持轻伤不下火线。

63.3 举牌子的人在筹集款项。

63.4 日本仙台车站一景。

店外排队的人还真不少，我们也早早排上了队，今天我们要以不同的身份再次走进这个小店。

店里的一切都发生了很大的变化，店面大了，不变的是，打工的人依然很多是外国人。面对此情此景，先生感慨良多，我也是情绪难以平静。十几年前，一个追梦的青年，踌躇满志，为了心中的那片绿土，漂洋过海，不悔的是那份付出和坚持，虽苦但却不乏快乐。而今，那个意气风发的青年，已历经岁月，洗练成一位成熟稳重、事业有成的中年男人，带着家人再游故地之时，其中酸甜苦辣，杂陈百味，自己尚说不清楚，外人又怎能参透！

63.5 利久牛舌店前早早地排上了长长的队伍。

现在有不少中国孩子来日本留学，但需要打工的学生却不多了。我们中国发展迅速，家庭富裕，很多家长舍不得孩子再受那份苦。但是白发不经少年苦，少年又怎知老年福呢？只有经历磨练，才能更加坚强，才能青春不悔！

63.6 利久店的牛舌大餐。就这一份套餐，6片牛舌，索要2600日元，看来价格不菲呀。

64. 购在日本

说起日本购物，我的初步印象是，要买电器，就去ヨドバシ；要买化妆品，就去药妆化妆品店；要买国际大品牌，就要上百货中心。

一提购物，疲倦不堪的我和丛姐，蹭的一下就坐了起来，眼睛发亮。走，咱去奥特莱斯。奥特莱斯（Outlets），美国有，中国有，欧洲有，日本也有，我去过的地方都有，似乎已经开遍了世界各地。奥特莱斯里各种国际品牌，一应俱全。

中国越发国际化了，国际大牌都已入驻大中城市，只有你不想买的，没有你买不到的。如果不差钱的话，中国人不用出国，什么都能买到，这是真的。即使这样，出国购物的

64.1 日本仙台的奥特莱斯。

64.2 奥特莱斯里休息片刻，歇歇脚。

64.3 日本仙台奥特莱斯的夜景。

中国人还是越来越多，很多商场都在用日语、英语、中文进行广播，有的甚至聘请会说中国话的人当售货员，足以可见他们对我们中国这个大客户的重视程度。

在新宿药妆化妆品店，我和丛姐正在选购商品，一个清秀的男孩子走过来，用中文跟我们打招呼。中国话说得这么好，我夸着他，他不好意思地说："我是中国人嘛，在这里打工，这些店里招一些我们中国留学生来方便他们的生意。"看着这个孩子没多大，也就比我儿子大不了两岁。他说他刚来日本，还是个新手。我很心疼他，他推销什么，我就买些什么。还有一个中国女孩子，也在这个店里打工，偷偷塞给他一颗让客人试吃的话梅，他问能吃吗，女孩点点头，他就赶紧塞进了嘴里。女孩子赶紧把他拉到一边，说你傻呀，让你吃，也不能对着摄像头吃呀。看着他们，我就想到了我家先生当时打工的时候，一样青涩，一样努力，他们的经历都会在他们这条人生的长河中有所沉淀，成为永久的财富，让他们受用一生。

中国人在国外，购买力真是不可小觑。我眼见过美国蔻驰店门口长长的队伍，其中亚裔人占 80%，耐克店里中国人买鞋都是 10 双 8 双买。维多利亚的秘密，中国人购物简直就像搞批发，国际土豪哪家强？我们天朝国人责无旁贷，应该数第一啦！

为什么国人愿意把钱花在国外，想来，质量应该是最关键吧。日本人具有匠心精神，事无巨细，他们都在追求极致。超市里一盒鸡蛋，里面烂了一个，整盒鸡蛋就被扔掉了。这不是浪费，是本着对顾客负责的原则，又同时对完美或者说对极致的一种追求吧。日本大街上跑的都是日本车，大多小巧迷你，前面的引擎盖几乎直棱角下去，从外观看车身并不宽敞，但坐到车里，你却感觉不到空间的狭小。他们把车设计到了极致，来应对他们道路狭窄的问题。传说中的马桶盖，我在よどばし看到了，理解国人对日本马桶盖的迷恋。在日本所到之处，只要有卫生间的地方，基本上都配备了智能马桶盖。在日本如此普及的一个东西，其质量肯定是过硬的。还有更关键的一点是，用了几天智能马桶，已开始深深地爱上了它，生活中不能没有它啊！

日本的服装和日用品的价格，虽然比不上美国的便宜，但同等质量的肯定要比中国便宜些，也就是所谓的性价比的问题。我也就奇怪了，同样的东西，同样是跨洋越海，为什么到了中国就贵了呢？一件 Polo Ralph Lauren 衬衣，在美国和日本也就 300 块钱左右，怎么到了我们大中国，就成了千元左右呢？实在想不明白，中国这个发展中国家的物价，怎么比发达国家的物价还高呢？

64.4 传说中的日本马桶盖。

在日本听说有这么一句话，要购物，去新宿。以前常住在仙台，也没觉得什么。以为日本就是那样，一到晚上，大街上僻静得很，连个人影都看不见。到了新宿，才发现仙台就好像是个未被开发的乡下小镇。日本不是没人，只是人都到了东京都。在新宿的车站附近，就是一个购物商业圈，有小田吉百货，有 Lumine 百货，有丸井。这些地方，夜里 9 点之时还是热闹非凡，人声鼎沸。这些商场都设置有免税办理处，免税额度是不一样的，有的地方规定超过 5000 日元，有的是 10000 日元。免税处总是需要排队等候，中国人也是最多，服务人员也有专门说中文的。

在日本购物，并不能享受三个月以内无条件退货服务，但在美国是可以的。这一点，美国的服务要好些。我在美国时，在 Timerland 买了一双鞋，两个月之后要离开美国时，发现要带的东西太多，箱子快撑爆了。正好，这双鞋子的小票还在，鞋盒还在（上面有条形码），就打算拿到店里去试试能不能退掉。店里二话不说，就给退了。在超市

64.5 退税处。

64.6 退税处秩序井然。

买了一串黑色香蕉，以为很好吃，结果一尝难吃死了，拿回去，超市也是二话不说给退了。这就是美国，顾客才是真正的上帝。

日本的商场里，大街上，饭店里，中国人是越来越多。我们在日本购物、消费、旅游时，不可能对日本人的优点视而不见。日本人的工匠精神、服务精神就值得我们学习。对环境的保护，对秩序的尊重更值得我们借鉴。汉唐时期，日本人曾来中国学艺取经，当时他们是学生我们是老师，但如果学生不断进步，而老师却原地踏步，学生终究有一天会超越老师。今天，当我们认识到日本及日本人有值得我们学习的地方，如果能够虚心求教，也一定会有所收获，有所进步。

当然，学习的过程中我们也要做出理智分析，要保留我们本国的特色与优势，不能一味照搬。我们中国的标签是鲜明的，悠久而深厚的文明与文化，勤奋努力、百折不回的国民精神都是宝贵的财富，值得我们珍惜与传承。

65. 吃在日本

旅行在路上，就是用眼睛看，用耳朵听，用嘴巴品尝，用心去感受。吃，是其中很重要的一方面。

“扰扰陌上心，悠悠梦中见。”2004年我和先生从日本回来之后，对日本也是“梦回索绕忆当时，相思一缕何方寄”。徘徊入梦的不仅仅是友人的音容笑貌，不仅仅是骑着自行车迎风上坡的洪荒奋力，不仅仅是逛超市时紧紧相握的湿津津的双手，不仅仅是深夜盼郎归时，楼下的阴森寒气，更有弥漫着饭菜香的家的温暖。

热气腾腾的牛肉咖喱饭，是当时丛姐经常煮给我们吃的。牛肉咖喱洋葱熬成汁，浇在糯甜的白米饭上，入口的浓香刺激着食欲越来越强烈，想多吃点、再多吃点。热腾腾的大米饭就着咖喱汤，塞满胃囊的感觉就是赶紧地找个躺椅，就着暖洋洋的阳光，舒舒服服眯一会儿。

日本的纳豆，好多人都吃不惯，我却喜欢得很。只要一吃纳豆，就想起了我的薛哥。那是第一次认识纳豆，一次性的四方盒子里躺着粘糊糊的黄豆，倒点酱油，用筷子搅啊搅，就像拔丝红薯一样，扯不断的千丝万缕啊。搅拌后越来越粘稠的纳豆，薛哥给倒进米饭里，再打进一个生鸡蛋，就这样，纳豆的粘，鸡蛋的鲜，酱油的香，在口腔里刺激着不同的味觉，怪怪的，但却又是美美滴！从此以后，在日本的日子里，我恋上了纳豆；在离开日本的日子里，纳豆成了我的相思。此次来到日本，与纳豆再续前缘，实实在在过了一

65.1 回荡在梦乡中的牛肉咖喱饭。

65.2 纳豆拌米饭。

把纳豆瘾呢。

日本的拉面也是我的最爱。十几年前在日本时，先生的日本友人铃木先生，是一位非常友好善良的人。他开的公司，组装书架的，雇了很多我们中国留学生，开的工资也是高高的，给自己留的利润就少之又少了。就是他，出车出钱挤出时间带我们去周边旅游，还请我们大家吃了一顿牛肉拉面。那个拉面是我吃过最好吃的。多少年来，拉面的味道伴着铃木先生的情意无数次掀起内心最柔软的一面，勾起相思无限。

此次日本之行，我们也想重新追寻拉面的味道。すき家的拉面要比吉野家的好吃，我们连吃了好几顿，牛肉鲜嫩，烫过的生鸡蛋打在上面，就是那么独有风味。

65.3 すき家的拉面。

长崎拉面是从姐最喜欢吃的，因为菜多。从姐推荐了很多次，终于在那一天，我们在奥特莱斯购物回来之后，不想自己做，也不想出远门去吃，就在家门口的超市吃到了慕名已久的长崎拉面。好大的碗呀，菜多得几乎看不见面，我们埋头苦干，吃得干干净净。

最近这几年，先生带着我们四处旅游，跑了好多地方。国内的福州、海南、湛江、杭州、内蒙、安徽、江苏、山西、陕西；国外的韩国，都留下了我们的足迹。每次出去，都是先生查好攻略，给我们讲当地的风土人情，带着我们吃当地最地道的小吃，品尝最风味的美食，让我们入住最舒适的宾馆。这次日本之行，尤其如此。先生身兼数职，翻译，导游，秘书，劳工，钱包，就如一棵大树，任我们这些藤蔓肆意地缠绕蹂躏，同时，又努力伸展着为我们遮风挡雨，无怨无悔为我们撑起一片天。

65.4 长崎拉面。

在日本新宿短暂停留的几天，先生带我们见识了号称新宿第一面的“风云儿”。那是一个小小的饭店，距离我们住的宾馆不远，走路几分钟就到了。夜幕里 8 点钟的小店，外面排着长长的队伍，天很冷，寒风呼呼地刮着，再冷再长的队伍也打退不了我们品尝新宿第一面的热情。风云儿很小，小得真是不能再小了，狭长的操作间，只容下三个人。吃饭的一溜排开，后面等待的客人一溜靠墙站着，严严密密挤满了可用的所有空间。门口只有一个收银员，没有服务员。进门的时候，要先在收银的电脑上点好菜，实际上是没有菜的，只有面和酒水。面分沾面和拉面，先生各点了一份。沾面很别致，在我们大中国我还没见过，一盘不带汤的圆轱辘面，一碗秘方汤汁，夹一筷子面，沾一下汤汁，味道实在好极了。先生吃的是拉面，我尝了一口，好吃，但我更喜欢我的沾面。

65.5 风云儿，忙碌的厨师们。

日本的食べ放题，相当于我们的自助餐。就日本汉字“放题”的字面意思，我的理解就是“放开了吃吧”。十几年前，食べ放题不贵，一个人一顿饭不到一百元人民币，但却是我们奢侈的地方，也是我们尽兴的地方，也见证了我们和丛姐夫妇，和阿旦夫妇的患难情意。这一次，我们

65.6 风云儿，空间狭窄到不可想象的地步。

65.7 风云儿招牌面：沾面。

泡完温泉之后，先生执意要请我们的薛哥和丛姐大吃一顿，不舍得让我们花钱的薛哥和丛姐径直带我们来到了这个“放题”店。烤着肉，喝着啤酒，孩子吃着自作的棉花糖，我吃着思念已久的寿司，聊着我们的过去，畅想我们的未来。放开的不仅仅是我们的胃，还有我们大好的心情，一切都是那么酣畅淋漓。有时候，吃饭不在于吃了什么，而是在于和谁在哪里吃了什么。

说起吃生蚝，先生和薛哥两眼放光，不顾辐射外泄海水污染的传言，不惧痛风潜在的风险，两人一拍即合，就那样要放开肚子大吃一顿了。我和丛姐赶紧跟上，我们虽然吃不惯，但带上我们开开眼总可以吧。那是一个在仙台港附近简

65.8 自助餐。

65.9 各种肉。

陋得不能再简陋的渔家店面，一个类似大帐棚的简易屋子，空间很大，长条椅，烧烤架，桶装的生蚝。能吃的 2700 日元“放题”随意吃；不能吃的，就像我和丛姐，吃个 1000 日元的，弄几个尝尝鲜也好。生蚝可烤可生吃，先生和薛哥进了店，拎上一桶坐下，放上几个先让烤起来，剩下的头都不抬，一个一个对付起来，撬开，倒上酱油，“哧溜”一声就进了嘴里，这速度杠杠的。都说“生蚝是男人的加油站，女人的美容院”，可我和丛姐实在吃不下去，大饱了眼福之后，就去仙台港的奥特莱斯“吃”钱去了。

回转寿司也是日本饮食的一大特色。在美国的旧金山，我和弟妹吃过一次比较有意境的。回转的是一个个小木船，上面或鲜花，或寿司。寿司也做了很大的改变，有牛油果的，

65.10 早晨刚打捞上来，放在冷柜里的生蚝。

65.11 这个店面简单到了极致。

65.12 生蚝配啤酒，绝配！

65.13 惊人的战斗力。

有生鱼片的，是日本寿司和美国三明治的一种完美联姻。我和弟妹大快朵颐，尽兴而归。这一次在日本的这个回转寿司，应该在日本是最普通、最平民的消费，随心取舍，按照盘子收费。这里的寿司几乎都是生鱼生虾，以新鲜取胜，每个座位上都有一个水龙头，可以自己拿杯子接水喝，并且是热水，这是比较少见的。

日本的地摊餐饮我们也尝试了一把。那是在新宿的街头，夜里9点多，我们和丛姐走在寒风中，突然看见温暖的灯光，热气腾腾的蒸汽下各种汤煮的丸子、豆腐块、卷菜，散发着诱人的香味，我们胃口大开，围坐在小摊周围，美美地吃上一顿。

65.14 回转寿司。

日本的饮食还是比较讲究的，什么样的食材搭配什么样的盛器，往往不在意量的多少，而在意食材的营养、味道和美感。我也经常忍不住遐想我们的汉唐时代，那个时候，中国对饮食应该也有这样的追求吧。

65.15 寒冷的冬日，看见热腾腾的汤煮，顿时感觉暖和了很多。

65.16 随意挑，随意吃，这可是按个卖哦！

66. 不一样的体验：浅草行

在中国的清末民初时期，黄包车很流行。从浅草的车站里钻出来，眼前豁然一亮，恍惚穿越到了我们的清末民初，一溜日式黄包车，车夫站在路边用中文向我们招揽着生意。这种人力车，在中国已很少见到，在北京的胡同里穿行的，也不是纯人力的车，而是电动车、摩托车之类。而这种纯徒步的黄包车，在日本我也是第一次见到，很新奇，想着要体验一把。

黄包车按人头和时间收费，先生选择了两个人 30 分钟 8000 日元的标准。车夫是一个 20 多岁的日本帅哥，谈好价钱，小伙在车前放把凳子，我们踩着凳子上了车，坐下才发现，椅子是温热的，上面贴着两个发热贴。细心的日本人呀，在这寒冷的冬日，屁股底下热了，整个身体也一下子暖和了起来。我们坐好之后，帅哥车夫又用两个红色的大毛毯把我们裹了起来，我们就像坐在婴儿车里的两个超级大宝宝，被大人照顾得无微不至。

一坐好，帅哥车夫就递过来一个小册子，指着上面他的相片给我们看，介绍说他叫吉成。日本的路一会儿高，一会儿低，小伙子拉车很卖力，不仅卖力，这个车的操作看来需要技巧呢。这种车的轮子奇大，坐在上面的人如果太往后靠的话，车子很容易失重的，这就需要车夫用全身之力来掌握

66.1 人力车。

66.2 人力车。

66.3 帅哥车夫。

它的平衡。

小伙子一边拉着车，一边给我们解说着，日语里面偶尔夹杂着中文。当我用英文问他问题之后，他就开始日语、中文、英文一起上了，听得我晕头转向的。他说他还会西班牙语，但让我听来，他所有的语言就如他拉车一样，尽管很卖力，但让我听起来却费劲儿得很呢。

浅草，一听到这个名字，潜意识里感觉熟悉得很。一直在脑海里搜索，突然冒出来这样一句话“乱花渐欲迷人眼，浅草才能没马蹄”。原来如此，这个名字冥冥之中是不是和我们大中国的唐诗有缘分呀。走在这个充满诗意的大街上，总能看见穿着和服梳妆打扮起来的姑娘，给灰黑色的冬景平添了几分姿色。就如那寒风中颤巍巍初绽芬芳的樱花一样，有种“谁把春来报，舍我其谁”的姿态。

二月末，乍暖还寒的时节，樱花就悄悄地开放了。道路两边都是樱花树，帅哥师傅说起樱花，满脸的自豪感。此时此刻，我倒想起了《茶人三部曲》，杭州被日军侵占后，引发了一场樱花桃花之争，日军把我们苏堤上的桃树全部伐掉，种上了他们的樱花树。抗日胜利后，我们又兴高采烈地重新种上了我们的桃树。樱花固然漂亮，但，

66.4 浅草街头一景。

又怎能和我们心中的桃花相媲美呢？“去年今日此门中，人面桃花相映红。人面不知何处去，桃花依旧笑春风”。

66.5 二月的樱花。

走在浅草的大街上，处处都能看见歌舞伎的影踪。帅哥师傅指着墙壁上的一个歌舞伎，说那是小偷，正在攀爬着企图破窗而进呢。浅草的文化就是这样，从街头巷尾中一点点地透了出来。

帅哥师傅拉着我们来到浅草寺，这是终点站。这个寺庙，对我们这些看惯了国内气势恢宏的大寺庙的人来说，真不算什么。据说是一渔民打捞上来一尊观音像，仅5.5厘米高，然后大家集资建了这座寺庙。后来多次被毁，又经多次翻修，最后才是现在的模样。

66.6 小偷造型的歌舞伎。

寺庙里有这样一个地方，一汪清水，几个竹瓢，用来清净香客的身、心、意。俗物凡事，就让这些水来荡涤干净，留下个赤条条来去无牵挂，干干净净的自由身吧。

66.7 浅草寺。

66.8 院里有棵大树，吸引了我和先生的目光。

66.9 一汪清水，可清净身、心、意。

67. 说说日本的马桶盖

到了日本，我给好友涛儿的微信留言：

我：到日本了，想要啥，吱一声啊。

涛儿：日本的马桶盖给背一个回来！

我：真的啊？

涛儿：真的！

又是日本的马桶盖！2015年春节的抢购风，消耗了我们中国国民60亿白花花的银子，其中一部分用来抢光了日本各大商场的马桶盖。此风到此时，只见越刮越大，未见有丝毫减弱之意。

先不说中国的购物大军在日本是多么的来势凶猛，也不谈我们的消费推动了日本的经济往前跃多大一步，也不提我们的仇日情绪和我们在日本购物的血拼是多么大的一个反差对比，也暂时先不分析此种购物心理背后的种种潜在因素。我们今天就好好聊聊马桶盖。

一次在よどばし闲逛，好几层的电器商场，一排马桶盖跃入眼帘，小有激动，这就是传说中的马桶盖。赶紧找到先生，神秘兮兮地说："我看到马桶盖了。""真的？"先生问，

“多少钱？重不重？”我悄悄说：“2000到4000不等，重，背不回去的哈。”真的，这么重的马桶盖，我们同胞是怎么弄回去的？实际上这个问题问得挺傻的。当年在大英博物馆里看到我们中国的石佛像、埃及带棺椁的木乃伊、罗马神庙的巨石，那么重的东西，就能在运输设备极其落后的当时，万里迢迢运到了他们大英帝国。这个事实告诉我们，只要是喜欢的东西，运输根本不是问题。若要是当年日本抢劫中国的国宝，再重我们也要给它整回去，可是马桶盖就算了。有可能是潜伏在内心最深处的抗拒日货的心理，或者是不愿从众的潜意识，让我从内心深处抗拒购买日本的马桶盖。

67.1 よどばし的马桶盖。

要说日本的马桶盖，就不能不说日本的厕所文化。“厕所”和“文化”，“大俗”和“大雅”就这样奇葩地在这儿融合为一体。日本厕所之干净，是很多国家不能相比的。在我们大中国，找厕所，除了看标示，还可以追寻着味道，那种厕所固有的特殊味道。我不喜欢日本，但喜欢日本的厕所。日本的厕所，没有异味。记得一篇励志文章，说是一个奋发向上的日本姑娘，作为厕所清洁工，对待工作非常认真，厕所总是打扫得一尘不染，马桶里的水她都会自己喝一口，以此证明她打扫的厕所洁净无比。这样的例子，虽然来证明日本的厕所干净有点牵强，但日本厕所的洁净，的确在世界上是数得着的。日本的厕所大多小巧而精致。小到一平方米见方的空间，日本也可以建一个设施齐全的厕所，马桶位置，洗手位置，设计得就是那么恰到好处，空间用得刚刚好，一丝一毫也不会造成浪费。空间再小，有情调的装饰也是必须的，或墙饰、或玩偶、或摆件、或鲜花，点缀其间，让如厕成了一件高雅享受的事情。

论科技，我们中国也不差。当年在日本的时候，惊叹日本高速发达的交通网络，看着快速便捷、四通八达的铁路线，心里想着这要是都放在中国该多好呀。那个时候，我们中国还主要是以绿皮火车为主，记得每个寒暑假我坐火车来往家校之间，是一件多么令人不寒而栗的事情呀。从吉林大学的所在地长春到河南省焦作市温县赵堡镇辛堂村，坐过火车，再坐汽车，坐完汽车，再走路。这都姑且不说，单说坐火车就是一个无比煎熬的事情。没有直达车，需要在天津或者北京倒车。买不到座位，不算倒车停留时间，长达 19 个小时的车旅，让人疲惫不堪，困乏得头顶着车壁，站着都能睡着。一路坐下来，浑身散发着火车特有的味道，衣服皱皱巴巴，头发油油腻腻，脸上布满灰尘，简直盲流一个。而如今，屈指 13 年，中国的高科技飞速发展，铁路线四通八达，一样快速便捷。郑州到北京，由原来

67.2 饭店的厕所，洁净、温馨，布置恰到好处。

67.3 长途巴士里的卫生间，空间虽小，但设施齐全。

的 12 个小时缩短到了 3 个小时，厉害了，我的国。走到哪里，就是一个字“快”。我们现在的交通，够科技，够发达，个人觉得比日本的交通要先进。日本这些年基本上没什么变化，我们中国就不一样了，我们中国那可是日新月异，火箭速度呀。

就日本的马桶盖，那种科技含量，对我们中国来说，还算是个事儿吗？我们的高铁能超越他们，相信我们的马桶盖要超越他们，也是小菜一碟。日本的寻常卫生间都已经用上了全自动马桶盖，我们全自动马桶盖全民化的日子，还会远吗？当我们物质极大丰富，当我们科技遥遥领先，当我们文化再次辉煌，我们的厕所文化，将会是其他国家学习的楷模，这样的日子我相信不再久远。

这样的日子虽不再久远，但，就目前而言，差距还是有的。记得在美国，由于某个同行男性学者，如厕之时不太在乎，站得离坐便器太远，将小便淋漓到便池外边，被校方发现，差一点被遣返。还有一同胞，在美国的厕所里，随口吐痰到地漏上，被保洁投诉。厕所里的事儿，看小不小。轻者，影响到的是个人；重者，影响到的是一国形象。厕所，地方小，文化大。厕所形态，如厕行为，看似小事一桩，却默默地传达出不少信息。记得曾读过一篇文章，说是一个投资专家到一个地方考察，不看设备，不听报告，只看厕所。厕所净，则全员净；厕所有文化，则全员有文化。

中国原本就是礼仪之邦，历史上很长时间都是他国学习的榜样。大唐时期，鉴真六次东渡，给日本带去了中国先进的文化，日本也由此进入了文明阶段。明朝时期，郑和七次下西洋，途经西太平洋和印度洋30多个国家，肩负着“宣教化于海外诸番国，变其夷习”的使命，传播中华礼仪和儒家思想。

而如今，中国的礼仪楷模、大国形象，却受到一些国人不良行为的影响。中国游客海外消费额雄踞世界第一，但一个国际旅行网站的最新调查数据显示，中国游客名列“最不受欢迎游客榜”第二名。不受欢迎，可不是说不欢迎你去他那里花钱消费。为了让中国人去国外多花钱，不少国外的商家都配备了专门的中文导游、中文导购、中文翻译、中文服务员，甚至大街上的路标也配备了中文标识。可转念一想，我们的同胞出国消费，却成了“不受欢迎的游客”，这又是为什么呢？

他们喜欢我们的钱，却不喜欢我们的人。有人说，我们中国人有钱了，但富而不贵，似乎有点道理。我们有着几千年的文化沉淀，中华儿女浸润在悠久而厚重的文化长河里，个个都可以称得上是精神贵族的后裔。精神贵族不一定很有钱，但一定要在行为举止上有大国风度，大国风骨，处处礼仪，时时谦谦。正如习近平总书记提出的，中国要走伟大的复兴之路，要实现我们的中国梦。这就需要我们从自身的行为做起，从小事做起，从点滴做起，甚至从厕所文化做起。从不随地吐痰、不乱扔垃圾、不在公众场合大声喧哗等文明行为中，重新塑造美好的国民形象。

后　记

2013 年 7 月从美国回来，倏忽间，已经整整五年。这五年，是我人生中无比重要的时段，我所经历的、所看到的、所感悟的，都让我再一次化茧成蝶般地成长。

将游学日记整理成书公开出版之时，挥之不去而又难以言传的情愫是对母亲深深的怀念。2016 年 4 月，至亲至爱的母亲突发心脏病，倒在了我的怀里，撇下她一直牵挂的女儿撒手人寰。对母亲而言，也许是一种解脱，而对我这个还未来得及尽孝的女儿，则是一种粉身碎骨般地打击。最爱我的人走了，我的天塌了，周边一片黑暗，一下子失去了人生的方向。经历了生离死别，才知道以前所经历的都不算经历，以前所痛苦的都不算痛苦。今天写到这里，依然痛彻心扉，心如刀绞，泪水狂涌，无法自抑！难忘母亲拖着病身给我烙菜饼，她知道她的爱女好这一口，就不顾自己羸弱的病体也要下厨房。难忘母亲灯下给她的宝贝孙子中中赶制棉衣，一针一线，缝进无限疼爱。难忘的事情太多太多，林林总总，点点滴滴，不敢想，不愿想，又不能不想。

白米洋面——母子游学记

自小，我就是母亲的骄傲。我从学校捧回奖状，看到母亲的笑容，我的心就像天空的白云飘呀飘，开心地飞翔。我考上了大学，母亲高兴得睡不着觉，连夜筹划我的行装。我出嫁了，母亲一遍又一遍叮嘱，唯恐娇惯宠爱的女儿在婆家因任性而受委屈。我有了孩子，母亲替我当妈，孩子的吃喝拉撒全部包揽。我出国了，母亲牵肠挂肚，日日揪心，夜夜思念。母亲是谁?母亲就是那个为了你，日夜操劳却无怨无悔的人。我对母亲，向来是报喜不报忧。母亲在世的时候，我曾在游学札记中挑一些好玩的文章读给母亲听，让她以为她的爱女在游学期间是轻松的，是愉快的，是享受的，好让母亲放心。我根本不敢提一点点游学中的艰辛、困惑和风险。母亲是一个喜欢读书、重视教育的人，她常常教导我“万般皆下品，唯有读书高”。母亲若还在世，看到她一手养大的爱女文章成册，印刷出版，一定无比高兴。如今虽然阴阳相隔，但我相信，冥冥之中，母亲和女儿依然心心相通，天堂里的母亲若有知，定会感到无比欣慰。

时至今日，《白米洋面》能够结集出版，其中的苦辣酸甜一言难尽。当初提笔记录访学生活点点滴滴的时候，并未想到今天能够结集成书，奉献给读者朋友。那时的想法很简单，异国他乡，要学习、要生活、要旅游，日日有新奇，时时有不同，发生的事情细微琐碎，百味杂陈。从眼，到身，到心，再到手中的笔，我只是想将眼中所看到的、亲身所经历的、心中所思所想所感悟的，做个最为真实的记录，出发点简单得不能再简单，唯恐诸事繁杂，今日的自己，忘却了昨日的事。

好多日记，都是在一日奔波之后、需要舒缓困乏至极的筋骨之时，强打精神，在电脑键盘上逐字敲下的。记录本身也是一个重新回顾、再次体验的过程。记得写下其中一篇《幸福是什么味道》的时候，夜深人静，万籁俱寂，儿子中中在身边已经熟睡，鼻息均匀，鼾声起起落落，我却难以入睡，大脑中的思绪犹如千军万马，奔腾而过。想到中中三岁时在日本生活，而今又在美国，其中更更迭迭，不吐不快，即披衣起床，伏案笔耕，边写边流泪，倾情而下，一气呵成。合上电脑，兴奋依然，心潮久久不能平静，一夜无眠。成文之后，不敢再看，次次看次次伤感。

日志成篇，我随即发到QQ空间与好友共享。感谢QQ空间的读者，或好友、或同学、或学生，不嫌弃当时日志粗糙，一路追随，同哭同笑，鼓励鞭策。正是因为有了他们，让我不敢有丝毫懈怠；也正是因为有了他们，一路走来，让我在异国他乡不觉孤单。

日志越写越多，渐渐成一系列。日志成型的过程，就好比一个孩子的成长，痛并快乐着。好友鼓励出版，我诚惶诚恐，在梳理内容的同时，又难免担心。日志原本只限于小范围的读者，他们大多是自己的圈中好友，爱屋及乌，对我免不了包容，甚至纵容。如果面对更多的读者朋友，真如序言中所写，唯恐辱没了读者慧眼，甚至误导读者，我深感责任重大，不敢怠慢。遂和好友同学再次切磋，一字一句再次雕琢。每修改一遍，便再次回顾当年的所见所闻，再次体验当年的百感交集。事隔五年，对当时情境若有新的感悟，又再细细加上。

今天的《白米洋面》，不是我一人之力所为，是身边的知己、同学、好友共同参力其中，或想法，或观点，或建议，心血点点融入，才有了《白米洋面》的今天。它就是吃了百家饭的孩子，吸收了来自四面八方的阳光，在众多关爱中一点点成长。

要感谢的人很多，他们只是希望帮我完成一个心愿，只是希望我快乐。但这份情义对我而言却弥足珍贵。此时说太多“谢谢”反而显得俗气，因为他们是我“从来不需要想起，却永远不会忘记”的亲人。

谨以此为后记。

2018 年夏